Margarete Hoffend

Die fremde Frau
Erzählungen

Margarete Hoffend

Die fremde Frau

Erzählungen

Impressum

© 2020 by ANTHEA VERLAG
Hubertusstraße 14, 10365 Berlin
Tel.: (030) 993 9316 Fax.: (030) 994 01888
eMail: info@anthea-verlag.de
Verlagsleitung: Detlef W. Stein

www.anthea-verlag.de

Ein Verlag in der ANTHEA VERLAGSGRUPPE.
www.anthea-verlagsgruppe.de

Bildnachweis: Wir bedanken uns
bei Monica Hadarean für die Illustration.
Umschlaggestaltung / Satz: Stefan Zimmermann

ISBN 978-3-89998-357-9

Für David

*Ich danke meinem Mann Mark,
der jede Erzählung geistvoll begleitet hat.*

INHALT

SCHULDIG 8
DER DICKE GEERT 13
DER NEUE FREUND 23
NACHTMAHL 27
EIN FREUND FÜR DAS KLEINE MÄDCHEN .. 37
DIE LINKE BAZILLE 47
PARIS MARLENE 53
DIE KLAVIERSTUNDE 61
IM SCHATTEN 68
DER SCHULWECHSEL 79
EIN ABEND AM MEER 84
DIE HAUSAUFGABEN 92
DER HUT 101
DAS KLINGELN 110
DIE GUMMIBÄRCHEN 116
DIE RÜCKKEHR 130
DIE NOBELBOUTIQUE 137
DER FISOLOF 145
KOPFLOS 151
FRANKA 161
EIN NETTES GESPRÄCH 168

DER ANRUF	181
DER LETZTE SCHULTAG	187
DAS RUMPELSTILZCHEN	194
DER GARTEN	199
DIE ROTE BRILLE	205
DÄMMERUNG	216
ANGST	221
UNTREU	224
DIE KRÄNKUNG	230
DIE FREMDE FRAU	236
DIE HALSKETTE	245
SO ETWAS WIE GERECHTIGKEIT	254
AUSEINANDER	258
DAS GESCHENK	265
DIE SCHULFREUNDIN	270

SCHULDIG

Anfangs waren sie ineinander so vernarrt, dass sie, um übereinander herzufallen, keine Gelegenheit ausließen. Sie liebten sich überall: auf dem unaufgeräumten Küchentisch, dem nackten Fußboden, unter der Dusche, sogar im Korridor, wenn sie nach der Arbeit nach Hause kamen und ihnen der Weg ins Schlafzimmer zu endlos war.

Sie traten auch bald vor den Altar, schworen sich vor Gott und der Welt ewige Treue, und als sie wenig später schwanger wurde, war kein Glück in der Welt überwältigender als das ihrige. Sie trieben es dann noch ärger als zuvor, als müssten sie sich im Voraus lieben angesichts der auf sie zukommenden *Dürrezeit*, die ihr dicker werdender Bauch verhieß.

Als sie an Umfang gewann und immer öfter Zuflucht auf dem weichen Sofa suchte, blieb er abends länger aus. Angeblich hatte er sich einen zu viel hinter die Binde gegossen und es vorgezogen, sein berauschtes Haupt im Gästezimmer seiner Eltern zu betten. In der Nacht, als ihre Wehen losgingen, war er aber zur Stelle.

Nachdem sie sich von der Geburt erholt, ihre Figur wieder in Form gebracht hatte und sie in ihren frisch gemusterten Kleidern, die so reizvoll das Mädchenhafte an ihr hervorhoben, mit dem vertraut luftigen Schritt daherkam, regte sich sein sexueller Hunger erneut, und er glaubte, nahtlos an die zügellosen Wonnen anknüpfen zu können.

Sie jedoch, wegen der Mutterschaft etwas reservierter geworden und auch durch das nächtliche Geschrei des Kindes zu erschöpft, fühlte sich abgeneigt, es zwischen Tür und Angel zu tun, dafür reichte ihr das Bett jetzt vollkommen. Auch wenn sie sich noch immer zu ihm hingezogen fühlte, hatte ihr Feuereifer, Geliebte zu sein, nachgelassen.

Doch ihre Unlust steigerte nur seine Besessenheit, loderte auf, sobald sie in seiner Nähe war, und in seiner Zügellosigkeit schnappte und grabschte er nach ihr wie ein brünstiges Tier.

Sein unersättliches Verlangen, das früher auch ihr Blut nicht weniger in Wallung gebracht hatte, erschreckte sie jetzt aber, und je mehr er sie bestürmte, desto stärker fühlte sie sich bedrängt, bis sein unmäßiger Appetit ihr über den Kopf wuchs und sie sich immer häufiger, eine Migräne beklagend, unter der Bettdecke vergrub.

Sie liebte ihn ja noch und dachte mit keinem Gedanken, sich in ihrer Wahl geirrt zu haben, doch seine tollwütige Begierde befremdete sie. Auch in ihrer neuen Rolle als Mutter, die mit ihrer Berufstätigkeit unter einen Hut gebracht werden sollte, fasste sie nur langsam Fuß. Sprach sie ihn darauf an, versperrte er sich wie ein trotziges Kind, das sich seinem Fehlverhalten mit läppischen Bemerkungen stellt.

Ihren Vorwurf, er sei ihr zu wenig Gefährte im Alltagsleben, wies er störrisch zurück, denn auch für ihn, wie er gekränkt von sich gab, lief so manches anders als gedacht. Und nicht selten geschah es, dass er genervt den Hut nahm und bis auf weiteres in seiner Stammkneipe verschwand.

Mit der Zeit passte sie sich ihrem Los irgendwie an. Nach dem Kauf eines Hauses schien sie wieder glücklicher zu sein, glaubte nunmehr selbst, mit dem Aufglimmen eines erotischen Feuerchens an ihr früheres Liebesleben ankoppeln zu können. Doch der trübe Schatten des täglichen Einerlei legte sich bald über das schwächliche Flämmchen und erstickte es.

Er fühlte sich in seiner Männlichkeit abermals zurückversetzt, und da er, im Denken nicht sehr weit, sich nie hinterfragte, regte sich in ihm mit einem Mal der Verdacht, ob es nicht einen anderen Mann in ihrem Leben geben könnte.

Der Stachel saß.

Das Verhängnis schaukelte sich hoch, als sie an einem Geschäft für feine Damenwäsche vorbeikam und sich für einen Dessoustraum aus Seide und Spitze hinreißen ließ.

Nicht der Preis war es, der seinen Atem zum Stocken brachte, sondern die Überlegung, für wen, wenn nicht für ihn, sie ihren Körper so verführerisch beschmückte.

Von dieser giftigen Vorstellung gefoltert, beschnüffelte er ihre Wäsche und bespitzelte ihr Gesicht nach dem Hauch eines verträumten Glanzes in ihren Augen, einem winzigst glückseligen Seufzen oder einem knappst verzückt verzogenen Mundwinkel; irgendein Hinweis, der zu einem anderen Mann führen könnte. Und selbst wenn nichts Handfestes seinen Argwohn zu bestätigen vermochte, verhärtete sich seine Vermutung doch.

Auf einem Familienfest bei ihren Eltern, wo sich diesmal auch all ihre Geschwister versammelt hatten, fiel es ihm mit einem Mal wie Schuppen von den Augen. Na, klar doch! Die ganze Bande wusste über ihre Hurerei Bescheid! Warum auch sonst waren alle hier und noch so besonders nett zu ihm!

Sein ältester Schwager, mit dem er früher ständig in irgendeinem Clinch lag, hatte ihm sogar kameradschaftlich auf die Schulter geklopft und seine Schwiegermutter, die ihm gewöhnlich nur mit kühler Höflichkeit begegnete, ihm mehrmals zugelächelt.

Beim Essen nahm er alle ordentlich unter die Lupe. Sie ließen es sich schmecken und unterhielten sich lebhaft, doch er wurde das Gefühl nicht los, dass dieser Unbefangenheit etwas Aufgesetztes anhaftete.

Seine beiden Schwägerinnen lachten anders als sonst, übertrieben laut und zu oft. Die Artigkeit, mit der sie ihm die Gemüseschüsseln reichten, hatte etwas Gekünsteltes an sich, und ihre Nachfragerei, wie es denn bei ihm beruflich liefe, strotzte nur so vor Heimtücke. Und je länger er sie alle betrachtete, desto klarer wurde ihm, was sich hinter dem gemein aufgezogenen Gehabe um ihn verbarg. Jedem Einzelnen von ihnen stand es doch auf der Stirn geschrieben, dass über all das, was er längst hinlänglich mutmaßte, sie im Bilde waren und ihr die Stange hielten.

Etwas von einem Unwohlsein vor sich hinmurmelnd, empfahl er sich vor der Zeit, und als sie Stunden später nach Hause kam, fand sie alle Fenster und Türen verrammelt vor. Da es ihr zu peinlich war, zu ihren Eltern zurückzukehren, übernachtete sie im Auto in der Garage.

Er fühlte sich auf das Schlimmste hintergangen und machte aus seinem verletzten Stolz keinen Hehl mehr. Fortan beschimpfte er sie als Flittchen und räudige Hündin, und alle Versuche, ihm seine haltlosen Verdächtigungen vor Augen zu führen, waren umsonst.

Zum großen Knall kam es an einem Wochenende, als sie mit einer Arbeitskollegin zum Joggen verabredet war und sich nach dem Training noch von ihr zu einer Tasse Kaffee überreden ließ.

Mit einer Stoppuhr in der Hand erwartete er sie in der Einfahrt vor dem Haus. Abzüglich des einstündigen Trainings und der jeweils zehn Minuten für An- und Abfahrt blieben dreiunddreißig Minuten und elf Sekunden, für die sie sich rechtfertigen sollte.

Verschwitzt, ungeschminkt, das Haar zerzaust, sah sie an ihrem ausgeleierten Sportanzug herunter und lächelte bitter, als er ihr mit einem *Du Hure, ich habe dich durchschaut* ins Gesicht schlug.

Sie stolperte die Treppe hoch ins Bad, verriegelte die Tür und besah im Spiegel ihre rot geschwollene Wange. Der pochende Schmerz quälte sie weniger als die fehlende Aussicht, er könnte sich jemals besinnen und einsehen, dass er ihr Unrecht tat.

Resigniert schloss sie die Augen. Sie sah ihr Leben vor sich: es würde der Anklagen und Verurteilungen kein Ende nehmen. Doch dann, wie ein Ertrinkender in seiner Verzweiflung nach jedem Strohhalm greift, fasste sie einen Entschluss.

Einer ihrer Arbeitskollegen hatte schon längst signalisiert, wie gern er einmal mit ihr ausgehen wollte. Diesmal würde ihre Antwort anders ausfallen.

Er brauchte einen handfesten Beweis? Den sollte der Schwachkopf bekommen!

DER DICKE GEERT

Das Warten war unerträglich geworden, und Helen ließ von dem stummen Telefon ab. Lustlos starrte sie auf den auf dem Tisch liegenden, schon vor Tagen angefangenen Brief. Jeder Satz, jedes Wort kam ihr jetzt seltsam und fremd vor, als ob nicht sie diese Zeilen geschrieben habe.

Der Aufruhr in ihrem Kopf hatte sich verdichtet. Die Gedanken schnatterten durcheinander, wild und aufgebracht. Plötzlich wurde ihr schwarz vor Augen, ihre Knie knickten ein. Taumelnd klammerte sie sich an die Tischkante, bis die Schwäche nachließ.

Ich werde noch verrückt, dachte sie und starrte wieder auf das scheußliche, hellgrüne Plastikding, das stumpf auf dem kleinen Glastisch stand und sich weigerte, sein Schweigen zu brechen.

Die Stille schwoll an. Helen blickte verstört auf die Uhr. Die Zeiger hatten sich kaum bewegt, als ob sie sich gegen den Fluss der Zeit stellten, gemein und hinterhältig.

Wütend nahm sie die Uhr von der Wand, warf sie aufs Sofa und bedeckte sie mit einem Kissen.

Es war stickig. Sie öffnete das Fenster, schaute über die Dächer in den blauweiß bemalten Himmel.

Wenn ich mich nur treiben lassen könnte wie eine vom Wind erfasste Pusteblume, weg aus der Enge, die mir den Atem abzieht, dachte sie, den Blick in die lockende, zu sich rufende Weite gerichtet.

Und dann mit einem Mal war Helen aus ihrer lästigen Grübelei heraus und verspürte eine befreiende Schwerelosigkeit, bis eine Kolonne von Motorrädern jaulend über die Straße jagte und sie wieder in die zähe Stille des leblosen Telefons zurückfallen ließ.

Sie umfasste ihren Kopf mit beiden Händen und drückte mit aller Kraft zu, als ob das den lähmenden Gedankenstau auflösen könnte. Robert würde nicht anrufen. Jegliches Hoffen darauf war vergeblich. Das war ihr jetzt klar. Sie musste endlich raus nach draußen in die Wärme und Unschuld des Frühlings, um ihrer Verzweiflung ein Ende zu setzen.

Ungestüm, als könnte sie es sich wieder anders überlegen, sprang sie auf, warf sich eine Jacke über, und als ihre Hand schon auf der Türklinke lag, klingelte das Telefon.

Also doch!, schoss es durch ihren Kopf.

Sie wusste, dass er es war. Jetzt aber rührte sie sich nicht. Sie wollte ihm nicht mehr zuhören, ihm nicht mehr verzeihen, um nicht erneut einer quälenden Leere ausgeliefert zu sein.

Helen schloss die Tür hinter sich. Das Klingeln wurde leiser, hörte sich zurückhaltender, scheu bittend an. Und schon zweifelte sie. Sie liebte ihn ja noch. Vielleicht würde er sich doch ändern, auch wenn sie sich das nicht vorstellen konnte.

Durch das milchige Fensterglas im Treppenhaus flimmerten im milden Schein der Sonne dicke Staubbahnen. Das weiche Licht legte sich zärtlich und verführerisch auf ihre Haut, als von irgendwoher eine wütende Streiterei zwischen einem Mann und einer Frau, die sich gegenseitig zu überbrüllen versuchten, in die friedliche Stimmung grob einbrach.

Helen ging die Treppe herunter und blieb vor der Wohnung stehen, aus der ein dumpfes Poltern mit einem Aufschrei zu hören war. Gerade als sie weitergehen wollte, öffnete sich die Tür, und ein Junge, bleich, mit blutleeren Lippen, lugte heraus.

„Sie streiten wieder," sagte er, „immer streiten sie."

„Was ist denn passiert?", fragte Helen nach.

„Ich weiß nicht. Sie trinken Bier, und dann streiten sie sich."

Helen, die darauf nichts zu sagen wusste, schwieg.

„Ich habe Angst," sagte er nach einer Weile und sah Helen direkt ins Gesicht.

„Wovor?", fragte sie und erkannte ihre verwirrte Stimme nicht. „Tun sie dir etwas?"

„Nein, wenn sie streiten, bemerken sie mich nicht. Als ob ich nicht da wäre. Ich will, dass sie damit aufhören," sagte der Junge mit zuckenden Mundwinkeln.

„Wie lange wohnst du schon hier? Ich habe dich noch nie gesehen."

„Seit ein paar Tagen erst."

„Ich heiße Helen. Ich wohne im fünften Stock. Und wie heißt du?"

„Jakob."

Aus der Wohnung dröhnte Lärm und Gekreisch.

„Ich gehe wieder rein und verstecke mich. Vielleicht suchen sie mich, und dann vielleicht hören sie auf, sich zu streiten."

„Du musst mit ihnen sprechen," erwiderte Helen. „Sag ihnen, dass es nicht fair ist und sie dem ein Ende setzen müssen."

„Das habe ich ja schon längst getan. Auch auf viele Zettel habe ich es geschrieben mit roten Herzen und in Schönschrift und sie überall hingelegt, aber sie haben gesagt, dass ich das alles noch nicht verstehen kann."

„Das musst du auch nicht," murmelte Helen und wollte ihm noch etwas Tröstliches sagen, doch die Tür war schon wieder zugefallen.

Das Geschrei verstummte, eine nervöse, unsichere Stille blieb zurück.

Mit dem kleinen, schmächtigen Gesicht des Jungen vor Augen ging Helen weiter, als Robert sich wieder in ihre Gedanken drängte. Sie hätte doch mit ihm sprechen sollen. Wenigstens ein paar Worte. Unverbindlich zum Abschied. Und dann hätte sie aufgelegt, endgültig, für immer. Dieses letzte Wort hätte sie sich gönnen sollen.

Unten im Haus hallten Schritte. Ein Kind rief etwas, ein Mann antwortete. Dann lachten beide fröhlich, ausgelassen.

Bestimmt Herr Schulz mit seiner Tochter Katrin, dachte sie.

Ein drolliges Geschöpf war die Kleine. Mit ihren großen, vor Neugier blitzenden Augen flatterte sie immer wie eine Motte hin und her. Alles musste sie wissen, nie stand ihr Mäulchen still. Sie ging unbekümmert auf jeden zu und verwickelte einen gleich in ein Gespräch. So ein Kind hätte Helen sich auch gewünscht.

Ein Kind? Das überlasse ich lieber anderen, hörte sie Roberts ätzende Worte.

Er mochte Kinder, solange es nicht die eigenen waren, denn dann wäre das Leben nur noch eine Kette leidiger Pflichten.

Das Lachen entfernte sich, die Haustür fiel dumpf und wuchtig ins Schloss.

Wie würde ihr Leben jetzt aussehen, allein, ohne ihn? Allein? War es überhaupt möglich, ohne ihn noch einsamer zu sein als mit ihm? Wann hatte er denn wirklich Zeit für sie gehabt! Höchstens am Wochenende, und das auch nicht immer. Sie war doch nur ein Anhängsel seines Lebens gewesen, nichts Bedeutendes, im Grunde etwas schnell Austauschbares.

Es geht nun mal nicht anders, vernahm sie seine kalte und zugleich auf Verständnis pochende Stimme.

Im dritten Stock kam ihr die alte Frau John entgegen. Eine Einkaufstasche neben sich herschleppend, zog sie sich Schritt für Schritt am Geländer hoch. Oben auf dem Treppenabsatz blieb sie stehen und schnaufte schwer.

„Mit fünfundachtzig geht es nicht mehr so wie früher," sagte sie und sah Helen mit einer Miene an, als hätte sie ihr etwas Weltbewegendes mitgeteilt.

Trotz der frühsommerlichen Wärme trug sie eine derbe Strickweste und hatte sich, wie eine Bäuerin, ein Kopftuch umgebunden.

„Früher war ich eine ganz Fixe gewesen, immer auf den Beinen und von Müdigkeit keine Spur," fuhr sie fort, „aber das ist lange her. Heute muss es eben langsamer gehen. Besser so als gar nicht mehr, nicht wahr?"

Helen nickte und wollte an ihr vorbei. Sonst blieb sie immer stehen und ließ sich auf ein Schwätzchen ein. Die alte Frau hatte ein langes Leben hinter sich und viel zu erzählen: zwei Weltkriege, zweimal alles verloren, und die Zeit danach war auch nicht einfach gewesen, trotzdem war sie nie trüb oder unzufrieden, keine Bitterkeit sprach aus ihr heraus. Doch jetzt war Helen nicht nach einem Gespräch zumute. Frau John aber, erfreut, ein paar Worte wechseln zu können, hatte ihre Einkäufe schon abgestellt.

„Heute Nachmittag kommt mein Neffe," sagte sie. „Er kommt um drei. Er ist immer sehr pünktlich. Ich war gerade unten, ein paar Flaschen Bier holen. Er trinkt gern Bier. Und an einem warmen Tag wie heute wird es ihm noch einmal so gut schmecken."

„Das ist schön, dass Ihr Neffe Sie besuchen kommt," sagte Helen mühsam.

„Ja, das ist es, schön …" meinte Frau John versonnen. „Manchmal wird mir der Tag doch zu lang, so ganz allein und …"

Was sie noch sagte, ging an Helen vorbei, nur das Wort *allein* blieb ihr irgendwo zwischen Herz und Bauch stecken.

„Aber jetzt will ich mal weitermachen. Ich habe noch einiges zu tun. Gehen Sie ein bisschen an die frische Luft. Sie sehen so blass aus. Draußen ist es herrlich," sagte Frau John, umständlich die Taschen ihrer Weste durchwühlend. „Nanu! Wo steckt denn mein Schlüssel?"

„Vielleicht im Beutel," sagte Helen.

„Nein," wehrte Frau John ab, „dort ist er ganz bestimmt nicht. Dann müsste ich doch alles auspacken, um ihn herauszuholen."

Sich abtastend, hielt sie plötzlich inne, öffnete mit aufgehelltem Gesicht die oberen Knöpfe ihrer Weste und fasste in die Brusttasche ihres Kleides.

„Hier ist er ja! Dass er sich aber auch immer suchen lässt!"

„Ich kann Ihnen beim Tragen helfen," schlug Helen vor, obwohl sie sich aus dem Haus heraussehnte.

„Lassen Sie nur! Das muss ich selber schaffen! Sonst komme ich aus der Übung und bin immer auf jemanden angewiesen," lehnte Frau John entschieden ab.

Mit dem Schlüssel in der Hand schlurfte sie weiter. Bei jedem Schritt klirrten die Flaschen in ihrer Tasche einsam und verloren gegeneinander.

Ungeduldig setzte Helen ihren Weg fort. Im Erdgeschoss traf sie auf die Hausmeisterin Frau Weber, die mit Eimer und Besen in der Hand aus dem Hinterhof erschien. Ihr rot geädertes Gesicht war verquollen, und manchmal roch sie nach Alkohol. Ihr Mann war gestorben, der einzige Sohn lebte in Amerika. Sie wollte ihn immer einmal besuchen, aber er habe keine Zeit, und seine Frau spreche nur Englisch, hatte sie Helen erzählt.

„Am Montagmorgen zwischen acht und zwölf wird der Strom abgelesen," sagte sie. „Wenn Sie nicht da sind, können Sie mir Ihren Schlüssel lassen."

„Vielen Dank, nicht nötig," erwiderte Helen.

Frau Weber nickte ihr freundlich zu und ging weiter zur Kellertreppe.

Draußen vor dem Hauseingang saß in seinem Rollstuhl Geert Kranz, den alle hier *den dicken Geert* nannten. Wenn das Wetter schön war, saß er jeden Tag um diese Zeit da und wartete, dass jemand bei ihm stehen blieb und ein paar Worte an ihn richtete. Seine Frau hatte ihn dort abgesetzt, um sich, wie sie sagte, von seinem Anblick ein wenig auszuruhen.

„Wissen Sie, wie das ist, immer dieses leidende Gesicht zu sehen?", hatte sie sich verzweifelt bei Helen beklagt. „Nein, das können Sie gar nicht wissen! Und dass es mit diesem Elend kein Ende nehmen wird, das können Sie auch nicht wissen."

Ursula Kranz war eine kleine, magere Person Ende dreißig mit scharfen Gesichtszügen und einem dünnen, immer leicht angespitzten Mund, als wollte sie etwas beanstanden oder jemanden zurechtweisen.

Augen und Ohren hatte sie wie ein Luchs, nichts entging ihr, und zu allem glaubte sie, etwas Passendes sagen zu können.

Neben ihrem großen, korpulenten Mann gab sie eine recht mickrige Figur ab, doch sie war von jener zähen Natur, die jeder Krankheit und Schwäche trotzt.

Vor seinem Schlaganfall war der dicke Geert Oberstudienrat an einem humanistischen Gymnasium gewesen. Er hatte Geschichte und Deutsch unterrichtet und war, wie man erzählte, von seinen Schülern sehr verehrt worden.

Sein Steckenpferd war die Literatur, und Kafka liebte er besonders. In seiner Freizeit hatte er zahlreiche Abhandlungen, Deutungen und Kritiken über Werke verschiedener Autoren geschrieben, die dann in Fachjournalen veröffentlicht wurden und sein ganzer Stolz waren. Auch Ursula Kranz hatte zu ihm aufgesehen und sich in seinem Licht für etwas Besonderes gehalten.

Jetzt war es mit all dem vorbei. Jetzt war der dicke Geert nur noch eine hilflose Körpermasse, in allem auf sie angewiesen, denn seine gesamte linke Körperseite war vollständig gelähmt.

Das Unglück traf ihn aus heiterem Himmel an einem Abend, als er mit sich und der Welt im Einklang an seinem Schreibtisch saß und sich mit Kafkas *Verwandlung* befasste.

„Und wer weiß, ob nicht dieser Kafka mit seinem finsteren und abstrusen Zeug in seinen Kopf eingeschlagen ist! Da muss man doch Schaden nehmen, wenn man so etwas liest!", hatte Ursula Kranz sich einmal bei Helen laut weinend aufgeregt und sich dabei mit ihrer dürren, gelblichen Hand die Tränen fortgewischt, die ihr über das spitze Kinn in den Hals hineinliefen.

Ein seltsames Paar waren die beiden. Der dicke Geert, zerstreut und wortkarg, war immer mit einem kurzen Gruß an einem vorbeigegangen. Ursula Kranz jedoch hatte nur allzu gern auf jede erdenkliche Begegnung gelauert, um sich über andere Hausbewohner auszulassen oder über die Verdienste ihres Ehemanns zu prahlen. Nach dem tragischen Vorfall war sie plötzlich zahm geworden und nutzte jede Gelegenheit für ein vertrauliches Gespräch. Einmal sogar hatte sie oben vor Helens Tür gestanden und sie gebeten, sie auf ein Wort hineinzulassen. Zwei Stunden war sie geblieben und hatte ihr bitteres Schicksal beklagt, während ihr dicker Geert, draußen abgestellt, frische Luft schnappte.

Seine gesunde Hand hatte er schon zum Gruß erhoben, als er Helen zur Tür heraustreten sah. Deutlich sprechen konnte er kaum; das, was aus ihm herauskam, war mehr ein Wirrwarr von Lauten.

Noch nie war Helen bei ihm stehen geblieben, doch diesmal schaffte sie es nicht wie sonst, mit einem knappen Kopfnicken an ihm vorbeizueilen.

Seine intakte Gesichtshälfte strahlte vor Freude, während die andere verzerrt nach unten hängen blieb. Auch das gesunde Bein geriet in Aufruhr, wippte hin und her. Aufgeregt riss er den Mund auf und rang nach Worten, um ihren Gruß zu erwidern. Dabei verspannte sich sein Gesicht so stark, dass der Speichel, den er nicht mehr halten konnte, auf sein Hemd tropfte. Hastig versuchte er, das Missgeschick wieder gutzumachen, doch es gelang ihm nicht. Hilflos und beschämt starrte er zu Boden. Helen griff rasch in ihre Tasche und suchte nach einem Papiertuch.

„Es ist etwas zerknittert, aber sauber," sagte sie und wischte ihm den Mund ab.

Der dicke Geert hob den Kopf und bemühte sich wieder, seiner Zunge ein Wort abzuringen.

„Lassen Sie nur," unterbrach sie ihn behutsam, „es ist schon gut."

Helen hätte gern noch mehr gesagt, doch ihr fiel nichts ein. Der dicke Geert sah sie schweigend an. Da stiegen ihr jäh die Tränen hoch.

„Wenn Sie wollen, fahre ich Sie einmal spazieren," sagte sie dann. „Die Stadt ist im Frühling besonders schön."

In seinem beweglich gebliebenen Mundwinkel stahl sich ein Lächeln hinein, und als sie weiterging, hob er noch einmal die Hand.

Helen lief die Straße hinunter in den Park. Überall triumphierte der Frühling. Seine edlen Farben und Gerüche veränderten die Menschen. Sie sahen irgendwie nicht mehr so aus wie immer.

Auch ihr war anders zumute, und sie wusste jetzt, worüber sie mit dem dicken Geert sprechen würde.

DER NEUE FREUND

Der Tag war so glühend heiß gewesen, dass selbst die kleinste Regung einen in Schweiß ausbrechen ließ. Schon am Morgen flimmerten die Straßen; die Luft über den Dächern der Häuser kochte sich brodelnd auf. Die Stadt atmete nur schwerfällig, ihr sonst so geschäftiges Treiben pulsierte schwach und lustlos dahin.

Martin hatte geplant, am Nachmittag mit seinem neuen Freund Rolf an den See zu fahren, um an einer abgelegenen Stelle zu baden und mit selbstgebastelten Ruten zu angeln.

Voller Vorfreude auf das Treffen war er schon früh wach geworden, hatte gutgelaunt sein Zimmer aufgeräumt, auf seinem Schreibtisch Ordnung gemacht. Dabei hatte er unentwegt an den neuen Freund gedacht, der so nett, so freundlich war, irgendwie so ganz anders als die Jungs, die er bisher gekannt hatte. Er wusste zwar nicht genau zu erklären, warum, aber er glaubte fest, dass er ihm vertrauen konnte.

Doch als Martin ihn dann zur verabredeten Stunde abholen wollte, hatte Rolf keine Lust mehr gehabt, etwas von Müdigkeit und Unwohlsein wegen der Hitze gemurmelt und sich so hastig verabschiedet, als wären ihm schon die paar Worte beschwerlich gewesen.

„Warum hast du mich denn nicht angerufen!", rief Martin ihm noch durch die verschlossene Tür hinterher. „Dann wäre ich gleich zu Hause geblieben."

Draußen schlug ihm die Hitze erbarmungslos entgegen, er bemerkte sie aber nicht, ging nur vor sich hin, sah nichts, hörte nichts.

In seinem Zimmer hatte er die Tür hinter sich verschlossen und sich aufs Bett geschmissen.

Die Tränen liefen heiß und klebrig über sein Gesicht. Er wollte nicht weinen und weinte doch. Er fühlte sich wie jemand, dem man ohne Grund einfach so einen Fußtritt gegeben hatte.

Er kroch unter die Bettdecke, zog sie hoch bis unters Kinn, als könnte er sich so dem Geschehen irgendwie entziehen. Doch alles blieb, wie es war. Die Last auf der Brust rückte nicht ab.

Eine noch nie erlebte Traurigkeit wie ein zäher Schatten, den er glaubte nie mehr loszuwerden, überschlug ihn, und er fühlte sich so verloren, als verirrten sich all seine Gedanken und Gefühle in einem dunklen, endlosen Tunnel.

Lag es vielleicht an ihm? Hatte er etwas falsch gemacht? Er kramte in seiner Erinnerung, doch ihm fiel nichts ein, das ihm Rolfs Verhalten erklären könnte.

Erst gestern noch hatten sie über so vieles geredet, als würden sie sich schon lange kennen und nicht erst seit ein paar Tagen. Bei Rolf hatte Martin sich angenommen und sicher gefühlt, beinahe wie bei seinem Vater, der ihm immer zuhörte und ihm nie ins Wort fiel. Seinem Vater konnte Martin die geheimsten Gedanken mitteilen und alles fragen ohne Furcht, belächelt zu werden, auch wenn diese Fragen vielleicht manchmal komisch waren. Mit Rolf war es irgendwie ähnlich gewesen, denn er hatte nicht mehr überlegen müssen, was er sagen durfte und was nicht. Rolf hatte auch nie eine Bemerkung gemacht, die ihm gezeigt hätte, dass er Unsinn redete. Und er, davon ermutigt, hatte ihm immer mehr über sich erzählt, Dinge, die er außer seinem Vater noch keinem erzählt hatte.

Erschöpft lag Martin eine ganze Weile unter der Bettdecke. Dann aber, als hätte jemand ihn getröstet, ihm etwas Ermunterndes gesagt, wurde er ruhiger. Er brauchte keine Erklärungen mehr. Ihm war plötzlich klar geworden, dass er sich in Rolf geirrt hatte. Rolf konnte angenehm und sympathisch sein, doch das war auch schon alles. Sie hatten sich ein paar Mal getroffen, herumgealbert, ihren Spaß gehabt, na und? Über etwas Wichtiges hatten sie eigentlich gar nicht gesprochen bis auf gestern, als Martin von einem ihm selbst vollkommen überraschenden Bedürfnis getrieben wurde, Rolf zu offenbaren, dass er Schriftsteller werden wollte und bereits ein paar Geschichten geschrieben hatte. Rolf hatte dazu nichts gesagt, kein einziges Wort.

Er hätte ihm gern eine von ihnen vorgelesen, aber auch dazu hatte Rolf geschwiegen. Er gehörte eben doch mehr zu denen, die meistens über Dinge redeten, die Martin eher langweilten. Und so einem hatte er seine Träume dargelegt in der Erwartung, verstanden und angenommen zu werden. Das Gefühl, sich lächerlich gemacht zu haben, trieb ihm in heißen Wellen entsetzliche Scham ins Gesicht.

Er vermisste Rolf gar nicht mehr. Er war bedrückt, doch das hatte überhaupt nicht Rolf gegolten. Der war ihm jetzt egal wie all die auch, die ihm schon längst egal waren. Er sehnte sich nach einem wahren Freund, in den er dieses Verlangen nicht hineinträumen musste, wie es mit Rolf passiert war.

Er wusste nicht, was er tun sollte, und beinahe wäre die Traurigkeit wieder über ihn hergefallen, wenn er sich nicht plötzlich an die Worte seines Vaters erinnert hätte: *Es ist nicht schlimm, anders zu sein. Schlimm ist es, so zu sein wie all die anderen; auch wenn man oft allein ist, so allein, dass einem nichts anderes bleibt, als dieser Freund, nach dem man sich so verzweifelt sehnt, für sich selbst zu sein.*

Martin spürte, wie die Luft plötzlich nicht mehr so zäh, so dicht und unbeweglich war. Die sich nähernde Dämmerung drängte sich sanft und behutsam in das Tageslicht hinein, verlöschte es langsam.

Martin hörte die gelassene Stimme seines Vaters, deren Zuversicht ihn schützend umarmte.

NACHTMAHL

Er starrte in die Dunkelheit. Es war so still, dass er sein Herz schlagen hörte. Sehnsüchtig tastete er mit der Hand nach der leeren Bettseite. Das Kopfkissen war kühl, das Laken glatt, unberührt.
„Martha," stieß es heiser aus ihm hervor.
Er zog die Hand zurück, legte sie auf sein Herz und schloss die Augen. Die Stille rutschte näher, wucherte sich zusammen. Er wollte fort von den marternden, sich skrupellos herumtreibenden Gedanken, doch der Schlaf kam nicht.
Dass Martha vor ihm sterben würde und er in einem Leben, das sie mehr als vierzig Jahre geteilt hatten, allein zurückbleiben müsste, darüber hatte er früher nie nachgedacht. Auch dann nicht, als ihre Krankheit sich verschlimmerte und die Ärzte sie vor jeglicher körperlichen Anstrengung warnten.
„Und wie soll das denn bitte schön gehen?", hatte Martha heftig protestiert.
Es wäre doch gegangen, dachte er, von dem bitteren Schuldgefühl geplagt, ihr nicht genügend ins Gewissen geredet zu haben. Mit der Faust auf den Tisch hätte er schlagen und ihr verbieten sollen, noch ein einziges Mal das Büro der Rechtsanwälte, wo sie zum Putzen hinging, zu betreten. Das hatte er aber nicht getan. Zu schnell hatte er seine Einwände eingestellt. Und dann kam, was kommen musste: sie schaffte es nicht mehr ... versagte wie ein überdrehtes Uhrwerk.
Ich bin schuld, quälte er sich. Hätte ich mehr verdient, wäre auch die Rente höher ausgefallen.

Er war aber eben nur ein kleiner Angestellter gewesen. Doch niemals hatte Martha ihm seinen geringen Verdienst unter die Nase gerieben.

„Wir schaffen das schon," hatte sie immer ruhig und gütig gesagt.

Sie war über Nacht gestorben, sanft, dem Schicksal ergeben. Wie von Sinnen hatte er vor ihrem Sarg gestanden und den Tod beschworen, auch ihn mitzunehmen. Was hatte er, eine ausgebrannte Ruine, schutzlos jedem Wind und Wetter ausgesetzt, hier noch zu tun, wenn nicht einmal sein Sohn, der einzige Mensch, der ihm hätte beistehen können, da war.

Das monotone Geplänkel des Pfarrers über Gottvertrauen und einem Leben, das weitergehen soll, erregte ungute Gedanken in ihm. Die Kirche hatte er nie gemocht, doch für Martha mit ihren Sorgen war sie zu einem Trost geworden, und ihr zuliebe war er jeden Sonntag in die Messe mitgegangen.

Auf dem Nachhauseweg wurde er von dem verrückten Verlangen beherrscht, etwas von ihr vorzufinden; etwas musste nach all diesen Jahren einfach geblieben sein, doch als er die Tür aufschloss und den Fuß über die Schwelle setzte, hatte die Leere, die ihm entgegenschlug, seine Hoffnung abrupt ausgelöscht.

Erregt und müde zugleich, dachte er, sich mit irgendetwas zu beschäftigen, blieb aber liegen. Schließlich richtete er sich doch auf und knipste die Nachttischlampe an. Klein und kümmerlich durchbrach ihr Schein die Dunkelheit.

Neben der Lampe stand eine schlicht eingerahmte Fotografie, auf der Martha, jung und anziehend, sorgenfrei lächelte. Er hatte sie vom ersten Moment an geliebt. Eine magische Kraft, dessen war er sich sicher, hatte sie zueinander geführt.

Eben deswegen hatte er sich an jenem Morgen daran erinnert, zur Meldestelle gehen zu müssen, um sich um seinen abgelaufenen Pass zu kümmern.

Als er den Wartesaal betrat, sah er sie am offenen Fenster sitzen. Von ihrem lautlosen, guten Wesen und ihrem zerzausten, braunen Haar ging ein Zauber aus, dem er sich erst gar nicht zu entziehen versuchte.

Bestimmt würde sie bald aufgerufen, ihre Angelegenheit erledigen und dann fortgehen. Er musste sie irgendwie aufhalten. Aber wie? Ihr zu sagen, dass er, wie vom Blitz getroffen, sie nicht mehr aus den Augen lassen konnte, hätte sie wohl nur erschreckt.

Er versuchte das, was mit ihm geschah, einzuordnen, denn eine Empfindung dieser Art war ihm vollkommen unbekannt. Er war immer ein eher nüchtern denkender Mensch gewesen, kein Schwärmer, der sich von Träumereien leiten ließ. Und während er sich nach einer Erklärung für seine Gefühle durchwühlte, übersah er, dass ihr Stuhl leer geworden war.

Er verließ den Wartesaal, den abgelaufenen Pass in seiner Jackentasche hatte er vergessen. Auf der Straße sah er in alle Richtungen, bis er einsehen musste, dass es keinen Zweck mehr hatte, sie war fort, er würde sie nicht mehr wiedersehen.

Ziellos durch die Gegend laufend, stieß er auf ein Gartenlokal, trat kurz entschlossen ein und bestellte sich ein Bier. Und dann entdeckte er sie plötzlich. Sie saß an einem der Nebentische vor dem ausgebreiteten Inhalt ihrer Handtasche, den sie aufgelöst durchwühlte. Eine wohltuende Ruhe überkam ihn, und mit einer ihm bisher unbekannten Zuversicht trat er an sie heran.

„Verzeihen Sie, dass ich mich einmische. Es sieht so aus, als vermissten Sie etwas Wichtiges."

„Ja, mein Portemonnaie," erwiderte sie und blickte hilflos auf ihre Tasche.

„Erlauben Sie mir, die Rechnung zu übernehmen, und ich bitte Sie, sich nichts dabei zu denken! Es ist schon recht so."

Marthas großer, altmodischer Wecker neben ihrer Fotografie starrte ihm stumm entgegen. Als sie alt wurde, hatte sie, um Schlaf zu finden, sein monotones Ticken gebraucht. Jeden Abend vor dem Zubettgehen zog sie ihn, krumm und schief auf der Bettkante hockend, mit ihren hageren, ungelenk gewordenen Händen bis zum Anschlag auf. Das Ticken hatte ihn halb verrückt gemacht, aber er hatte nie etwas gesagt.

Er spürte, wie es in seiner Kehle enger wurde, wie etwas Zähes, Unnachgiebiges sie einschnürte. Ihm wurde unheimlich, und er rang nach Atem.

Ein unseliger Zustand, dachte er, und ihm schoss der Gedanke durch den Kopf, wie es wäre, jetzt ein für alle Mal auch zu gehen. So übel war die Vorstellung gar nicht. Dann wäre er erlöst. Eine einfache und saubere Sache. Nur sein Sohn würde Unannehmlichkeiten bekommen. Er müsste eigens wegen der Bestattung und der Wohnungsauflösung hereisen, und das beanspruchte Zeit und Geld. Nein, das kam nicht in Frage. Er wollte ihm doch keine Schwierigkeiten aufbürden. Er wusste ja, wie es um ihn stand: Kurzarbeit, zwei Kinder auf einen Schlag und eine Frau, die nicht mehr arbeiten konnte. Es fehlte an allen Ecken und Enden, selbst für einen

Anruf. Obwohl ... einen Brief könnte er schon schreiben ... Na ja ... als ob seinem Sohn noch der Sinn danach stand, sich abends vor ein Blatt Papier hinzusetzen und sein Herz auszuschütten. Das verstand er schon. Auch er war nie besonders gesprächig gewesen, wenn ihn der Schuh allzu arg gedrückt hatte. Trotzdem wäre es doch nicht zu viel verlangt, wenigstens ab und zu eine Karte zu bekommen mit ein paar Worten über die Enkelkinder. Nur einmal hatte er die beiden Jungen gesehen. Ein halbes Jahr nach ihrer Geburt war er mit Martha losgereist, um sie zu besuchen. Eine teure Fahrt, auch wenn die Pension, wo sie abgestiegen waren, von der bescheidensten Sorte war. In der Wohnung seines Sohnes gab es keinen Platz. Ein Zusammenrücken selbst für zwei Tage war unmöglich gewesen, oder? Hätte man nicht doch... Nein, es war wirklich zu eng. Viel zu eng. Da musste man doch nicht auch noch Umstände machen.

Auf der Rückfahrt im Zug hatte Martha plötzlich angefangen zu weinen, so bitter, dass ihm beinahe das Herz stillgestanden hätte. Er wollte ihr etwas sagen, etwas Liebes, Ermunterndes, hatte aber dann nur schweigend nach ihrer Hand gegriffen.

Er stutzte und lauschte. Hatte er nicht den Wecker ticken hören? Er hätte es beschwören können, aber da war nichts. Es war so still wie zuvor.

Zu allem Übel noch tat ihm wieder das Knie weh. Vor Jahren hatte ihn ein betrunkener Motorradrowdy über den Haufen gefahren. Er hatte seitdem nie mehr richtig gehen können. Sein Hausarzt, Dr. Schmidtbauer, riet ihm, viel zu ruhen. Mehr sei da nicht zu machen, hatte er gesagt, jedenfalls nicht auf Rezept.

Gegen die zermürbende Schlaflosigkeit allerdings bekam er etwas. Da waren dem Doktor die Hände nicht gebunden.

Er hatte vorgehabt, sich nur an den Wochenenden damit zu behelfen, wenn die Tage besonders einsam und die Nächte unendlich lang waren und er dann überhaupt nicht mehr wusste, wohin mit der Zeit. An Kaffeefahrten für Senioren lag ihm nichts. Unter fremden Menschen sein, die sich nur, weil sie alt und allein waren, zusammenfanden, wollte er nicht, da blieb er doch lieber zu Hause.

Es kam noch vor, dass er ein Buch in die Hand nahm, ein wenig Radio hörte, aber das war auch schon alles. Früher war er mit Martha das Programm durchgegangen, und alles, was sie interessierte, hatten sie angestrichen und manchmal an den Wochenenden bei einer Flasche Wein vor einer Sendung gesessen.

Spazieren gegangen wäre er schon noch gern. Das hatte ihm immer gut getan, aber das Knie machte nicht mehr mit. Und den Stock zu nehmen ... nein, das verunsicherte ihn nur. Und überhaupt! Was sollte das denn, dieses mühselige Ablaufen von Schritten bis zur nächsten Parkbank! Mit Martha wäre er gegangen. Trotz allem. An ihrer Seite hätte er es geschafft. Mit ihr wäre auch die Welt da draußen, die sich immer lauter und hektischer gebärdete, weniger ätzend gewesen.

Im Knie stach es wieder zu, hinterrücks, gemein. Geistesabwesend massierte er das steife Gelenk. Als der Schmerz nachließ, stand er auf, zog sich den Bademantel über und ging ins Wohnzimmer, wo trotz der frühen Stunde das Morgenlicht schon fühlbar war.

„Ja, so wird es sein," sagte er laut und nickte bekräftigend, denn er sah auf einmal in aller Klarheit den für ihn einzigen Weg.

Er ging auf den Tisch zu, rückte den Stuhl zurecht und ließ sich, um das Knie zu schonen, mit abgestützten Armen auf dem Lehnstuhl nieder, zog die Schublade auf, holte einen Bogen Papier hervor, einen Stift und ein Couvert.

Es dauerte, bis er den Anfang gefunden hatte. Viel zu schreiben, gab es zwar nicht, aber mit Briefen hatte er sich schon immer schwer getan. Die Worte wollten sich einfach nicht aus seinem Kopf aufs Papier herüberbringen lassen. Martha war in dieser Hinsicht ganz anders gewesen, ihr war so etwas leicht von der Hand gegangen. Umso mehr staunte er, wie gehorsam seine Gedanken sich diesmal fassen ließen. Auch beim Durchlesen fiel ihm nichts auf, was er hätte besser machen können.

„So, das wäre geschafft," meinte er zufrieden und steckte den Brief an seinen Sohn in den bereits adressierten und frankierten Umschlag.

Jetzt musste er sich erst einmal frisch machen. Während er sich rasierte, lief das Badewasser rauschend in die Wanne.

Als er sich, nach einem herben Aftershave duftend, im Spiegel betrachtete, fand er, dass er in seinem schwarzen Anzug noch immer eine recht gute Figur machte. Er sah aus wie ein ehrwürdiger, alter Herr, der einst einen bedeutenden Posten bekleidet hatte und nun einen geruhsamen, wohlversorgten Lebensabend genießen durfte.

Auf dem Küchentisch lag seine Briefbörse. Er wusste zwar ziemlich genau, wie viel er besaß, zählte aber noch einmal nach.

Unter anderen Umständen hätte er damit noch gut zwei Wochen auskommen müssen, doch jetzt war es anders. Jetzt konnte er unbedenklich alles bis auf den letzten Cent ausgeben.

An der Garderobe hing sein dunkelgrauer Staubmantel. Wenn man nicht allzu genau hinschaute, sah er noch ganz passabel aus. Er schlüpfte hinein, setzte schmunzelnd seinen Hut auf und klopfte sich zur Sicherheit auf die Manteltasche, wo der Brief steckte.

„So, Martha, es geht los," sagte er ruhig.

Das einfallende Licht durch die schmutzigen Fenster im Treppenhaus schien ihm weniger trüb als sonst, auch der Geruch war nicht so muffig und abgestanden.

Unter dem Torbogen blieb er eine Weile stehen und verschnaufte, bevor er nach draußen ging, den Brief in den Kasten warf und nach einem Taxi winkte.

Die Stadt glitt schwerelos an ihm vorbei, alles sah anziehend und angenehm, beinahe wie verklärt aus. Als er angekommen war, prägte er sich beim Zahlen den Betrag ein, den er für die Rückfahrt brauchte.

Hier in diesem Restaurant hatte er mit Martha Verlobung gefeiert, nur er und sie. Wie hübsch und strahlend sie gewesen war in ihrem schlichten, hellen Kleid und dem kecken Hütchen, das so gut zu ihrem Lächeln gepasst hatte.

In der Tür kam ihm gleich ein Ober entgegen, nahm ihm Hut und Mantel ab und erkundigte sich nach seinem Tischwunsch.

Mit Bedacht schlug er die Speisekarte auf und bestellte dasselbe Menü wie damals. Jedenfalls glaubte er, dass sie eine Steinpilzsuppe gegessen hatten und

Rehragout mit Preiselbeeren. Dazu kam eine halbe Flasche Rotwein und als Dessert ein gemischtes Eis mit heißen Kirschen.

Der Nachmittag zeigte sich bereits im Fenster, als er die Rechnung verlangte und erstaunt feststellte, dass ihm noch etwas geblieben war.

Gerade als er gehen wollte, kam ein junger Blumenverkäufer mit einem großen Rosenstrauß an seinen Tisch. Er erkundigte sich nach dem Preis des gesamten Buketts, überschlug seine Barschaft; es passte. Dem Ober, der ihm in den Mantel half, erklärte er, dass die Blumen für seine Frau seien, worauf dieser anerkennend meinte, dass sie sich darüber gewiss sehr freuen würde.

Ja, das wird sie, dachte er. Nichts liebte sie so sehr wie Blumen.

Zuhause überlegte er, ob er die Rosen ins Wasser stellen sollte. Aber wozu! Nein, lieber wollte er sie auf Marthas Kopfkissen legen. Da waren sie näher bei ihm, und er konnte ihren Duft riechen.

Er holte sich aus der Küche ein großes Glas Wasser, vergaß auch den Löffel nicht und trug beides ins Schlafzimmer. Dann kleidete er sich aus, hing die Sachen über einen Stuhl, legte Marthas Fotografie neben die Rosen und zog die Nachttischschublade auf. Wie immer klemmte sie. Ihn hatte es nie gestört, aber Martha hatte ihn immer wieder gebeten, nach ihr zu sehen und sie in Ordnung zu bringen, und er hatte es immer wieder versprochen und dann vergessen.

Ohne zu zögern ließ er die Tabletten eine nach der anderen sorgsam ins Glas fallen. Beim Einrühren wurde das Wasser weiß und trüb. Die leeren Röhrchen ließ er auf dem Nachttisch liegen. Er wollte nicht mehr aufstehen und sie wegräumen. Das sollte ein anderer tun. Sein Sohn sollte es tun. Vielleicht würde ihm dabei der eine oder andere Gedanke durch den Kopf gehen, der ihm dort schon längst hätte durchgehen sollen. Ja, er war böse auf ihn. Er wollte es nicht sein, aber es ging nicht anders.

Das mit der Bestattung war geklärt. Sein Sohn würde für nichts aufkommen müssen, und seine Reisekosten deckten sich bestimmt mit dem Erlös aus dem Verkauf der Wohnungseinrichtung. Die Heizkostenabrechnung war erledigt, Wasser und Strom beglichen, und auch die Miete war schon abgezogen.

Er griff nach dem Glas und trank es in langsamen Zügen aus. Dann schlug er das Kissen auf und legte sich hin. Als er gut zugedeckt eine bequeme Lage gefunden hatte, griff er nach Marthas Fotografie.

„Ich komme zu dir, Liebes," flüsterte er und fühlte, dass er nicht mehr lange wach sein würde.

Ein kleines Weilchen verging noch, und schon wusste er nichts mehr von seiner Verlassenheit. Auch in seinem Knie war es ruhig geworden. Nichts zog oder stach mehr. Auch dieser Schmerz war ausgelöscht.

EIN FREUND FÜR DAS KLEINE MÄDCHEN

Die Sonne hatte den letzten Schnee weggeschmolzen. Die Erde im Garten gab nach, ließ Grasspitzen heraus, wach und munter wie nach einem langen, erholsamen Schlaf. Die Tage waren sicherer, dauerhafter geworden, ihr Licht verspielter, und die undurchdringliche Schwere der Nächte flaute ab.

Fanny konnte nicht einschlafen. Ihre Gedanken trieben sich aufgeregt hin und her, hielten ihre Augen wach.

Morgen würde in ihrem Leben etwas nicht mehr so sein, wie es war. Morgen würde sie einen Stift in der Hand halten und den ersten Buchstaben des Alphabets schreiben, der ihr endlich den Weg in eine neue, rätselhafte und wundersame Welt öffnete.

Fanny schlief endlich doch ein, und als sie aufwachte, blinzelte der Tag schon durch die Vorhänge ins Zimmer. Rasch zog sie sich an und lief in die Küche, wo das Frühstück auf sie wartete. Doch kaum hatte sie sich hingesetzt, war sie auch schon wieder hochgesprungen, in ihre blaue Clubjacke geschlüpft und, sich den Ranzen überwerfend, ihrer Mutter voraus losgerannt.

Als Fanny den von schwatzenden und lachenden Kinderstimmen erfüllten Schulhof sah, überschlug sie eine sanfte, warme Welle des Glücks, bald auch dazuzugehören.

„Viel Erfolg," sagte ihre Mutter und küsste sie, als die Neulinge aufgerufen wurden.

Sie taten sich paarweise zusammen und folgten einer großen, dünnen Lehrerin ins Schulgebäude. Nur Fanny war übrig geblieben und ging allein hinterher.

Als die Kinder in das helle, große Klassenzimmer gelangten, stürzten sie lauthals auf die leeren Plätze zu. Fanny kam zögernd nach und blieb mitten im Raum stehen.

„Setz dich doch, du doofe Brillenschlange," zischte es plötzlich hinter ihr.

Erschrocken wandte sie den Kopf, ein rothaariger Junge starrte sie giftig an.

Fannys Blick verwirrte sich, und ein dickes, graues Licht fiel wie aus dem Nichts auf sie herab, hüllte sie ein. Tische und Stühle wurden weich, Gesichter verwischten, Stimmen mischten sich zu einem Geräuschbrei zusammen, ihr Körper wurde schwer, als hingen Gewichte an ihm.

Eine Berührung an ihrem Arm holte sie zurück, die Lehrerin wies mit der Hand auf einen einzelnen freien Stuhl in der letzten Reihe.

Fanny schnallte ihren Ranzen ab und setzte sich. Die Betäubung gab langsam nach, doch obwohl sie wieder klar sehen konnte, blieb sie wie weggerückt, als sitze sie vor einem Glasschirm, von allen getrennt.

Vor dem Fenster stand ein großer Baum und sah sie gutmütig an. Sie wäre gern in ihn hineingeklettert, und einen Moment lang schien es ihr sogar, als winkte er ihr mit seinen Ästen zu.

In der Reihe vor ihr baumelten über einem großen, spitzenversetzten Kragen zwei lange, braune Zöpfe, zusammengebunden mit roten Samtschleifen, die auf dem zart geblümten Kleid wie ruhende Schmetterlinge leuchteten.

Verschämt kroch Fannys Blick über ihre von einem braunen Rock bedeckten Knie. Der Stoff war grob, die Farbe verwaschen und der Saum schon zweimal herausgelassen. Die Bruchkanten waren heller und beim Bügeln nicht wieder ganz glatt geworden.

Fanny dachte an ihr dunkelgrünes Samtkleid, das sie nur sonntags tragen durfte. Sie stellte sich vor, in diesem Kleid auf der Schulbank zu sitzen, so hübsch und anziehend, dass die Nachbarin mit den langen Zöpfen den Kopf gewendet hätte und sie staunend anlächelte.

Wie schön es wäre, sie als Freundin zu gewinnen und sie in ihre Geheimnisse einzuweihen. Vor allem würde sie ihr von Fred erzählen. Von ihm wusste keiner etwas. Außer Gott natürlich.

Eines Abends, als Fanny nicht einschlafen konnte, hatte Fred von draußen geklopft. Schnell war sie aus dem Bett gesprungen und hatte das Fenster einen Spaltbreit geöffnet. Aus der klammen, herbstlichen Nässe huschte im Schein der Straßenlampen ein kleiner, vor Kälte bibbernder Junge mit einem sehr ernsten Gesicht herein und hüpfte mit einem einzigen Satz auf die Bettdecke.

„Du bist Fred, ich weiß," hatte Fanny gesagt. „Auf dich habe ich schon lange gewartet, denn ich brauche dringend einen Freund, mit dem ich über alles sprechen kann."

Und seitdem war er da.

Während sie noch darüber nachsann, wie Fred und die neue Klassenkameradin sich kennenlernen würden, hatte die Lehrerin ein Lied angestimmt, in dem es um den Frühling ging, der über den Winter siegte und den Himmel von den klumpigen, lästigen

Wolken befreite. Diesem weit geöffneten Himmel konnte Fanny nicht widerstehen. Wie ein Vogel breitete sie die Arme aus, erhob sich und flog davon in die blaue Höhe, flog immer weiter und weiter, bis sie plötzlich von einer dumpfen Stille zurückgerissen wurde. Die Lehrerin in ihrem dunkelblauen Kostüm und der steifen, weißen, am Kragen zu eng geknöpften Bluse stand vor ihr und sah ihr streng in die Augen.

„Zum Träumen ist die Nacht da," sagte sie, ohne eine Miene zu verziehen.

Verlegen holte Fanny ihre Schiefertafel aus dem Schulranzen und schrieb wie die anderen ein kleines und ein großes *M* von der Tafel ab.

„Dein *M* sieht nicht ganz so gut aus," tadelte die Lehrerin und ging weiter zum nächsten Tisch.

Ihr Mund sah wie ein schlecht aufgemalter Strich aus, und wenn sie lächelte, blieben ihre Augen ernst.

Irene mit den Zöpfen warf Fanny einen Blick zu, als wollte sie sagen: „Bist du aber blöd."

Ich kann mir aber Geschichten ausdenken und wie ein Vogel fliegen, dachte Fanny, sich verteidigend, beugte den Kopf wieder über die Tafel und machte sich an das nächste *M* heran.

Sie schrieb die ganze Tafel voll, und endlich waren sie alle so, wie sie sein sollten. Auch die Lehrerin nickte zufrieden. Sie gab die Aufgaben für den nächsten Tag durch, und der erste Schultag war zu Ende.

Draußen vor dem Tor stand Irene und tuschelte mit dem rothaarigen Jungen. Beim Vorbeigehen zog Fanny den Kopf ein, trotzdem blieb ihr die *doofe Brillenschlange* nicht erspart.

„Ich bin nicht doof," sagte sie leise vor sich hin, spürte aber, dass sie damit gegen den Rothaarigen nicht ankam.

Als der Sommer begann, konnte Fanny schon das ganze Alphabet und versuchte, die Geschichten, die sich in ihrem Kopf tummelten, aufzuschreiben. Sie hätte sie gern jemandem vorgelesen, wenn sie gewusst hätte, wem, aber nur Fred hörte ihr zu.

Irene beachtete sie nie, und der Rothaarige hörte nicht auf, sie mit ihrer Brille zu ärgern und steckte andere aus der Klasse damit an. Fanny versuchte, nicht hinzuhören, doch seine Gemeinheiten blieben in ihren Ohren stecken.

Einmal in der Pause war er ihr auf den Hof gefolgt, hatte sich ihr in den Weg gestellt und ihr das Brot aus der Hand geschlagen. Dabei freute er sich ungemein, klatschte in die Hände und lachte laut. Sein schadenfrohes Gelächter rief andere Kinder herbei. Davon noch mehr angefeuert, riss er Fanny die Brille vom Gesicht und tanzte, die Trophäe hoch über seinem Kopf haltend, wild um sie herum. Und die anderen tanzten ihm hinterher, kreischend und johlend ging die *doofe Brillenschlange* von Mund zu Mund.

Die wirbelnden Kreise wurden schneller und enger, zogen sie in den tiefen, dunklen Schlund eines tobenden Strudels. Auf einmal stand alles still, es hatte zur nächsten Stunde geklingelt. Fanny konnte sich nicht rühren, noch immer schwindelte ihr von dem Gedröhn. Dann sah sie die Brille auf dem Boden. Ein Bügel war verbogen und scherte beim Aufsetzen nach außen.

Die Lehrerin tadelte sie, ohne den Grund ihrer Verspätung erfahren zu wollen, und verabreichte ihr eine Strafarbeit.

Fanny erklärte sich mit keinem Wort, holte die Lesefibel unter ihrem Tisch hervor und schlug sie wie im Fieber auf. Die Wörter ergaben keinen Sinn mehr, zerfielen willkürlich in Buchstaben, die sich wüst auf dem Papier zerstreuten. In einem fort kreischte die *doofe Brillenschlange* in ihrem Ohr.

„Ich kann doch nichts dafür, dass ich eine Brille tragen muss," beklagte sich Fanny bei Fred.

„Natürlich nicht!", bestätigte Fred eifrig. „Der Rothaarige ist einfach dumm, und die anderen, die mitmachen, sind auch nicht besser."

„Warum nur muss ich die Einzige in der ganzen Klasse sein, die so was trägt! Ist es etwa meine Schuld, dass meine Augen nicht richtig sehen können? Und obendrein werde ich wegen diesem blöden Ding auch noch bestraft," erwiderte sie mutlos.

„Du solltest mit der Lehrerin sprechen und ihr alles genau erzählen," riet Fred, „und sie knöpft sich dann den Rothaarigen vor."

Fanny zweifelte, ob die Lehrerin mit ihrem strengen Blick sie verstehen würde.

Nachdem sie dreißig Mal *Ich darf nicht zu spät kommen* geschrieben hatte, ging Fanny in den Garten. Der Apfelbaum genoss die warme Luft und reckte seine blütenschweren Äste, als habe er schon auf sie gewartet. Fred, der vorausgeeilt war, winkte ihr mit beiden Armen zu. Er saß hoch oben auf einem dicken Ast und ließ die Beine baumeln.

Die Hitze des Sommers hatte sich in eine sanfte, herbstliche Wärme verwandelt, als der letzte Ferientag zu Ende war.

Fanny lag im Bett mit verkrampftem Magen. Fred hielt mit ihr Wache, konnte aber gegen die quälenden Gedanken seiner Freundin wenig ausrichten. Sie musste wohl in die Schule, daran führte kein Weg vorbei.

Doch dann gleich in der ersten Stunde gab es eine Überraschung. Irenes Tischnachbarin war weggezogen, und Fanny wurde auf ihren Platz gesetzt. Irene rümpfte zwar die Nase, aber Fanny hoffte doch noch, sie könnten Freunde werden.

Irene war wie ein schönes Bild, auf dem alles zusammenpasste: ihr Haar, ihr Gesicht, die zarte Figur, sogar der Klang ihrer Stimme, auch wenn sie nicht richtig singen konnte. Nie traf sie sauber den Ton, und in der Höhe wurde er dünn und kraftlos wie ein versiegender Wasserstrahl. Doch wenn sie sprach, musste man ihr einfach zuhören. Es war etwas in ihrer Art zu reden, etwas Gepflegtes, etwas, das einen bezauberte und zu glauben zwang, dass alles, was sie sagte, wahr und wichtig sei.

Fanny hatte weder langes, glänzendes Haar, noch trug sie jeden Tag ein anderes Kleid, und sie hatte auch nichts an sich, das andere aufhorchen ließ. Aber etwas besaß sie doch, das Irene nicht hatte. In jedem Diktat nämlich erhielt Fanny eine Eins. Selbst bei einem langen oder fremden Wort musste sie kaum nachdenken, die richtigen Buchstaben fügten sich schnell zusammen. Bei Irene dagegen wimmelte es von Fehlern.

Fanny hätte ihr gern vorgeflüstert, sogar auf die Gefahr hin, erwischt und bestraft zu werden, doch Irene wollte ihre Hilfe nicht. Sie kehrte ihr immer halb den Rücken zu und schrieb lieber Hahn mit zwei *a* und Vogel mit *f*, als sich von einer

Brillenschlange helfen zu lassen, neben der sie sitzen musste, weil die Lehrerin das so bestimmt hatte.

Gekränkt zog sich Fanny zurück. Irenes Verhalten, auch wenn sie schon längst daran gewöhnt war, nagte doch an ihr.

„Sie ist eine dumme Pute, und du musst sie, so schnell es geht, aus deinem Kopf vertreiben," empörte sich Fred.

Er hatte natürlich recht, aber Fanny ließ trotzdem nicht davon ab, Irene könnte ihre Meinung doch noch ändern. Da zum ersten Mal verlor Fred die Geduld.

„Lass sie doch," sagte er ungehalten. „Wenn sie glaubt, Schönheit ist alles und eine Fünf im Diktat nichts, dann ist sie ziemlich daneben. Und wenn du glaubst, sie könnte sich für die Geschichten, die du dir ausdenkst, interessieren, ist dir auch nicht mehr zu helfen."

„Es ist ja nur so, dass ich auch gern einen Freund in der Schule hätte," versuchte Fanny, Fred zu erklären. „Du kannst ja nie mitkommen."

Das sah Fred ein, mehr aber konnte er dazu nicht sagen.

Eines Tages brachte die Lehrerin einen Pappkarton mit, den sie mit einem großen Nagel an der Wand befestigte.

„Das ist ein Kummerkasten," erklärte sie, „und jeder, der will, darf das, was ihn traurig macht, aufschreiben und hineinwerfen."

Alle zwei Wochen wurde er geöffnet, die Lehrerin trug die Zettel laut vor und versuchte, mit Ratschlägen zu helfen.

Als Fred davon hörte, war er Feuer und Flamme. Doch Fanny überlegte noch, ob sie sich auch mit dem, was sie bedrückte, mitteilen wollte.

„Ich glaube, die Lehrerin mag mich nicht besonders. Warum sollte ich mich ihr also anvertrauen?"

„Ach was, das bildest du dir nur ein," meinte Fred.

„Sie übergeht mich oft, wenn ich mich melde und etwas sagen will. Und wenn ich doch etwas sagen darf, sieht sie mich manchmal so an, als ob das, was ich sage, überflüssig ist."

„Auf einen Versuch solltest du dich trotzdem einlassen," beharrte Fred. „Was hast du zu verlieren? Und da die Namen der Schüler nicht verraten werden, weiß doch niemand, von wem welcher Zettel ist."

„Also gut, ich mache es," gab Fanny sich einen Ruck.

Als der große Tag kam, schwindelte Fanny der Kopf, und ihr Herz sprang ungeduldig hin und her. Eins nach dem anderen trug die Lehrerin die Bekümmernisse vor, doch dass jemand sich so sehr einen Freund wünschte, das fehlte.

Der Unterricht war beendet, und alle suchten fröhlich schwatzend ihre Sachen zusammen. Auch Fanny räumte ihren Tisch leer, aber ihre Hände wussten beim Einpacken kaum, was sie taten.

Sie hatte den Zettel doch eingeworfen und genau gehört, wie er mit einem leisen Plopp auf die anderen gefallen war. Und trotzdem war er nicht im Kasten gewesen. Wie konnte das sein? Was war da passiert? Der hatte sich doch nicht in Luft aufgelöst?

Alle Kinder waren schon gegangen, und zum ersten Mal war Fanny froh, allein zu bleiben. Sie wollte keinen sehen und von keinem gesehen werden. Als die letzten Schritte und Stimmen im Korridor verklungen waren, nahm sie ihre Jacke vom Haken und schnallte sich den Ranzen um. Der Riemen hatte sich auf einer Seite verdreht und drückte. Während sie sich noch mit dem verqueren Ding abmühte, kam plötzlich die Lehrerin aus dem Klassenraum.

„Dein Kummer ist also, dass du keinen Freund hast?", sagte sie und machte die Tür zu.

Fanny schoss das Blut in den Kopf, die Brille drückte plötzlich schmerzhaft hinter den Ohren. Eine scheußliche Stille kroch von überall hervor und blähte sich auf.

Der Zettel war also doch im Kasten gewesen!

„Es liegt immer an einem selbst, einen Freund zu finden. Das ist nicht leicht, aber du solltest daran festhalten," fuhr die Lehrerin fort, während sie mit dem Schlüssel hantierte.

Mit einem sanften Klicken verschloss sich die Tür, die Lehrerin nickte Fanny zu und ging weg. Ihre dünnen, hohen Absätze verhallten auf den grauen Steinplatten.

Fanny dachte an Fred. Und schon flogen ihre Schritte über das Straßenpflaster. Die Welt um sie herum war belangloser geworden, sie sehnte sich nach dem Apfelbaum in ihrem Garten. Bald würde er sie umarmen, sie den aufregenden, herzhaften Duft seiner Rinde einatmen und sich mit Fred zusammen von einem der großen Wolkenschiffe mitnehmen lassen.

DIE LINKE BAZILLE

Liebe Mama,

ich habe versucht, Dich anzurufen, Dein Handy war aber nie eingeschaltet. Das hat mich sehr gewundert. Aber als ich heute Nachmittag Fernsehen gucken wollte, habe ich Dein Handy gefunden. Da, wo die Fernbedienung liegen sollte! Ich kann mir schon denken, was passiert ist. Du warst wahrscheinlich wieder in Eile und mit vielen Gedanken im Kopf und hast es mit der Fernbedienung verwechselt.
Von dem, was Du gleich hier von mir zu hören bekommst, weiß Papa noch nichts, weil er sich sofort wieder aufregt und seinen Blutdruck kriegt wie neulich, als er ganz rot im Gesicht war, weil die neue Mieterin über uns wieder spät nachts Flamenco getanzt hat und er sich nicht beschweren konnte, weil sie wegen ihrer lauten Musik die Klingel nicht gehört hat.
Also, als ich heute aus der Ergotherapie nach Hause kam, war Papa noch unterwegs. Gott sei Dank, kann ich da nur sagen, weil ich eine halbe Stunde zu spät war. Dafür hätte er ja den Grund wissen wollen, und ich hätte es bestimmt nicht geschafft, mich herauszureden. Dabei weiß ich immer noch nicht so genau, was eigentlich passiert ist und warum Frau Ackermann plötzlich so wütend auf mich war.
So, jetzt fange ich richtig an. Ich bin also zur Ergo gegangen, worauf ich mich richtig gefreut habe, weil ich jetzt bei Frau Schulz bin, denn Frau Ackermann ist immer noch auf Fortbildung. Frau Ackermann

war aber doch da, aber Frau Schulz nicht. Zuerst dachte ich, dass Frau Schulz vielleicht krank ist, aber Romina hat gesagt, dass sie überhaupt nicht mehr kommt. Und als ich wissen wollte, warum, hat Frau Ackermann gesagt: „Weil Frau Schulz eine linke Bazille ist."

Und dann ist sie richtig über Frau Schulz hergefallen, weil sie nicht das gemacht hat, was sie machen sollte und dabei noch so getan hat, als wüsste sie von nichts. Ich meinte dann, dass Frau Schulz es vielleicht nur vergessen hat. Das kann doch mal vorkommen, oder? Aber davon wollte Frau Ackermann nichts wissen. „Das war ja nicht das erste Mal, und Widerworte hat sie auch noch gegeben," hat sie gesagt. „Vielleicht hat Frau Schulz ehrlich geglaubt, im Recht zu sein, auch wenn sie Unrecht hatte," habe ich dann gesagt. Mir passiert so etwas nämlich öfter. Aber davon wollte Frau Ackermann auch nichts wissen. „Ob Frau Schulz Recht hat oder nicht, entscheide ich, denn ich bin die Chefin hier und Punkt!" hat sie gesagt. „Aha!" dachte ich mir. „Jetzt weiß ich endlich, warum Papa keinen Chef hat!" Gesagt habe ich das natürlich nicht, denn auch so schon sah Frau Ackermann ziemlich geladen aus.

Trotzdem konnte ich das nicht einfach so lassen, weil ich Frau Schulz gut leiden kann, und deswegen habe ich Frau Ackermann vorgeschlagen, sie sollte ihr noch einmal eine Chance geben. „Die hat sie sich verscherzt," hat Frau Ackermann gesagt und noch hinterhergesagt, dass sie froh sein kann, dass die noch in der Probezeit war, sonst hätte sie dieses freche Stück jetzt noch endlos an der Backe gehabt.

Aber jetzt kommt es noch dicker, Mama. Ich hatte überhaupt keine Zeit gehabt zu verdauen, dass Frau

Schulz nicht mehr kommt, als ich von Frau Ackermann hören musste, dass ab sofort nur noch sie sich um mich kümmern wird. Das will ich aber nicht, weil sie so streng ist und immer gleich losbrüllt, wenn sie schlechte Laune hat. Und die hat sie ziemlich oft. Und ich weiß auch, warum. Wegen ihrem Freund Sebastian, der sie manchmal abholt. Oft aber holt er sie auch nicht ab. Dann ruft er vorher an, und Frau Ackermann ist deswegen so wütend, dass es alle in der Praxis mitkriegen. Sie sagt dann: „Das war aber abgemacht!" oder „Wegen dir habe ich mein ganzes Leben umgekrempelt." Einmal sogar hat sie vor lauter Wut geheult und gesagt: „Den Scheißkerl bringe ich noch um!"

Dabei ist dieser Sebastian schon ziemlich alt. Er hat weiße Haare, und sein Gesicht sieht ganz verknittert aus. Aber er tut so, als wäre er viel jünger. Das sieht man an seinen Klamotten. Die passen gar nicht zu ihm. So etwas tragen nur Jugendliche.

Und dann, Mama, musst Du mal hören, wie der versucht, *cool* zu sein. Das ist echt peinlich. Einmal hat er sich einfach auf Frau Ackermanns Schreibtisch gesetzt, obwohl das niemand darf, und dabei hat er der Frau Schulz zugezwinkert, und zu Romina hat er *du hübsches Biest* gesagt. Sie hat aber nur genervt die Augen verdreht. Frau Ackermann hat zum Glück nichts mitgekriegt, denn dann wäre bestimmt die Post abgegangen, und am Ende hätte sie noch der Romina die Schuld gegeben, dass der Sebastian so etwas gesagt hat. Ich weiß zwar nicht genau, warum, aber irgendwie traue ich ihr das zu.

Wir haben dann eine Lichterkette gebastelt. Das war ziemlich langweilig, weil wir schon eine in der Schule gemacht haben. Und dann klingelte es plötzlich. Frau Ackermann guckte auf die Uhr und sagte: „Mitten in der Stunde?! Das kann doch nicht sein!" Sie ging die Tür aufmachen und ich hörte sie mit jemandem sprechen. Und dann wusste ich sofort, wer das war, nämlich Frau Trackert, Jans Mutter. Die beiden haben sich ziemlich lange unterhalten, und zwar so, als ob die sich gut verstehen. Und da war für mich endgültig Feierabend.

„Das war Jans Mutter," sagte Frau Ackermann, als sie zurückkam. Und weil mir nichts Besseres dazu einfiel, habe ich „Na und?" gesagt.

„Ach," meinte Frau Ackermann irgendwie hinterhältig, „warum denn so böse? Ist was? Hast du dich mit Jan gestritten?" „Nein," habe ich gesagt und mehr nicht, weil Frau Ackermann nicht wissen muss, dass Jan und ich wegen seiner blöden Mutter keine Freunde mehr sein dürfen. Und das nur, weil ich bei Rot über die Ampel gelaufen bin und sie das zufällig gesehen hat, weil sie gerade vorbeikam. Dabei war doch weit und breit überhaupt kein Auto zu sehen gewesen. Aber die blöde Kuh hat gesagt, dass genauso gut eins hätte kommen können und Jan einen Freund, der so verantwortungslos ist, nicht brauchen kann. Ich wollte ihr alles erklären, aber sie hat überhaupt nicht zugehört, nur immer weitergeredet. Du hast ja selber einmal gesagt, dass die wie ein Maschinengewehr plappert, dass einem die Ohren abfallen.

Das alles Frau Ackermann zu erzählen, hatte ich aber keine Lust. Und erst recht nicht, nachdem sie sich mit Jans Mutter so freundlich unterhalten hat. Frau Ackermann ist mit der bestimmt einer Meinung, wenn sie die Sache mit der roten Ampel hört. Frau Ackermann hat aber immer weiter gefragt, und dann habe ich gesagt, dass ich Jans Mutter hasse und ihr wünsche, dass ihr etwas ganz Schlimmes passiert. Da hat Frau Ackermann tief Luft geholt und gesagt: „Na, hör mal! Hast du noch nie etwas über das Verzeihen gehört? Jeder Mensch ist es wert, dass ihm verziehen wird, weil jeder Mensch, selbst der schlimmste, auch gute Seiten hat." „Auch der allerschlimmste?" habe ich gefragt, und sie hat genickt. „Auch Adolf Hitler?" habe ich weiter gefragt. „Der auch." „Sogar wenn er so viele Menschen getötet hat?" „Ja," hat sie wieder gesagt. „Aber wie kann denn einer, der so viele Menschen getötet hat, noch gute Seiten haben?" wollte ich wissen. „Das ist eben so," meinte Frau Ackermann.

Ja, und dann, Mama, ist das passiert, was ich überhaupt nicht verstehe. Ich wollte nämlich nur noch wissen, wenn das so ist, warum sie dann der Frau Schulz nicht verziehen hat. Wenn alle Menschen gute Seiten haben, sogar Adolf Hitler, dann muss Frau Schulz doch auch welche haben. Doch anstatt darüber nachzudenken, ist Frau Ackermann plötzlich ganz rot geworden und hat mich böse angesehen, und dann hat sie mich angeschrien und gesagt, was mir eigentlich einfällt und dass ich sofort verschwinden soll. Was sagst Du dazu, Mama? Frau Schulz kann doch nie im Leben schlimmer als Adolf Hitler sein, oder?

Also, mein Tag war das heute überhaupt nicht. Ich habe nämlich auch noch in Mathe eine Fünf geschrieben. Reg Dich aber deswegen nicht gleich wieder auf. Ich bin eben nicht gut im Rechnen. Das heißt aber noch lange nicht, dass mein Leben deswegen im Eimer ist. Es gibt nämlich jede Menge Berufe, wo man nicht rechnen muss. Zum Beispiel als Koch oder Friseur. Und das sind Berufe mit Zukunft, weil die Menschen immer essen müssen, und zum Friseur müssen sie auch, wenn sie nicht wie Penner aussehen wollen. Aber wenn ich später richtig Geld verdienen will, werde ich Bestattungsunternehmer wie der Vater von Tim. Der hat mir gesagt, dass es viel sicherer ist zu sterben, als genug Haare auf dem Kopf zu haben, um zum Friseur gehen zu müssen.

Viele Grüße

Dein David

Ach ja, ich hab noch vergessen zu sagen, dass ich nicht mehr zur Ergo gehen will. Papa hat bestimmt nichts dagegen. Der hat erst vor kurzem gemeint, dass ich die brauche wie einen Pickel auf dem Hintern.

PARIS MARLENE

Traudel starrte entgeistert in den Spiegel. Dieses Ungetüm da auf ihrem Kopf war doch nicht der Hut, den sie haben wollte. Marlene Dietrich hätte er gepasst, klar, denn nicht umsonst hieß das Modell nach ihr.

Während Traudel noch mit dem Hut herumexperimentierte, ob er, anders aufgesetzt, ihr vielleicht besser zu Gesicht stehen würde, überlegte sie fieberhaft, wie es überhaupt zu diesem Irrtum kommen konnte. Vor zwei Wochen hatte sie das Sommermodell der *Paris Marlene* anprobiert und hätte es, wenn es ihre Farbe gewesen wäre, sofort gekauft. Es hatte ihr so gut gestanden, dass sie kaum glauben konnte, dass sie, die aus dem Spiegel so anziehend und verführerisch heraussah, tatsächlich sie selbst war. Diese Knalltüte aber, die ihr da jetzt entgegenglotzte, sah einfach entsetzlich aus.

Traudels Herz schlug hastig, ihr Gesicht erhitzte sich, die Tränen, die ihr vor Enttäuschung in die Augen schossen, konnte sie jedoch gerade im letzten Moment noch abwehren, denn ein verheultes Gesicht mit verschmierter Schminke hätte ihr zu diesem Klotz auf dem Kopf gerade noch gefehlt.

Das Sommermodell ging ihr nicht aus dem Sinn. Weich und anschmiegsam, egal wie aufgesetzt, hatte ihr immer gestanden und ihrem Gesicht aufs neue etwas Besonderes verliehen.

„Gefällt er Ihnen?", fragte die Modistin ein wenig selbstgefällig, als wäre das Gegenteil völlig ausgeschlossen.

„Er ist irgendwie nicht so wie das Sommermodell, das ich probiert habe," erwiderte Traudel vorsichtig, als sei es ihre Schuld, dass es zu dieser Unstimmigkeit gekommen war.

„Es ist derselbe Hut," beeilte sich die Modistin, ihr zu versichern, „nur eben das Wintermodell. Bei dem ist das Material dicker und fester, und deswegen wirkt es etwas anders."

Aha!, dachte Traudel. Wirkt anders, ist aber dasselbe!

Die Miene der Modistin hatte sich verdüstert.

„Sie mögen ihn nicht?"

„Na ja ... doch ... schon ..." meinte Traudel zögernd, obwohl sie am liebsten gesagt hätte: *Nehmen Sie Ihre Paris Marlene gefälligst wieder zurück! Ich will sie nicht haben!*

Stattdessen ließ Traudel den Hut verpacken und bezahlte. Was sonst hätte sie tun sollen! Sie hatte ihn eigens für sich machen lassen, und da konnte sie doch nicht einfach daherkommen und sagen, es tue ihr leid, aber er gefiele ihr eben in dieser Gestaltung überhaupt nicht.

Sie nahm die Tüte und bemühte sich um ein Lächeln, als würde ihr das helfen, dem Kauf etwas abzugewinnen. Doch kaum im Aufzug, verdüsterte sich ihre Stimmung dermaßen, dass sie schon überlegte umzukehren, um das Ganze rückgängig zu machen. Nur wie?

Die vielen Leute, das Getue auf der Straße, erinnerte sie daran, dass Samstag war und sie dieses Wochenende nach den letzten Tagen mit den vielen Überstunden nötiger hatte als sonst.

Na gut, dachte sie, plötzlich aufgelockert, zu Hause werde ich mir den Hut noch einmal in Ruhe ansehen, vielleicht liege ich ja doch falsch, und er ist gar nicht so schlecht, und wenn ich ihn auch nur gelegentlich trage, hat sich die Ausgabe, über die Jahre betrachtet, dann doch gelohnt.

Sie hatte sich aber nicht getäuscht, denn nichts war anders, eher schien der grässliche Aufbau an Scheußlichkeit noch zugelegt zu haben.

Vor Ärger verspannte sich Traudels Nacken, und in ihrem Bauch fing es an zu grummeln. Von einem entspannten, gemütlichen Wochenende konnte jetzt erst recht keine Rede mehr sein: die ätzende *Paris Marlene* hatte sich überall breitgemacht. Es war zum Heulen.

Nachdem sich Traudel ausgeweint und ihr Make-up wieder aufgebessert hatte, beschloss sie, als letzte Chance sozusagen, die sie diesem unseligen Teil noch einräumen wollte, die Meinung ihrer Freundin Suzy einzuholen und schaltete Skype ein.

„Das ist aber ein interessanter Hut," sagte Suzy ein wenig verzögert.

„Findest du?", erwiderte Traudel mit einer leisen, dünnen, ihr selbst fremden Stimme. „ Da bin ich mir gar nicht so sicher."

„Na ja, wenn du dich unwohl fühlst, dann gib ihn doch zurück."

„Aber ich habe ihn ja extra für mich anfertigen lassen!"

„Ach so! Verstehe … Und wenn du ihn privat verkaufst?"

„Ich weiß nicht recht. Damit kenne ich mich nicht aus. Und was soll man schon noch dafür kriegen! Da kann ich ihn ja gleich verschenken", sagte Traudel, den Tränen schon wieder nahe.

„Ich finde schon, dass dieser Hut etwas hat, was andere Hüte nicht haben," versuchte Suzy, sie zu beruhigen.

„Tatsächlich? Und was?"

„Er ist ... nun ja ... eben so etwas, das man nicht alle Tage zu sehen bekommt. Das kann wirklich nicht jede Frau tragen. Du weißt ja selbst, bei deinem Gesicht sieht jeder Topf noch fantastisch aus."

„Ein Topf, aha! Alles klar!", ging es wieder mit Traudel durch.

Sie wusste natürlich, dass Suzy es nur gut gemeint hatte, trotzdem sank ihre Laune noch tiefer.

Der Tag verging, ohne dass das verdammte Ding aufhörte, allgegenwärtig zu sein, und nachdem sie sich am Abend vergeblich mit einer Fernsehschnulze abzulenken versucht hatte, hoffte sie wenigstens, die Nacht durchschlafen zu können, doch sie wachte immer wieder auf - den doofen Helm sofort vor Augen.

Am nächsten Morgen beim Frühstück setzte sie dem Ganzen ein Ende. Sie würde diesen Kloben zurückbringen, koste es, was es wolle.

Sie sah nach dem Kassenbeleg in ihrem Portemonnaie nach, doch als sie auf dem Bon das schwach Gestempelte *vom Umtausch ausgeschlossen* las, riss es ihr den Boden unter den Füßen weg.

Menschenskind, lass es!, sprach es plötzlich aus ihr heraus. Es gibt Schlimmeres im Leben, als den falschen Hut gekauft zu haben.

Und doch kam sie von der Palme nicht herunter.

Es reicht mir jetzt!, schrie es aus ihrer Brust heraus. Ich habe mein Geld für etwas ausgegeben, das ich so nicht haben wollte, und das muss geregelt werden.

Gleich morgen früh bin ich dort und mache mich kurz und bündig verständlich. Und wenn die Modistin das dann noch immer nicht begreift, werde ich ihr dabei wohl gehörig nachhelfen müssen!

Zufrieden, endlich aus dem Wirrwarr in ihrem Kopf heraus zu sein, ging sie zu Bett und schlief wie betäubt ein.

Am Morgen bekam Traudel plötzlich Zweifel, ob die Modistin sich von ihrer Beschwerde beeindrucken lassen würde. Ihr Blutdruck schoss in die Höhe und jagte ihr eine Hitze ins Gesicht, als hätte sie den Kopf in den Backofen gesteckt.

Wenn ich so weitermache, trifft mich wegen diesem verflixten Pott noch der Schlag, dachte sie, schloss die Augen und atmete tief durch, bis sie sich wieder eingekriegt hatte.

Jetzt mache ich erst mal meine Gymnastik, entschied sie, brach aber schon nach der ersten Übung ab.

Es hatte keinen Zweck! Solange der Schlamassel nicht geklärt war, würde sie keinen Frieden finden.

Während die Uhrzeiger sich kaum vorwärts bewegten, stritt Traudel sich imaginär mit der Modistin, der sie alle Möglichkeiten der Weigerung, die missglückte Kreation zurückzunehmen, in den Mund legte, und als sie sich dann kurz vor Geschäftsbeginn auf den Weg machte, glühten ihre Wangen und Ohren wie ordentlich geohrfeigt.

Draußen wehte ein heiteres, frisches Windchen, doch in ihr war alles verdüstert, als sie in ihrem Verlangen, die aufreibende Angelegenheit endlich vom Hals zu haben, im Laufschritt die Straße entlangeilte.

Schon von weitem aus dem gläsernen Aufzug heraus sah sie die Hutmacherin, gut gelaunt und adrett herausgeputzt, zwischen ihren Mützen und Hauben herumhantieren.

Das Gehüpfe des Fahrstuhls, bevor er zum Stehen kam, und die Langsamkeit, mit der er sich ruckelnd öffnete, zerrten an Traudels Nerven. Dann endlich war der Weg frei, und sie hetzte schnurstracks auf den Laden zu.

„Der Hut", begann sie, erregt nach Luft schnappend, „es tut mir leid, aber das ist nicht der, den ich wollte ..."

„Was gefällt Ihnen denn nicht an ihm?", entgegnete die Modistin mit leicht gekrauster Stirn.

„Einfach alles! Er ist nicht für mein Gesicht gedacht," erwiderte Traudel mit um Festigkeit bemühter Stimme.

„Nun, ich finde, dass dieses Modell für Sie sehr vorteilhaft ist. Es verleiht Ihnen ..."

„Ich bin diesbezüglich aber anderer Meinung. Und was es mir verleiht, gefällt mir gar nicht."

„Wissen Sie was? Setzen Sie den Hut noch einmal auf, und wir schauen gemeinsam ..."

„Das brauche ich nicht! Das habe ich zuhause schon zu Genüge getan," schnitt Traudel ihr mit erhobener Stimme kurzerhand das Wort ab. „Ich bitte Sie, den Hut zurückzunehmen."

„Das geht nicht!"

„Und warum nicht? Sie haben mir doch selbst gesagt, dass nach diesem Modell so oft gefragt wird, dass Sie mit der Lieferung nicht schnell genug hinterherkommen. Da werden Sie für ihn ja wohl noch einen anderen Kopf finden!," redete Traudel sich zunehmend in Fahrt.

„Der Hut ist vom Umtausch ausgeschlossen," sagte die Modistin mit einer unfreundlich gewordenen Miene.

„Das ist mir egal! Und wenn er zehnmal vom Umtausch ausgeschlossen ist! Sie haben mir diesen Hut aufgeschwatzt und werden ihn auf der Stelle zurücknehmen, oder ich postiere mich vor Ihrer Tür und warne jeden davor, Ihren Laden zu betreten. Und damit alle sehen und erraten können, wovon ich rede, setze ich mir dieses Prachtstück samt Preisschild auf den Kopf."

„Nun gut, ich mache eine Ausnahme," lenkte die Modistin plötzlich ein. „Ich nehme den Hut zurück und gebe Ihnen eine Gutschrift."

„Nein!," platzte Traudel los. „Ich brauche keine Gutschrift! Ich will mein Geld!"

„Ich könnte Ihnen vielleicht das Sommermodell in der gewünschten Farbe noch einmal beschaffen. Die Saison ist zwar vorbei, doch Restmaterial habe ich noch," schlug die Modistin vorsichtig vor.

„Das Sommermodell?," starrte Traudel sie ungläubig an.

„Also, wie schon gesagt, üblich ist das nicht, jedoch ..."

„Ich bekomme dann aber auch die zwanzig Prozent Saisonrabatt darauf!"

„Gewiss," gab sich die Modistin geschlagen.

Traudel begriff nicht wirklich, wie ihr gerade geschah. War das etwa sie gewesen, die sich diesmal nichts hatte gefallen lassen? Hatte sie nicht eben noch zu denen gezählt, die für die falsch grinsenden, überheblichen, unanständigen Artgenossen dieser Welt immer eine leichte Beute waren?

Der blaue Himmel draußen sah Traudel an, und sie spürte, dass ihm das, was er sah, gefiel.

DIE KLAVIERSTUNDE

Je mehr sich Klara dem Haus näherte, desto zögernder wurde ihr Schritt. Beklommenheit umspannte ihre Kehle wie ein eiserner Ring. Der bedeckte Himmel hing tief und schwer über ihr. Fröstelnd zog sie die Schultern zusammen.

„Lieber Gott, hilf mir!", flüsterte sie und blieb wieder stehen. „Lieber Gott!"

Klara hob den Kopf, die Mappe mit den Noten an sich gepresst, und bohrte ihren Blick in die Wolken. Sie sah keinen Gott, sie spürte keinen Gott. Auch wenn die Erwachsenen es immer wieder behaupteten und sie ermahnten, es zu glauben, war da niemand, und sie musste mit ihrer Angst allein zurechtkommen. Tränen der Hilflosigkeit schossen ihr in die Augen, die sie mit ihrer von der Kälte erstarrten Hand abwischte.

Sie sah sich schon vor dem Flügel sitzen, mit den noch klammen Fingern in die Übungen hinein. Die Tasten hinauf und hinunter, schnell und noch schneller und im Nacken die grässliche Frau Gerlach, antreibend, geifernd und nach diesem feucht muffigen Zeug riechend, das in einer kleinen Flasche, mit einem silbrigen Löffelchen daneben, auf dem Flügel stand. In jeder Unterrichtsstunde griff sie danach, zählte halblaut zwanzig Tropfen ab, und im Nu roch das ganze Zimmer nach ungewaschenen, klamm gewordenen, alten Kleidern.

An der nächsten Straßenkreuzung schaltete die Ampel auf Rot. Autos hielten, andere fuhren los; mit einem beißend metallischen Geräusch bog eine

Straßenbahn um die Ecke und fuhr laut bimmelnd vorbei.

Erleichtert blieb Klara stehen. Bei Rot durfte man nicht über die Straße. Sie konnte also getrost eine Weile warten, und die Stunde mit der Gerlach rückte nicht näher an sie heran.

Zuerst war es toll gewesen, begabt zu sein, etwas zu haben, was andere nicht hatten. Wie eine Prinzessin, die von allen bewundert wurde und an der keiner ohne ein Zeichen von Aufmerksamkeit vorbeikam, war sie sich damals vorgekommen. Und als sie dann noch als Beweis für ihre Begabung ein Stipendium erhielt, war sie vor Stolz und Glück nur noch so durch den Tag geschwebt.

Es wurde merklich kälter, als sie ihren Weg fortsetzte. Die Notenmappe war sperrig, lästig. Sie wäre sie gern losgeworden, egal wie, dann hätte sie dieses langweilige und viel zu schwere Stück, mit dem sie sich nur herumgequält hatte, nicht spielen müssen. Es könnte zum Beispiel jemand auf sie zukommen und sie ihr im Vorübergehen einfach aus den Händen reißen. Dann wäre sie eben fort gewesen, dieses blöde Ding mit diesem blöden Stück drin, bei dem sie nichts als die Angst, ihm nicht gewachsen zu sein, gefühlt hatte.

Das Licht des Nachmittags fiel allmählich ab, doch die Dunkelheit machte ihr nichts aus, vielmehr fühlte sie sich geschützt vor Blicken, die sie nicht sehen wollte. Ihre Klassenkameraden lauerten ihr gern auf, um sie wegen ihrer dicken Brillengläser und ihrer gebrauchten Kleidung aufzuziehen.

Noch schlimmer aber kränkten sie all die Dinge, die sie tun musste, ohne *nein* sagen zu dürfen. An jedem Tag gab es aber mindestens ein Nein, das sie gern mit ganzer Wucht herausschreien wollte.

Ihr Herz krampfte sich zusammen, so verloren fühlte sie sich mit den Neins, die sich in ihr wie zu einem dickem Kloß angehäuft hatten.

Wenn sie nur jemanden, dem sie sich anvertrauen könnte, gehabt hätte! Am besten genauso einen wie sie, der auch nie *nein* sagen durfte. Der hätte sie dann verstanden, und sie könnten ihre Neins gleich zusammen herausschreien. Aber wo hätte sie diesen Jemand suchen sollen?! Außerdem fehlte dafür die Zeit. All die Zeit, die es gegeben hatte, bevor sie von der Gerlach verschluckt worden war.

Das jaulende Heulen einer Polizeisirene schreckte Klara aus ihren Gedanken auf. Sie war schon an der Ecke mit dem Spielzeugladen angekommen, wo im Schaufenster auf einem roten Kissen die Käthe-Kruse-Puppe thronte. Ihr Gesicht sah so echt aus, als würde sie im nächsten Moment den Mund aufmachen und anfangen, drollig zu reden.

Obwohl der Laden Mittwoch nachmittags geschlossen war, wurde Klara beim Anblick der Puppe immer leichter ums Herz.

Klara wollte gerade weitergehen, als sie von einem winzigen, dünnen Lichtschein abgehalten wurde, der sich durch den zugezogenen Vorhang, der das Schaufenster vom Inneren des Ladens abschirmte, hinausstahl. Mit einem Mal wurde er heller und breiter und ließ das Gesicht eines alten Mannes erkennen, der mit einem freundlichen Lächeln hinauslugte.

Klara lächelte erfreut zurück, da aber war der Vorhang auch schon wieder zugefallen. Enttäuscht wandte sie sich ab, als sie das Klappern eines

Schlüssels hörte und gleich darauf das knarrende Geräusch einer sich öffnenden Tür.

„Na, kleines Fräulein," sagte der Mann, heraustretend, „willst du nicht einen Moment hereinkommen und dich umsehen?"

Klara starrte ihn ungläubig an. Und ob sie wollte! Ohne einen Gedanken an die Gerlach zu verschwenden, die über ihre Verspätung Gift und Galle spucken würde, folgte sie ihm auf der Stelle und betrat mit aufgeregt brummelndem Herzen den Laden.

„Als ich dich da draußen stehen sah, dachte ich mir, es könnte nichts schaden, wenn du hereinkommst, dir alles ansiehst und dich dabei ein wenig aufwärmst. Es ist doch kalt. Viel zu kalt, um unterwegs zu sein," sagte der alte Mann, nickte bedächtig und rieb sich die Hände

Klara hörte nicht, was er sagte. Es gab so viel zu sehen, dass sie nicht wusste, wo sie anfangen sollte. Von all den Puppen, Plüschtieren, Kreiseln und Spieldosen schwindelte ihr schon. Und die Marionetten! Oh, wie gern sie eine gehabt hätte!

Sie ging langsam auf das Regal zu, wo sie in allen Größen saßen und hingen.

„Nimm dir nur eine, wenn du sie dir näher angucken willst," ermunterte der alte Mann sie. „Such dir die Schönste aus. Nur zu! Vielleicht die kleine Hexe auf dem Besen dort, die mit dem Raben auf der Schulter."

Oh ja, die ist die Schönste, dachte Klara, nahm sie aus dem Regal und setzte vorsichtig die Holzstäbe mit den Fäden in Bewegung. Die kleine Hexe hob lustig winkend erst den einen, dann den anderen Arm, wobei ihre Füße übermütig in der Luft tanzten.

Das ist doch die kleine Hexe mit dem Raben Abraxas, dachte Klara verzückt, die, die erst einhundertsiebenundzwanzig Jahre alt ist und jeden Tag über ihrem dicken Hexenbuch sitzt und lernt, um eine gute Hexe zu werden. Und dann darf sie zur Walpurgisnacht.

„Bleib so lange du willst. Ich habe Zeit," sagte der alte Mann.

Zeit?! Oh nein! Um pünktlich bei der Gerlach zu sein, musste sie schnellstens fort. Sie setzte die Puppe zurück an ihren Platz, griff nach den Noten und eilte zur Tür.

„Vielen Dank, dass ich kommen durfte," rief sie noch schnell, bevor sie hinausstürzte.

„Wenn du willst, kannst du wiederkommen," lächelte der alte Mann. „Ich bin immer mittwochs nachmittags hier. Du musst nur laut genug klopfen."

Von irgendwoher schlug eine Kirchturmsuhr die volle Stunde. Das dumpfe Hallen hämmerte in Klaras Ohren wie eine böse Ermahnung. Sie war zu spät, auch wenn sie sich noch so sehr beeilte, und das Donnerwetter der Gerlach war ihr gewiss.

Im schmutzig grauen Himmel stob eine Krähe davon. Ihr Kra-Kra hallte in der winterlichen Luft, einsam und verloren. Es roch nach frischen Schneeflocken, die es nicht eilig hatten, aus den Wolken zu fliegen.

Umso besser, denn zum Rodeln hätte sie, nachdem sie auf den Baumstumpf zugerast war und sich das Handgelenk verstaucht hatte, sowieso nicht mehr gedurft.

„Wa-a-as?", hatte die Gerlach sich aufgeregt. „Du gehst zum Rodeln? Und das noch kurz vor dem Konzert?"

Ungeachtet des schmerzhaften Seitenstechens biss Klara die Zähne zusammen und hetzte weiter. Die Kirche lag schon hinter ihr, auch das Haus des Küsters. Bis zur nächsten Biegung, wo es rechts in den großen Park ging und links zum Haus der Gerlach, lagen noch hundertzwei Schritte, aus denen sie, wenn es die Zeit erlaubte, schon oft zweihundertvier Schrittchen gemacht hatte, um die Klavierstunde ein wenig hinauszuschieben.

Mit den frostigen Fingerspitzen und den bleischweren Heften stand Klara dann reichlich verspätet vor dem verhassten Haus mit seinen schmiedeeisernen, feindseligen Fenstergittern und der dunklen, nach Unheil riechenden Eingangstür.

Klara streifte einen Fäustling ab, um mit dem Zeigefinger auf den Knopf zu drücken. Sie durfte nur kurz antippen, damit der Klingelton nicht zu lange durch das Haus schrillte. Das konnte die Gerlach nicht leiden.

Mit einem Widerwillen, der so stark war, dass es ihr in der Brust weh tat, hob Klara die Hand. Noch hatte sie nicht gedrückt, doch es schellte schon grell in ihren Ohren, und das scharfe, zackige Geräusch von Absätzen, die über den gefliesten Steinboden des Korridors hallten, ahnte sie auch schon.

Doch gerade als sie den Klingelknopf berühren wollte, geschah etwas Wundersames. Sie sah plötzlich einen winzigen Lichtfleck, der rasch größer wurde und sich zu dem schönen, lebendigen Gesicht der Puppe aus dem Spielzeugladen formte, deren rote Lippen immer so aussahen, als wollten sie sich öffnen und etwas sagen.

„Du sollst nicht läuten! Mach es nicht!"

Das Gesicht der Puppe blieb unverändert, ihre Lippen hatten sich nicht bewegt, und dennoch hatte Klara die Worte ganz genau gehört. Nur die Puppe konnte sie gesagt haben, denn sonst war niemand da. So war das also! Jedes Mal, wenn sie an dem Schaufenster vorbeigegangen war, hatte die Puppe ihr etwas zugeflüstert! Und jetzt endlich hatte sie verstanden, was sie ihr sagen wollte.

Klara ließ den Arm sinken. Sie fürchtete die Gerlach nicht mehr. All das mit ihr war weit weg. Auch das Stipendium. Mit dem Ganzen war es aus und vorbei, weil sie nicht geläutet hatte und auch nie mehr läuten würde, egal was sie zu Hause zu erwarten hatte.

Klara zog den Fäustling wieder an. Sie hatte noch etwas vor, und es galt, keine Zeit zu verlieren. Der alte Mann war bestimmt noch da. Sie wollte zurück zu der kleinen Hexe und sie nach Herzenslust tanzen lassen.

Klara warf einen letzten Blick auf das Haus der Gerlach und hüpfte selig den Steinweg hinunter. Die Mappe mit den Noten wog nichts mehr. Die Kälte hatte nachgelassen, und ihr wurde bei jedem Schritt wärmer. Bei jedem Schritt pulsierte das Blut in ihre tauben Fingerspitzen zurück.

IM SCHATTEN

Es war noch früh, kaum acht. Der Junge war wieder da. Er hatte das Tor geöffnet und war in den Hof geschlüpft. Sie hatte das Quietschen der rostigen Angeln gehört und eilte aus dem Haus, um nachzuschauen.

Der Junge stand unter dem Dach, das den hinteren Teil des Hofes bedeckte. Das Gesicht im Schatten, mager und zerbrechlich, sah er sie befangen an. Sein blondes Haar, wie mit einer stumpfen Schere geschnitten, war struppig und zerzaust. Er trug ein gelbes Baumwollhemd und eine verschossene, bis zu den Waden reichende, an den Knien aufgerissene Hose.

Als sie näherkam, glomm in seinem fahlen Blick ein winziges Leuchten auf. Er kam einen Schritt auf sie zu, blieb dann aber verlegen stehen.

„Guten Morgen," sagte sie.

Der Junge schwieg, nickte nur leicht.

„Du bist aber zeitig auf."

Er gab keine Antwort, trat nur aus dem Schatten heraus in die Sonne.

„Komm herein, wenn du willst. Ich habe Frühstück gemacht."

Ahnend, dass er ihr folgen würde, wandte sie sich ab, und vernahm dann seine Schritte, bis sie im Korridor verstummten.

„Komm nur, scheu dich nicht," ermunterte sie ihn, in die Küche gehend.

Den Kopf schüchtern gesenkt, trat er langsam näher, blieb aber im Türrahmen wieder stehen und sah ihr zu, wie sie noch ein Gedeck auflegte.

„Lass uns zusammen frühstücken. Ich habe gern ein wenig Gesellschaft."

Der Junge rührte sich nicht, nur seine Augen liefen umher.

Sie goss Milch in einen Topf, stellte ihn auf den Herd, gab Kakao hinzu und rührte ihn ein, bis es dampfte.

„Was ist ... kommst du? Dein Kakao wird kalt," trieb sie ihn freundlich an, als sie die dunkle, sämige Flüssigkeit in eine große Tasse fließen ließ.

Er zauderte noch einen Moment, bevor er sich endlich auch setzte. Abwartend, als dürfte er ohne ihre Aufforderung nicht anfangen, vergrub er die Hände in seinem Schoß. Dabei rutschte sein T-Shirt über die linke Schulter und entblößte am Nackenansatz einen großen, violettroten Fleck.

„Hast du dich gestoßen?"

Der Junge zuckte heftig zusammen, erwiderte nichts, sah nur beschämt zur Seite. Es wurde beklemmend still. Sie fühlte plötzlich einen Schmerz an der Kehle, wie nach einem Schlag. Sie stand auf, holte sich ein Glas Leitungswasser, trank aber nur einen kleinen Schluck und setzte sich wieder hin. Dann nahm sie ein Brötchen aus dem Korb, schnitt es auf, bestrich es dick mit Butter und Marmelade und legte ihm beide Hälften auf den Teller.

„Johannisbeermarmelade. Die habe ich selbst gemacht," sagte sie leise.

Der Junge hob langsam den Kopf, vermied aber ihren Blick.

„Iss nur, es ist noch warm."

Er griff endlich zu und biss ein großes Stück ab. Seine kleine, schmale Hand hielt das Brötchen so fest, als habe er Angst, jemand könnte es ihm wegnehmen. Er kaute hastig und mit Appetit.

„Du warst schon gestern da und auch vorgestern, nicht wahr? Du hast vor der Hofeinfahrt gestanden, bist aber nicht hereingekommen. Wir hätten zusammen Kirschen pflücken können, aber als ich dich fragen wollte, warst du verschwunden."

„Wie heißt du?", wollte er wissen.

„Anna. Du kannst Anna zu mir sagen. Und du?"

„Fabian."

„Ein schöner Name. Klingt irgendwie sehr farbig. Du bist bestimmt schon zehn oder elf ..."

„Zehn. Ich gehe in die vierte Klasse."

„Dann hast du schon einiges zu lernen, aber jetzt sind ja Ferien, und du kannst dich einmal so richtig ausruhen."

„Ja," murmelte er und sah mit einem Mal sehr bedrückt aus.

„Ich habe jetzt auch Ferien. In dieser Zeit komme ich jeden Sommer hierher."

„Unten im Fluss gibt es Fische," leuchtete der Junge wie umgeschaltet auf. „Das Wasser ist dort ganz klar. Man kann sie gut sehen. Wenn du willst, kann ich sie dir einmal zeigen."

„Gute Idee," stimmte sie, davon angetan, dass er ein wenig auftaute, zu. „Hast du noch Hunger?"

Er schüttelte den Kopf.

„Wenn du willst, kannst du noch etwas bleiben. Ich räume die Küche auf, dann gehen wir in den Garten," schlug sie vor und sah, dass er darüber froh war.

„Wissen deine Eltern, dass du aus dem Haus bist? Nicht dass sie sich Sorgen machen."

Ein Schatten flog über sein Gesicht, und er sah plötzlich viel erwachsener aus.

„Das kümmert die nicht. Sie schlafen noch. Sie stehen erst mittags auf."

„Mittags?"

„Sie gehen immer sehr spät ins Bett. Sie haben eine Kneipe am Dorfende."

„Ach, die. Wie heißt sie noch? Heidelberger Krug? Und der gehört deinen Eltern?"

„Noch nicht, aber sie wollen, dass er eines Tages ihnen gehört, und deswegen arbeiten sie bis spät in die Nacht."

„Und du? Stehst du dann morgens allein auf?"

„Ja. Ich habe einen Wecker. Schon seit der zweiten Klasse."

„Und wer macht dir das Frühstück?"

„Ich frühstücke nie. Ich trinke nur etwas, und dann gehe ich los in die Schule."

Sie runzelte die Stirn, erhob sich dann, räumte den Tisch ab und fegte mit einer einzigen, nervösen Handbewegung die Brotkrümel fort.

Der Junge war ans offene Fenster getreten, beugte sich hinaus und sah hoch in den Himmel. Seine Schulterknochen stießen spitz und eckig aus seinem Körper heraus. Seine magere Wirbelsäule drückte sich durch das Hemd wie aneinandergereihte Kieselsteine. Die Arme mit den kantigen Ellbogen, die an eine eingeknickte Gerte erinnerten, hingen lang und hilflos herab. Die Waden, wie zwei versteinerte Knochen, als hätten sich dort keine Muskeln gebildet, standen aus der halblangen Hose hervor, und seine Fußfesseln waren so zart, als könnten sie bei der geringsten Belastung zerspringen.

Er setzte sich seitwärts auf die Fensterbank. Wieder rutschte der Stoff über seine Schulter, legte das schillernde Mal verräterisch frei.

Aufgewühlt griff sie nach dem Besen, kehrte wie blind die Küche aus, die Wunde zwanghaft ansehend.

„Es ist schön hier, nicht wahr? Besonders im Garten," sagte sie, weil sie das Schweigen nicht mehr ertrug.

„Ja, schön ... Ich will noch länger bleiben, wenn ich darf."

„Doch, natürlich ... Ich habe nichts zu tun, den ganzen Tag nicht," sagte sie, obwohl sie für den Nachmittag etwas vorgehabt hatte.

Der Junge drehte sich zu ihr herum, sein blasses, fast durchsichtiges Gesicht leuchtete auf.

„Den ganzen Tag?"

„Ja, aber deinen Eltern musst du Bescheid geben."

Seine Augen verengten sich, er schob die Unterlippe trotzig vor und schüttelte abweisend den Kopf.

„Ich will aber nicht."

„Und was ist, wenn sie aufstehen und sehen, dass du nicht zu Hause bist?"

„Das ist ihnen egal."

Seine Worte hämmerten wie Fausthiebe auf sie ein.

„Wir könnten irgendwann zusammen Fahrrad fahren. Magst du?"

„Ich habe eins," erwiderte er, „aber es ist schon viel zu klein."

„Komm, ich zeige dir etwas."

Sie nahm ihn am Handgelenk und zog ihn eilig über den Hof zum Schuppen. Die Tür stand offen, ließ die Sonne herein, die sich in langen, schmalen Strahlen spitzpfeilig auf dem Boden und an den

Wänden verteilte. Trotz des anhaltenden trockenen Wetters roch es nach staubiger Feuchtigkeit.

„Schau mal", sagte sie und wies mit der Hand auf das an einem Wergzeugschrank angelehnte Fahrrad. „Das müsste groß genug sein."

„Ich darf damit fahren?"

„Du kannst es behalten. Es ist von meinem Sohn. Aber er hat längst ein anderes. Wenn du willst, gehört es dir."

Das Gesicht des Jungen errötete vor Freude.

„Nur zu! Probier aus, ob es noch richtig fährt."

Der Junge umfasste ehrfürchtig die Lenkstange. Dann schob er das Rad vorsichtig heraus, schwang sich auf den Sattel und drehte mehrere Runden im Hof.

„Du kannst auch nach hinten auf die Wiese fahren," rief sie ihm hinterher. „Das Gras ist flach. Ich habe es gestern gemäht."

Den Rücken gekrümmt wie ein Springreiter, trat er mit voller Kraft in die Pedale und brauste an ihr vorbei.

Sie ging ihm nach, setzte sich auf die Bank am kleinen Teich. Die Sonne hatte den Garten schon überflutet, die Hitze drückte von allen Seiten. Das Blaue im Himmel wurde zusehends tiefer, vertrieb die letzten Wölkchen. Der Wind fuhr ihr heiß übers Gesicht. Eine dicke, unbewegliche Stille breitete sich aus.

Der Junge hatte sich in die Pedale gestellt, strampelte drauflos und sauste an den Obstbäumen vorbei, hin und her, bis er müde wurde. Er hielt an und stellte das Rad behutsam an einen Baum. Dann kam er auf sie zu, verschwitzt, mit glühenden Wangen, ließ sich zu ihren Füßen auf dem Rasen nieder. Sein schmächtiger Brustkorb hob und senkte sich schwer.

„Gefällt dir das Fahrrad?", fragte sie zärtlich und strich ihm leicht über den heißen Kopf.

Er nickte kräftig und sah ihr in die Augen.

„Da bin ich aber froh. Später müssen wir noch die Räder aufpumpen und die Kette ölen, damit sie beim Fahren nicht abspringt."

„Und putzen werde ich es auch," sagte er eifrig.

Sein Atem ging wieder leichter, die Röte im Gesicht wurde weicher, rosiger. Plötzlich lehnte er den Kopf gegen ihre Knie. Sie hob die Hand und streichelte sein kleines, vom Schweiß verklebtes Gesicht, immer wieder, und er hielt ganz still.

„Und ich darf es wirklich behalten?"

„Aber ja. Ich schenke es dir gern."

„Und ich muss es nicht wieder zurückgeben?"

„Mein Sohn braucht es doch nicht. Er kommt nicht mehr hierher."

„Warum nicht?"

„Ach, er ist schon zu groß. Es langweilt ihn hier. Als Kind hat er gern im Garten gespielt und im Fluss gebadet, aber jetzt fährt er lieber woanders hin. In diesem Jahr macht er Urlaub mit einem Freund in Griechenland."

„Ich habe keinen Freund."

„Ach was! Gar keinen?"

Er zuckte die Achseln und schwieg.

„Du hast anscheinend noch niemanden gefunden, den du zum Freund haben willst."

„Doch, da ist einer in meiner Klasse. Er heißt Thomas. Ich mag ihn und er mich auch, aber ..."

„Aber was?"

„Ich kann ihn nicht zu mir nach Hause bringen. Meine Eltern ... sie sind oft ... ich meine ... sie streiten ... und wenn er dann kommt und hört, wie sie sich anschreien und ..."

„Ihr könnt euch auch woanders verabreden. Zum Beispiel draußen zum Spielen."

„Aber er hat mir gesagt, ich soll ihn einmal besuchen, und ich muss ihn dann auch einladen. Das geht nicht anders. Es ist doch komisch, wenn ich zu ihm gehe, er zu mir aber nicht kommt. Und deswegen lasse ich gleich alles sein."

„Und wenn du ihm die Wahrheit sagst? Es gibt viele Eltern, die Probleme haben. Bestimmt versteht er das, und ihr könntet trotzdem Freunde sein."

„Nein, ich will nicht, dass er es weiß."

„Dass deine Eltern sich streiten, ist nicht deine Schuld. Dafür kannst du nichts. Warum sollst du deswegen keinen Freund haben?"

„Darum ... Ich will nicht ... Ich tue immer so, als wäre alles in Ordnung. Für mich tue ich so. Ich stelle mir vor, es wäre schön zu Hause, und meine Eltern hätten viel Zeit für mich, und es wäre ihnen wichtig, was ich mache. Aber wenn Thomas alles weiß, wissen es bald auch andere, und dann kann ich nicht mehr so tun, als wäre alles gut. Ich weiß gar nicht, warum ich da bin, meine Eltern wollen mich überhaupt nicht. Wenn sie mich wollten, hätten sie wenigstens manchmal Zeit für mich."

„Vielleicht ist das nicht ganz so ... deine Eltern lieben dich bestimmt ..."

„Es ist aber so ... ich weiß, dass sie mich nicht wollen."

„Komm, setz dich zu mir auf die Bank."

Er stand auf, hockte sich neben sie. Sie legte den Arm um seine Schulter, spürte, wie unruhig sein Herz schlug.

„Das ist alles sehr traurig," sagte sie leise.

„Ja, traurig," wiederholte er und sah zu Boden.

„Vielleicht solltest du mit jemandem sprechen, der deine Eltern kennt und ihnen klarmacht, dass sie sich ändern müssen. Hast du keine Großeltern?"

„Doch, aber die einen wohnen weit weg, die kenne ich kaum, und mit den anderen kann ich darüber nicht reden."

„Wieso nicht?"

„Ich weiß nicht ..."

„Gibt es sonst noch jemanden? Eine Tante oder ein Onkel vielleicht?"

Er schüttelte den Kopf.

„Und was ist mit den Lehrern in der Schule?"

Er biss die Lippen zusammen, trat mit dem Fuß hin und her.

„Gibt es keinen, dem du dich anvertrauen könntest? Deiner Klassenlehrerin zum Beispiel? Irgendjemand muss doch für dich da sein."

„Ja, Frau Habe. Sie ist sehr nett ... sie lobt mich oft. Sie sagt, dass ich sehr gut rechnen und lesen kann und eine schöne Schrift habe. Einmal hat sie mir sogar ein Eis gekauft."

„Du könntest mit ihr sprechen, wie du jetzt mit mir sprichst."

Er sagte nichts. Sein Gesicht versteinerte, doch seine Lippen bebten, als wollten sie etwas loswerden.

„Warum sind denn meine Eltern so?"

Er fing an zu weinen. Dann wurde er abrupt still, und seine Lippen pressten sich fest aufeinander. Eine schreckliche Ruhe kam aus ihm heraus.

„Eines Tages ist alles anders," sagte er unvermittelt, „eines Tages werden sie sich ändern. Das weiß ich aus einem Buch. Da war auch ein Junge, der sich wünschte, dass seine Eltern anders würden. Und er hat nicht aufgehört, daran zu glauben. Und dann ging sein Wunsch in Erfüllung, als er krank wurde und beinahe gestorben wäre. Seine Eltern saßen Tag und Nacht an seinem Bett, so wichtig war er ihnen geworden. Ich will auch krank werden. Jeden Abend denke ich ganz fest daran, dass ich am nächsten Morgen zum Sterben krank bin. Ich hab mir sogar schon überlegt, einen Unfall zu machen. Ich könnte zum Beispiel in ein fahrendes Auto laufen, aber nicht so, dass es mich überfährt. Nur so, dass ich verletzt bin, aber später wieder gesund werde."

„Das darfst du niemals tun! Erstens kannst du nicht wissen, wie schwer du verletzt wirst. Du könntest mit einem blauen Auge davonkommen, aber auch dein ganzes Leben krank oder sogar tot sein. Und zweitens darf man überhaupt nie so etwas tun. Versprich mir, dass du es nicht tust!"

„Aber dann wird alles so bleiben, wie es ist."

„Nein. Etwas ist doch schon anders geworden. Du hast mit mir darüber gesprochen, und du trägst deinen Kummer nicht mehr nur mit dir herum. Jetzt bist du nicht mehr allein. Jetzt hast du mich."

„Du wirst aber nach den Ferien wieder wegfahren."

„Na und? Wir werden einen Weg finden, um miteinander zu reden. Du kannst mir schreiben und mich jederzeit anrufen."

„Ich habe aber kein Telefon."

„Das kriegst du von mir, keine Sorge. Und vielleicht finden wir einen Weg, dass du mich in der Stadt besuchen kommst. Und jetzt gehen wir zum Fluss und du zeigst mir die Fische. Lauf schon vor. Ich muss noch den Schlüssel zum Tor holen."

Der Junge sprang auf und rannte davon. Am Zaun blieb er stehen und winkte ihr zu.

„Ich warte auf dich, Anna," rief er.

Sie hätte schwören können, dass seine Stimme genau so geklungen hatte wie die ihres Sohnes damals vor vielen Jahren.

DER SCHULWECHSEL

Pia besuchte jetzt ein Gymnasium, und darauf war sie mächtig stolz, denn für ein Kind aus einer Arbeiterfamilie war das in den Sechziger Jahren gar nicht selbstverständlich gewesen. Ihre Freundin Trudi, mit der sie bis zur vierten Klasse dieselbe Schulbank geteilt hatte, ging jedoch woanders hin, und das bedrückte Pia sehr. Aber wenigstens nachmittags noch würden sie sich weiterhin sehen können, versuchte sie sich zu trösten, und nachdem sie ihre Hausaufgaben erledigt hatte, machte sie sich auf den Weg, um wie gewohnt Trudi zum Spielen abzuholen.

Auf ihr Klingeln hin aber rührte sich nichts, die Tür blieb verschlossen.

Nicht anders war es am nächsten Tag, und wieder ging Pia enttäuscht und traurig nach Hause. Vielleicht war Trudi ja krank, sie war nämlich blutarm und zu dünn, und wenn sie eine Erkältung bekam, dauerte es bei ihr dreimal so lange wie bei den anderen Kindern, wieder gesund zu werden.

Auch an den folgenden Tagen, als Pia vor Trudis Tür stand, öffnete niemand. Doch endlich, als sie ihr Glück erneut versuchte, sah sie durch die dicke, dunkle Glastür einen Schatten im Hausflur, und Trudis Mutter mit Lockenwicklern in den Haaren und einer fleckigen Kittelschürze erschien und schaute sie unfreundlich an.

„Ist Trudi da?", fragte Pia scheu.

„Trudi hat keine Zeit mehr. Sie hat in der neuen Schule mehr zu tun," sagte ihre Mutter kurz angebunden.

„Ich habe jetzt auch mehr zu tun, und trotzdem finde ich noch Zeit!", versuchte Pia zu widersprechen, als die Tür auch schon wieder vor ihrer Nase zugefallen war.

Pia verstand die Welt nicht mehr. Na gut, aus irgendeinem Grund wollte Trudis Mutter nicht, dass Trudi mit ihr weiter befreundet war, aber dass sie diese Gemeinheit einfach so hingenommen hatte, als wäre ihr die Freundschaft nie etwas wert gewesen, war ja echt mies.

Nicht im Stande sich damit abzufinden, beschloss sie, Trudi an der Straßenbahnhaltestelle abzufangen und zur Rede zu stellen. Doch daraus wurde nichts. Trudis Schulweg führte jetzt wohl in eine andere Richtung, und Pia musste sich etwas Neues einfallen lassen.

Vor Trudis Haus zu warten, war ebenfalls keine gute Idee. Ihre Mutter würde sie bestimmt verscheuchen oder sich sogar bei ihren Eltern beschweren, dass sie vor fremden Türen herumlungerte. Außerdem war damit zu rechnen, dass Trudi gar nicht erpicht darauf war, die Sache mit ihr zu klären und würde, sobald sie auf sie zukam, bestimmt das Weite suchen. Um Trudi festzunageln und aus ihr das herauszubekommen, was sie wissen wollte, musste Pia sich also etwas Besseres ausdenken.

Sie könnte einen Brief schreiben, überlegte sie, und Trudi androhen, ihrer Mutter die Wahrheit über das angeblich verlorene Brötchengeld zu erzählen.

Trudi hatte einmal von ihrer Mutter fünfzig Pfennig bekommen, um Brötchen zu kaufen. Als sie dann aber in der Bäckerei wie betäubt vor dem köstlich duftenden Backwerk stand, konnte sie sich nicht beherrschen und hatte eine Mohnschnecke verlangt.

Doch kaum war die begehrte Rarität verputzt, bekam sie es mit der Angst zu tun und war, Rotz und Wasser heulend, bei Pia aufgetaucht.

Pia ging mit Trudi zu ihrer Mutter und bezeugte, dass das Geld auf dem Weg irgendwie verloren gegangen sei und sie wie verrückt danach gesucht, es aber nicht mehr gefunden hätten. Trudis Mutter hatte Pias Worten Glauben geschenkt und nichts gesagt.

Fast eine Seite hatte Pia schon geschrieben, als ihr Bedenken kamen. Trudis Mutter könnte ja den Brief abfangen, wüsste somit über das Ganze Bescheid, und alles wäre geplatzt.

Es ergab sich dann, dass Pia zufällig in einem Bus auf Trudi stieß, und schwups saß sie auch schon neben ihr.

„Du wirst mir jetzt sagen, warum du mit mir nicht mehr befreundet sein willst!", befahl sie.

„Und wenn nicht?", gab Trudi frech zurück.

„Dann erfährt deine Mutter, was damals wirklich mit dem Brötchengeld passiert ist," sagte Pia, ihr tief in die Augen blickend.

Das hatte gesessen, denn Trudi zeigte sich sofort einsichtig.

„Meine Mutter hat gesagt, dass du jetzt kein richtiger Umgang mehr für mich bist. Du gehst ja aufs Gymnasium und ich nicht. Wir passen nicht mehr zusammen, weil, wenn du später studierst, mache ich eine Berufsausbildung, und deshalb soll ich nur mit meinesgleichen zu tun haben."

„Und du hast das einfach so, ohne es dir zweimal zu überlegen, von deiner Mutter angenommen!"

„Na ja, vielleicht hat sie auch Recht ... Worüber sollen wir uns noch unterhalten, wenn ich nur eine Sekretärin bin, du aber eine Studierte bist?!"

„Und du meinst, deswegen können wir ab sofort keine Freundinnen mehr sein? Gerade noch hatten wir uns ganz viel zu erzählen gehabt, und damit ist es jetzt aus, weil wir nicht mehr auf dieselbe Schule gehen?", hakte Pia aufgeregt nach.

Darauf wusste Trudi nichts zu sagen und ließ ihren Blick durch die Gegend schweifen, als ob sie damit vermitteln wollte, dass sie bei dem, was sie gesagt hatte, unwiderruflich blieb.

„Und überhaupt: woher will deine Mutter jetzt schon wissen, ob wir uns später noch etwas zu sagen haben oder nicht?", gab Pia aufgebracht von sich. „Ich hätte mir von meiner Mutter unsere Freundschaft nicht ausreden lassen und mich dann eben heimlich mit dir getroffen. Dir ist wohl so eine Möglichkeit nicht in den Sinn gekommen. Warum nicht?"

Pia sah Trudi an, wie unbehaglich sie sich fühlte und dass sie am liebsten aufgestanden wäre und sich woanders hingesetzt hätte. Und genau in dieser Unbehaglichkeit lag auch ihre Antwort: sie hatte nichts mehr zu sagen und vermisste das auch nicht.

Viele Jahre später im *Institut Francais*, wo Pia einen Sprachkurs belegt hatte, lief Trudi ihr über den Weg. Sehr verändert hatte sie sich nicht, immer noch so dünn wie früher, dieselbe Frisur, aber gekleidet war sie, als wäre sie gern zu einer *Dame* aufgestiegen.

Trudi kam freudestrahlend auf sie zu und erzählte überschwänglich von ihrem Verlobten, einem Franzosen, auf den sie hier wartete. Und dann, mit einem Lächeln, in dem sich die Sehnsucht einer Minderwertigkeit nach eigener Aufwertung verriet, fügte sie hinzu, dass sie sehr bald *Madame Rochaz* sein werde und in einem Haus mit einem großen Garten leben würde.

Sie hätte ihr Glück bestimmt noch in Einzelheiten geschildert, wenn nicht ihr Verlobter erschienen wäre.

Er hatte eine nichtssagende, stumpfsinnig fade Visage, die einem schon im Augenblick des Betrachtens verloren geht; eben die eines kleinen Amtsheinis, der es in dem müffelnden, engen Büro einer in der Provinz angesiedelten Behörde bis zum Abteilungsleiter schafft und von einer wie Trudi, mittelmäßig, uninteressant, vergöttert wird, während sie unter seinen Fittichen vor der neugierigen, sittentreuen Nachbarschaft ihren Aufstieg zelebriert.

EIN ABEND AM MEER

Ganz am Ende der Insel, wo der Weg an zackigen, schwarzen Felsbrocken abbricht, liegt in einer Bucht versteckt ein kleines Restaurant.

Sie sitzt an einem der blanken, weißen Tische und blickt träumerisch auf das sich im abfallenden Tageslicht der untergehenden Sonne friedlich wellende Meer.

Ein heißer, von stechend grellem Licht überfüllter Tag neigt sich dem Ende. Die leichte Abendbrise beruhigt endlich ihre gereizten Augen und ihre glühende Stirn, das schmerzhafte Pochen in den Schläfen lässt nach.

Sie hat den ganzen Nachmittag, eingekesselt von eingeölten, in der Sonne schmorenden Leibern, unter dem Sonnenschirm am Strand verbracht. Der brennende Sand, das Flimmern des Meeres, der scharf gehende Wind und die zäh vor sich hin kriechende Zeit, all das hat ihr das Gefühl gegeben, weg zu müssen. Dabei aber ist sie hier, um das, was sie müde und freudlos gemacht hat, zu vergessen.

Nichts und niemand mehr hatte sie interessiert, alles, einfach alles war ihr unerträglich geworden. Eine Traurigkeit, dumpf wie ein dichter Nebel, hatte sie umhüllt und es tief in ihr still und leer werden lassen, als habe sie keinen Herzschlag mehr.

Seit ihrer Ankunft ist schon eine Woche vergangen, und nicht ein einziges Wort hat sie an ihren Mann geschrieben. Er hätte sich über einen Brief bestimmt gefreut, doch sie ist nicht imstande, auch nur eine einzige Silbe zu Papier zu bringen.

Während sie am Nachmittag noch überlegt hat, ob sie, statt zu schreiben, ihn vielleicht anrufen sollte, hatte sich die schwere, drückende Müdigkeit wieder auf ihre Brust gelegt. Dann aber wie ein Sonnenstrahl, der durch ein dichtes Wolkengemisch auf einmal hervorsticht, war eine ermunternde Stimmung in ihr aufgekommen; sie hatte sich für einen Spaziergang am Strand zurechtgemacht und war eben bis zu diesem abgeschiedenen, verträumten Fleck gelaufen, wo sie jetzt einen kühlen Weißwein mit warmem, nach frischem Feldwind duftenden Brot und saftigen Oliven genießt.

Das Meer rauscht verhalten, die Wellen verschnaufen. Früh morgens waren sie noch wild und zornig aufeinander losgegangen und hatten den Strand wutschnaubend eingeschäumt. Jetzt aber liegen sie dem rot und violett gestreiften Horizont friedlich ergeben zu Füßen.

Die Sonne fällt immer schneller, lässt den wässrigen Teppich noch einmal blitzend aufleuchten, bevor er, vom Zwielicht ergriffen, sich grau verfärbt.

Ein Mann und ein kleiner Junge kommen auf den Holzzaun, der die Terrasse des Restaurants vom abschüssigen Strand abgrenzt, zu und sehen der sinkenden Sonne nach.

„Sieh mal," sagt der Mann, „gleich fällt die Sonne ins Wasser."

„Sie sieht aus wie eine Feuerkugel. Eigentlich müsste es doch laut zischen, wenn sie das Wasser berührt," meint der Junge, wie gebannt auf den schwerelos absackenden, glühenden Ball starrend. „Jetzt ist sie weg, und morgen hängt sie wieder am Himmel. Ist das dieselbe Sonne wie bei uns zu Hause?"

„Doch, doch, es ist dieselbe," lächelt der Mann.

Es wird merklich dunkler und kühler. Der Kellner, hager, zäh und biegsam wie ein Olivenbaum geht von Tisch zu Tisch und zündet die Kerzen an, die im anbrechenden Abend kleine, schimmernde Schattenbilder werfen.

Wie ein Vorhang senkt sich die Nacht schnell herab, verschleiert alle Gesichter. Am Schwimmbecken glimmen Lampen auf, ihr gedämpftes, schwerfälliges Licht dringt in die Dunkelheit hinein.

Ein paar Kinder tauchen auf, laufen, schwatzend und lachend, zu einem kleinen Spielplatz.

Das Meer ist wie zu einem riesigen, glatt geschliffenen, schwarzen Stein erstarrt, geheimnisvoll und ungewiss.

Plötzlich ist sie von einem so ungestümen Verlangen überwältigt, auf diese polierte, steinige Glätte hinauszugehen, wobei sie nicht die geringste Angst verspürt, von der gewaltigen Tiefe verschluckt zu werden.

Ein Mann und eine Frau erscheinen auf der Terrasse. Sie reden laut und sehen sich nach einem Platz um. Im matten Lampenschein erkennt sie die Leute aus Wien, die heute am Hotelstrand einen Sonnenschirm neben ihr ausgesucht hatten. Schwitzend und träge, den ganzen Tag auf ihren Liegestühlen hängend, zuckriges Gebäck mit Kaffee aus Plastikbechern herunterspülend, sahen sie Mizzi, ihrer halbwüchsigen Enkelin nach, die mit ihrem pinkfarbenen, rüschenbesetzten, aus der Menschenmenge schrill heraustechenden Badeanzug in den Wellen tobte. Ihr sonnenverbranntes Gesicht ist kugelrund, und ihre wie Ballons aufgeblasenen, prallen Wangen drängen die Augen in die Höhlen hinein, als müssten sie sich Platz verschaffen.

Ihre Großmutter, eine aufgeschwemmte Matrone, beschwert sich über alles. Das Personal sei unfreundlich, das Zimmer zu klein und muffig, die Klimaanlage zu schwach. Ihr Mann erwidert nie etwas, er sieht sie nur an, als gehöre ihr Geschwätz wie selbstverständlich zum Urlaub dazu. Aber bei jeder barbusigen Strandschönheit, die an ihm vorbeigeht, spitzt er Augen und Ohren wie ein Hund, den man an einem Stück Wurst schnuppern lässt.

Sein massiger, muskulöser Oberkörper ist dicht behaart, die Unterarme sind anzüglich tätowiert, der Blick ist lauernd, der Mund verkniffen; die ganze verschlagene Gestalt spricht von einem, der nur auf seinen Vorteil bedacht ist.

Am Nebentisch sitzt das Pärchen aus Liverpool, das ihr jeden Morgen im Hotel beim Frühstück begegnet. Sie sind scheu, reden wenig wie Menschen, die sich mehr aus Not als aus Zuneigung zusammengefunden haben.

Die junge Engländerin nickt ihr flüchtig zu und schlägt dann, als schäme sie sich dafür, verlegen die Augen nieder. Ihr braunes, krumm und schief geschnittenes Haar hängt strähnig an ihrer niedrigen Stirn herunter, das eckige Gesicht ist ein wenig verstumpft, als prallten an ihm unangenehme, äußere Einflüsse ab, doch eine Art einfältige Unschuld fließt aus ihren Augen. Sie ist kräftig und bäuerlich plump, gut und unbehauen wie ein Stück frisches Holz. Ihre stämmigen Beine mit den dicken, männlich breiten Knien sind von ihrem kurzen Rock bloßgestellt, wie im Stich gelassen. Eingezwängt in einer hellgeblümten Bluse mit spannenden Knöpfen, hockt sie vor einem großen Glas Limonade und nippt vorsichtig.

Ihr Freund sieht sehr englisch aus. Er hat wässrig blaue Augen, eingesäumt von leicht rötlichen Wimpern, die man erst nach genauerem Hinsehen entdeckt. Seine rostfarbenen Haare sind kurz und borstig; der von Natur aus blasse Teint ist von der Sonne stark gerötet; die Sommersprossen auf Nase und Stirn ähneln verspritzter Farbe, und auf seinen Wangen, wie Brandmale, flammen rote Flecken.

Er trinkt Bier, wischt sich nach jedem Schluck mit dem Handrücken den Schaum von den Lippen. Dann greift er nach einer Zigarette, an der er mit schmal zusammengekniffenem Mund zieht, wie es einfache Arbeiter tun.

Beide schweigen. Nicht so, als hätten sie sich nichts zu sagen, eher als könnten sie das, was sie einander gern mitteilen wollen, irgendwie nicht verständlich machen. Doch manchmal nimmt der junge Mann die Hand seiner Freundin und hält sie fest. Dann blinzelt ein Leuchten in ihren Augen auf, und sie sieht ihn zärtlich und dankbar an.

Die Nacht hat sich sanft aufs Meer gelegt. Der Mond steht viel näher als gestern, als habe ihn jemand nach vorn gerückt, und der schwarze Himmel erscheint wie ein mit Diamantensplittern versehenes Tuch. Von irgendwoher weht ein glockiges Kinderlachen behutsam in die erstarrte Ruhe der Nacht hinein, verklingt dann spurlos.

Plötzlich auf der Treppe, die aus dem Hotel hinunter zur Terrasse führt, steht, anmutig, malerisch und fast überirdisch schön, ein Mädchen. Sie hat wunderbares, weizenfarbenes Haar, das, ihr Gesicht umschmeichelnd, ruhig auf ihre Schultern fällt. Ihre mandelförmigen, von langen, gebogenen Wimpern sacht beschatteten Augen sind von einer vollendet reizvollen Klarheit; die fein geschwungenen Lippen liegen weich aufeinander, und in den gefälligen Zügen ihres schmalen, ebenmäßigen Gesichts ist schon die *femme fatal* zu sehen, in die sie sich einmal verwandeln wird. Sie trägt eine weiße Bluse mit einem großen Matrosenkragen und einen bunten, ihre wohlgeformten Knie geschmeidig umspielenden Rock.

Die Frau aus Wien hat sie ins Visier genommen und betastet sie mit einem unguten Blick, als forsche sie in diesem Meisterwerk nach einem Makel.

Das Mädchen schaut sich um, sucht jemanden. Wind kommt auf, streichelt zärtlich ihr Haar. Der Matrosenkragen fliegt hoch, schmiegt sich einen Augenblick lang an ihren graziösen Hals. Plötzlich strahlt sie auf. Sie hat ihre Eltern gesehen und läuft auf sie zu. Ihr Lächeln aber schwebt hinter ihr her wie ein herrlicher, doch vergänglicher Duft.

Die Erinnerung, wie auch sie einst eine Bluse mit einem Matrosenkragen getragen hat, kommt abrupt, ihre Gedanken fliegen in ihre Kindheit zurück.

Es war ihr zehnter Geburtstag gewesen, und schon morgens beim Aufwachen hatte sie sich anders, viel erwachsener gefühlt. Im Garten unter dem großen Kirschbaum, der wie jedes Jahr an diesen Tagen schwer an seinen Früchten trug, wurde die Festtagstafel aufgebaut. Die Sonne lachte aus einem weiß bewölkten Himmel auf die schwitzende Buttercremetorte herab, und die steifen Sahnehäubchen auf den Windbeuteln zerliefen und hinterließen lange Nasen. Der gedeckte Apfelstrudel lockte die Bienen und Hummeln an, Schmetterlinge ruhten mit ausgebreiteten Flügeln auf duftenden Blumen, und im weichen Gras döste Mimi, die Hauskatze, streckte schläfrig ihre Krallen aus. Es roch nach Sommer und nach den langen Ferien, die einen alles Unbehagliche vergessen ließen. Vor Freude war sie immer wieder aufgesprungen, hatte sich mit ausgestreckten Armen wild wie ein Kreisel gedreht, bis ihre Wangen glühten und sie außer Atem war. Sie fühlte sich leicht und frei, und die Zeit stand still, als würde es immer so bleiben. Doch die Jahre gingen dahin und nahmen ihre Kindheit mit. Auch den Kirschbaum gibt es nicht mehr; er war, als die Früchte ausblieben, unbarmherzig abgeholzt worden.

Das Meer ist zu einer schmatzenden, hin und her schwappenden Masse geworden wie ein unheimlicher Schlund, der auf seine Beute lauert. Das löst bei ihr eine unbestimmte Furcht vor der kommenden Zeit aus.

Am Horizont blinkt ein tiefrotes Licht; ein Schiffshorn dröhnt dumpf und verloren; die Wellen schaudern wie frierende Haut. Die Luft ist dichter, feuchter, das Blitzen der Sterne stechend geworden, der Himmel sieht undurchsichtig, beklemmend, sogar bedrohlich aus. Der Wind bläst ihr frech ins Gesicht, greift in den Ausschnitt ihres Kleides, kriecht wühlend auf ihrer Haut. Das Meer rauscht und stöhnt unheimlich.

Ein Gefühl der Entfremdung drängt sich an sie heran. Sie denkt an ihren Mann. Es kommt ihr so sinnlos vor, hier ohne ihn zu sein. Sie will seine Stimme hören, sich an ihn lehnen.

Dann aber verstummt die Finsternis allmählich das unheimliche Stimmengewirr des Meeres. Auch der

Wind ist zur Vernunft gekommen, vorsichtiger geworden, und die Sterne zwinkern bescheiden.

   Die Terrasse ist leer und ruhig. Der edle Duft der Nacht umarmt sie, schenkt ihr Zuversicht, wieder zu sich finden.

DIE HAUSAUFGABEN

Liebe Mama,

gestern ist etwas Schlimmes passiert. Papa weiß es schon, aber ich fühle mich erst besser, wenn ich Dir auch alles erzählt habe. Solange, bis Du von Deiner Reise zurückkommst, kann ich aber nicht warten, und deswegen schreibe ich Dir jetzt.

An allem sind die Rechenaufgaben schuld. Weil die so schwer waren. Dabei habe ich diesmal richtig gut aufgepasst. Doch das hat nichts genutzt. Es war genauso, als hätte ich überhaupt nicht aufgepasst. Frau Gabriel konnte mir auch nicht mehr helfen, denn die Stunde war zu Ende, und sie musste in eine andere Klasse gehen. Und weil ich nicht wusste, was ich machen sollte, habe ich geweint. Und dann hat Selma gesagt: „Komm doch heute Nachmittag bei mir vorbei, dann erkläre ich dir alles noch einmal." Das habe ich mir natürlich nicht zweimal sagen lassen und bin nach dem Mittagessen sofort losgegangen.

Selma wohnt nur drei Straßen weiter von uns. Ihre Mutter war auch da, aber ich habe sie nicht gesehen, denn sie war im Wohnzimmer und hat die Tür zugemacht, weil sie nicht gestört werden wollte.

Selma hat mir das mit dem Multiplizieren und dem Dividieren ganz genau erklärt, und plötzlich war alles ganz einfach, und ich konnte die letzten drei Aufgaben allein ausrechnen. Da war ich aber froh. Selma kann wirklich gut erklären. Wie eine richtige Lehrerin, und sogar noch besser, weil sie nicht brüllt und keine Gesichter zieht. Und weil ich dann noch

Zeit hatte, hat Selma gesagt: „Wie wäre es mit ein paar Runden *Denk-Fix*?"

Wir hatten gerade angefangen, als ihre Mutter laut aus dem Wohnzimmer nach ihr gerufen hat. Das war wirklich nicht zu überhören, aber Selma ist trotzdem sitzen geblieben und hat weitergespielt. Das hat mich sehr gewundert, denn wenn Du so laut nach mir rufst, komme ich doch immer. Sogar wenn ich sehr beschäftigt bin. „Geh doch schnell zu ihr, vielleicht ist es wichtig," habe ich gesagt, aber sie meinte nur: „I wo, das ist es nicht." Als ich wissen wollte, woher sie das weiß, hat sie mir keine Antwort gegeben und genauso zur Decke geguckt, wie ich das auch manchmal tue, wenn ich nichts sagen will. Sie hat sogar ziemlich lange dahin geguckt, und dann hat sie gesagt: „Meine Mutter ist betrunken, deswegen ruft sie nach mir. Das macht sie dann immer so." Und dann, Mama, hat Selma noch gesagt, dass sie ihre Mutter überhaupt nicht mag und lieber bei ihrem Vater wohnen will.

Das fand ich voll krass, so etwas über seine Mutter zu sagen, und ich habe ihr versprochen, dass ich es auf keinen Fall weitererzähle. Ihr war das aber egal, denn Mareike und Paula wissen es auch schon und noch einer aus der Klasse.

Das ist schon mutig, oder? So etwas hätte ich bestimmt keinem erzählt. Ich hätte mich viel zu sehr geschämt. Aber Selma schämt sich nicht. Auch nicht, wenn es alle wissen, hat sie gesagt. Es stimmt ja, dass sie nichts dafür kann, dass ihre Mutter trinkt. Es ist nicht ihre Schuld, aber ich hätte mich trotzdem geschämt und es für mich behalten.

Das war alles schrecklich, und am liebsten hätte ich davon nichts gehört. Ich weiß ja, dass es Kinder gibt, die keine tollen Eltern haben, aber ich habe noch nie jemanden wie Selma kennengelernt, die eine Mutter hat, die eine Säuferin ist und nicht darüber nachdenkt, wie Selma sich damit fühlt.

Ich habe mir dann überlegt, ob wir ihren Vater anrufen und ihm alles erzählen sollten, und sie könnte dann vielleicht noch abends zu ihm gehen, aber Selma hat gesagt, das geht nicht, weil ihr Vater den ganzen Tag arbeiten muss und immer erst spät nach Hause kommt. Und noch von so einem Amt hat sie erzählt, wo Leute sitzen, die es nicht erlauben, dass Selma bei ihrem Vater bleibt. Die können alles bestimmen, sogar noch mehr als die Eltern. Stimmt das, Mama? Vielleicht hast Du noch eine Idee, was man für Selma machen kann. Du sagst doch immer, auch wenn etwas nicht sofort geht, muss man Geduld haben und es noch einmal versuchen, weil bestimmte Sachen mehr Zeit brauchen.

Also, ich erzähle weiter. Selmas Mutter hat nicht mehr gerufen. Sie hat den Fernseher eingeschaltet, und zwar so laut, als hätte sie es auf den Ohren. Selma war sehr froh, dass ihre Mutter Fernsehen guckte und sie sich von ihr nichts anhören musste. Wenn sie betrunken ist, fängt sie an zu jammern, weil sie allein ist, oder sie redet ein Zeug, das keiner verstehen kann. Und am Ende muss sie ihrer Mutter immer versprechen, ein gutes Mädchen zu sein. Und darüber ärgert sich Selma ganz besonders, weil sie nämlich bereits ein gutes Mädchen ist, und das schon früh morgens, wenn sie aufsteht und die leeren Flaschen wegräumt. Und wenn ihre Mutter wieder ein Glas umgestoßen hat, kehrt sie die Scherben auf und macht alles sauber. Sie weiß sogar, wie man rote Weinflecken aus dem Teppich herauskriegt.

Man muss sofort Salz darauf streuen und warten, bis der Wein aufgesaugt ist. Den Rest besorgt dann der Staubsauger. Und stell Dir vor, Mama, wenn Selma aus der Schule kommt und ihre Mutter im Bett liegt, kocht sie sich ihr Essen selber. Sie kann Spaghetti mit Tomatensoße machen und Omelett mit Schinken und Pilzen. Und nach dem Essen macht sie den Abwasch.

Ich finde es cool, dass Selma schon so viel kann, aber ehrlich gesagt, ich will all das lieber noch nicht können. Wenn ich aus der Schule komme, will ich erst einmal meine Ruhe haben, und die kann ich nicht haben, wenn ich mich um mein Essen kümmern muss. Selma aber findet das nicht problematisch, weil sie schnell erwachsen werden will, denn dann geht sie ganz weit weg von zu Hause. Sogar in ein anderes Land, wenn es sein muss. Je früher, desto besser, hat sie noch gesagt. Sie will ein Zuhause haben, das nur ihr gehört und wo sie sich verstecken kann, wenn ihr alles zu viel wird.

Ich will nicht so schnell erwachsen werden, weil man dann alles allein machen muss. Sogar Wäsche waschen und Fenster putzen. Ich will lieber Fahrrad fahren und mich mit Berti treffen. Erwachsen werden will ich so spät wie möglich. Und wenn ich dann weggehe, behalte ich auf jeden Fall mein Zimmer. Denn wenn es mir da, wo ich hingegangen bin, nicht gefällt, komme ich sofort zurück. Damit seid Ihr doch einverstanden, oder? Schließlich bin ich Euer einziges Kind.

Aber eins, Mama, verstehe ich nicht. Selmas Mutter ist doch erwachsen. Warum muss Selma dann das machen, was eigentlich ihre Mutter machen müsste? Ich glaube, dass man so etwas Kinderarbeit nennt.

Und das kann doch nicht erlaubt sein. Selma sollte sich vielleicht beschweren.

Aber egal jetzt. Selma und ich waren bei der zweiten Runde *Denk-Fix*, und Selma dachte gerade, ihre Mutter hätte sie vergessen. Aber von wegen, denn sie hat doch wieder nach ihr gerufen und diesmal sehr laut und böse. Selma ist gleich ins Wohnzimmer gegangen und ich auch, weil ich sie nicht allein lassen wollte, obwohl ich mich ein bisschen gefürchtet habe.

Selmas Mutter hing so komisch auf dem Sofa, als könnte sie nicht richtig sitzen, und dabei hat sie komische Sachen geredet. Was genau weiß ich nicht, weil sie so gelallt hat wie Frederiks Onkel. Den kennst Du nicht, und darauf kannst Du auch verzichten. Das ist nämlich einer, den man besser nicht kennt. Er heißt Iwo und trinkt den ganzen Tag Bier. Sogar schon morgens. Und manchmal zittern seine Hände so, dass er seine Zigarette nicht mehr festhalten kann. Und weil er immer Bier trinken muss, kann er nicht arbeiten, hat Frederik mir erzählt. Aber das hat er auch nicht nötig, weil es auch so geht. Der muss nicht arbeiten. Der kann den ganzen Tag zu Hause bleiben und solange schlafen, wie er will. Der kriegt alles bezahlt, auch die Miete und den Strom und sogar das Bier. Da habe ich mir sofort vorgestellt, wie toll es wäre, wenn Du auch nicht arbeiten müsstest, aber Frederik hat gesagt, dass ich das vergessen kann. Seine Mutter will auch zu Hause bleiben und alles bezahlt kriegen, aber das geht nicht, weil nicht alle Leute zu Hause bleiben können, denn wenn keiner mehr arbeitet, kriegt keiner mehr was. Deswegen regt sich Frederiks Mutter immer so auf, weil sie für Iwo mitarbeiten muss, damit der den ganzen Tag Bier trinken kann. Und wenn sie richtig in Fahrt ist, sagt sie Saufkopp und Penner zu ihm.

Aber jetzt erzähle ich lieber weiter über Selmas Mutter. Sie hat nämlich etwas gemacht. Etwas, das nicht zu glauben ist! Aber es stimmt trotzdem. Auf ihrer Hose war vorne ein riesengroßer Fleck, und ich wusste gleich, wieso. Sie hat eingepullert, Mama! Und wie! Sogar das Sofa war nass. Das war sehr eklig, und gerochen hat es auch. Selma ist ganz rot geworden. Sie wusste nicht, was sie sagen sollte, und mir ist auch nichts eingefallen.

Selmas Mutter hat aber überhaupt nicht gemerkt, was da mit ihr passiert ist. Und weil das alles so peinlich war, bin ich ganz schnell aus dem Wohnzimmer in den Korridor gegangen. Von dort aus konnte ich in die Küche sehen. Da standen überall Flaschen. Auf dem Tisch und unter dem Tisch und neben dem Abfalleimer auch. Plötzlich war Selma auch da. Sie war noch immer rot im Gesicht. Kein Wunder! Ich wäre bestimmt eine ganze Woche lang rot im Gesicht gewesen, wenn Du so etwas gemacht hättest.

Wir sind dann wieder in ihr Zimmer gegangen, obwohl ich nach Hause zu Papa wollte. Aber dann hätte Selma bestimmt gedacht, ich wollte nichts mehr mit ihr zu tun haben. Und das noch, nachdem sie mir mit den Rechenaufgaben geholfen hat.

Wir haben mit Legos eine Stadt gebaut, obwohl ich überhaupt keine Lust dazu hatte. Ich glaube, Selma hatte auch keine besondere Lust gehabt. Über ihre Mutter hat sie nichts mehr gesagt. Kein einziges Wort. Und ich auch nicht. Wir haben so getan, als wäre gar nichts passiert, obwohl ich die ganze Zeit nur daran denken musste. Und Selma auch. Das habe ich gemerkt, denn sie hat mich kein einziges Mal mehr richtig angeschaut. Sie hat sich immer weiter geschämt. Sie konnte gar nicht mehr damit aufhören. Und ich habe mich irgendwie auch geschämt, weil ich mitgesehen habe, dass ihre Mutter in die Hose gemacht hat.

Als es halb sieben war, habe ich gesagt: „Ich muss jetzt nach Hause, mein Papa wartet." Selma ist mit mir gekommen, weil sie sich die Füße vertreten wollte. Ich glaube aber, dass sie nur von ihrer Mutter wegwollte.

Draußen auf der Straße hat Selma mir noch etwas erzählt. Es wäre mir lieber gewesen, wenn sie sich das nur ausgedacht hätte. Aber ich wusste gleich, dass es stimmte und sie es nicht gesagt hat, weil sie angeben wollte. Stell Dir vor, Mama, Selma hat ihrer Mutter zwanzig Euro aus dem Portemonnaie geklaut und sich einen Teddybär gekauft, der schnarchen kann. Sie mag Stofftiere, weil sie sonst keinen zum Kuscheln hat. Mit ihrer Mutter will sie nicht kuscheln, und mit ihrem Vater geht das nur am Wochenende. Wenn sie abends im Bett liegt, fühlt sie sich einsam. Und manchmal hat sie sogar Angst vor ihrer Mutter. Sie sagt, dass ihre Mutter, wenn sie trinkt, ganz anders ist. Wie jemand, den sie nicht kennt. Sie heult dann oder gibt komische Geräusche von sich und zieht Grimassen, als wäre sie nicht richtig im Kopf.

Kein Wunder, dass Selma sich die Füße vertreten wollte. Und sie muss auch nicht Bescheid sagen, denn ihrer Mutter fällt es sowieso nicht auf, wenn sie nicht da ist. Sie hat sogar schon einen Hausschlüssel nur für sich. Sie ist nämlich einmal von der

Schule gekommen, und ihre Mutter hat nicht aufgemacht, weil sie auf dem Sofa eingeschlafen ist und das Klingeln nicht gehört hat. Selma hat sich im Hausflur auf die Treppen gesetzt und Hausaufgaben gemacht. Zwischendurch hat sie immer wieder geklingelt, aber es hat noch ziemlich lange gedauert, bis ihre Mutter endlich wach war. Und damit so etwas nicht noch einmal passiert, hat Selma einen Schlüssel gekriegt.

Also, Selma hat mich noch nach Hause gebracht und ist kurz zu uns hereingekommen, weil sie mein Zimmer sehen wollte. Papa fand sie richtig nett. Ich habe ihm erzählt, wie gut sie mir die Rechenaufgaben erklärt hat, und dann habe ich ihm das andere auch erzählt. Papa war entsetzt und will nicht, dass ich noch einmal zu ihr gehe. Aber damit bin ich nicht einverstanden, das wäre ziemlich unfair. Ich will ihr doch helfen, aber Papa hat gesagt, das geht nur dann, wenn Selmas Mutter sich vom Arzt den Alkohol herausziehen lässt, und das machen leider die wenigsten, weil das so anstrengend ist.

Ich wollte aber trotzdem für Selma da sein, auch wenn ihre Mutter nicht zum Arzt geht, und deswegen habe ich ihr gleich heute Morgen in der Schule gesagt, dass ich immer zu ihr halten werde. Aber Du glaubst es nicht, Mama, davon wollte sie überhaupt nichts wissen. Sie hat mir nur gesagt: „Lass mich bloß in Ruhe! Wegen dir hat meine Mutter mich gestern noch angebrüllt und mir aufs Ohr geschlagen, weil du die Legos nicht weggeräumt hast." Da war ich aber sauer! Schließlich hat Selma auch mit den Legos gespielt, aber mir gibt sie die ganze Schuld. Und alles nur, weil ihre blöde Mutter Wein trinkt.

Ach, Mama, ich bin so froh, dass Du nicht wie Selmas Mutter bist und Papa bei uns wohnt und nicht woanders. Ich weiß ja, dass Papa nicht weggeht, weil er dazu keinen Grund hat, aber eins sage ich Dir trotzdem. Wenn Ihr Euch doch einmal trennen wollt, dann könnt Ihr Euch das jetzt schon abschminken, weil ich das nicht erlaube. Ich will keine getrennten Eltern. Ich will, dass Ihr immer zusammenbleibt, auch wenn ich groß bin und nicht mehr bei Euch wohne. Denn wenn ich Euch dann besuchen komme, will ich, dass Ihr beide da seid. Ich will ganz nach Hause kommen und nicht nur halb.

Aber jetzt noch etwas anderes. Es passt mir gar nicht, dass Du zwei Wochen lang weg bist. Auch wenn das mit Deiner Arbeit zu tun hat. Von Papa weiß ich, dass es für Dich wichtig ist. Mir ist es aber lieber, wenn Du nicht weg bist.

Ich hoffe, es geht Dir gut, und vielleicht kannst Du schon in ein paar Tagen kommen.

Viele Grüße

Dein David

Und ich soll Dir von Papa noch sagen, dass Du ihm fehlst, und er hat auch nichts dagegen, wenn Du früher zurück bist.

DER HUT

„Wie gefällt dir der Hut?"
Er sah sie an, antwortete nicht. Den Kopf kokett hin und her drehend, betrachtete sie sich selbstgefällig im Spiegel.
„Er steht mir, nicht wahr?"
Er schwieg noch immer, hoffte, sie würde ihn zurücklegen. Stattdessen griff sie nach einem Handspiegel, um sich von allen Seiten betrachten zu können.
„Nun sag schon!"
„Hast du nicht genug Hüte in deinem Schrank?", meinte er schließlich.
„Aber dieser ist etwas Besonderes," versteifte sie sich.
„Vielleicht ..."
„Was soll das heißen?! Vielleicht! Der Hut ist wie für mich gemacht!"
„Da bin ich mir nicht so sicher," hielt er dagegen, obwohl er genau wusste, worauf er sich mit seiner Antwort einließ.
„Und warum nicht?"
„Er passt nicht zu dir."
„Ach! Und was, bitte schön, passt an ihm nicht zu mir?"
„Er ist zu groß für dein Gesicht."
„Nein, er ist perfekt!", beharrte sie trotzig.
„Du hast mich ja gefragt! Aber wenn er dir gefällt, dann kauf ihn dir in Gottes Namen."
„Nein, so nicht! Jetzt hast du mir alles verdorben."
Er verdrehte die Augen und sah gereizt zur Seite, während sie den Hut zurücklegte.

„Gehen wir," sagte sie missmutig.

Er folgte ihr zu den Rolltreppen, und sie fuhren, wie zwei nebeneinanderstehende Fremde, ins Erdgeschoss zurück.

„Und was machen wir jetzt?", fragte sie und sah provozierend an ihm vorbei, als sie unschlüssig auf der Straße standen.

Er mochte ihren Ton nicht und auch nicht, wie sie da stand und die Gekränkte mimte. Und all das wegen eines Hutes, der ihr Gesicht zu einem runden Luftballon mit einer Bratpfanne obendrauf verwandelt hatte. Ihr zuliebe war er mit ihr bummeln gegangen, hatte sie vor dem Kauf dieses bescheuerten Ungetüms bewahrt und musste obendrein noch ihr unerträgliches Gehabe erdulden.

„Ich weiß nicht. Alles, was du willst, mein Schatz," sagte er genervt.

Ihr Gesicht verfinsterte sich.

„Nach Hause will ich keinesfalls," sagte sie heftig.

„Schon gut," ging er auf sie ein, „dann schlag etwas vor."

Sie hatte keine Idee. Ihre Wut auf ihn stieg weiter an.

„Warum immer ich! Warum kannst du dir nicht etwas einfallen lassen!"

„Ich mache alles, was du willst. Reicht das nicht?"

„Es ist dir doch ganz egal, wohin wir gehen. Ob ins Café oder in den Zoo. Wenn es nach dir ginge, würden wir nirgends hingehen."

Er zuckte die Achseln. Er blieb tatsächlich lieber zu Hause. Auch wenn er nichts Besonderes zu tun hatte, langweilte er sich nie. Ihr aber war schon immer an den Wochenenden, wenn sie nicht arbeitete und die Zeit einem selbst gehörte, die Decke auf den

Kopf gefallen, und sie musste unbedingt etwas erleben, das sie für den monotonen Alltag entschädigte.

„Nicht nur, dass du mitgehst, nur um mir einen Gefallen zu tun, nein, dankbar muss ich dir obendrein auch noch dafür sein!", keifte sie noch wütender.

„Mehr kann ich ja nicht tun!", sagte er nervös.

„Und warum nicht?"

Sie sahen sich schweigend an und wünschten sich gegenseitig zum Teufel.

„Also, was ist jetzt!", fuhr sie ihn an, als hätte sie ihm eine Frist zum Überlegen gesetzt.

„Wenn du nicht weißt, was du willst, fahren wir zurück."

„Das will ich aber nicht! Heute ist Samstag! Gehen wir wenigstens ins Café."

„Wie du meinst! Und in welches?"

Sie hatte keine Ahnung und ärgerte sich noch mehr, weil er sich so passiv verhielt.

„Das entscheiden wir unterwegs," sagte sie, die Zähne zusammenbeißend.

Sie gingen los und bogen ohne ein bestimmtes Ziel in eine Straße ein. Die Cafés, die auf dem Weg lagen, gefielen ihr nicht, und ihre Laune sank endgültig.

Der Wind hatte sich gedreht, blies ihr kräftig ins Gesicht. Zu allem Übel fehlte es noch, dass ihr jetzt ein Staubkorn ins Auge flog, es zum Tränen brachte, und die Schminke sich verschmierte.

Die Straße mit ihren aneinandergereihten, abweisend verschlossenen Häusern hatte etwas Rohes, Unbehagliches an sich. Zum Einkehren gab es genug Auswahl, doch nichts passte ihr, entweder war es zu fein, zu teuer oder plump und unpersönlich.

„Hier sieht es doch ganz nett aus," sagte sie plötzlich. „Es ist ruhig und die Beleuchtung nicht zu grell."

Sie war stehen geblieben und starrte durch das Fenster in das Lokal hinein.

Über ihre Stimmung, die sich wieder gehoben hatte, erleichtert, nickte er und ließ sie vorangehen. Eine scheu flüsternde Geräuschkulisse empfing sie mit dem Geruch von frisch aufgebrühtem Kaffee, der ihnen samtig weich entgegenwehte.

Kaum hatten sie sich einen Platz ausgesucht, stand die Kellnerin auch schon hinter ihnen und legte die Speisekarten auf den Tisch.

„Warum kann sie nicht warten, bis wir unsere Mäntel abgelegt und uns hingesetzt haben! Wie aufdringlich, gleich die Karten auf den Tisch zu schmeißen!"

Wieder missgestimmt, sah sie der kleinen, beleibten Gestalt mit einem bewölkten Blick hinterher.

„Hast du ihre Brille gesehen? Was sich manche Frauen doch antun in ihrem verzweifelten Versuch, das Augenmerk auf sich zu richten."

Nach einigem Hin und Her entschlossen sie sich für Kaffee und Schokoladentorte mit Sahne.

„Der Kuchen sieht nicht übel aus … und ziemlich großzügig geschnitten," meinte sie zufrieden, häufte sich ein großes Stück auf die Gabel und schob es gierig in den Mund. „Von der Sahne allerdings hätte es ruhig ein Löffelchen mehr sein können."

Ihr Bauch und ihre Hüften blähten sich unter ihrem Kleid, und ihm fiel plötzlich auf, wie dick sie geworden war.

Er sah zur Seite, und seine Augen folgten, ohne dass es ihm bewusst war, der Bedienung, die vorn an der Theke mit dem abgetragenen Geschirr hantierte. Seine Gedanken liefen Sturm, etwas sagte ihm, dass er sein Leben, so wie es jetzt war, an den Nagel hängen sollte.

„Sie gefällt dir wohl. Jung ist sie wenigstens."

„Wer?"

„Die Kellnerin," sagte sie mit trocken knisternder Stimme.

„Wer gibt dir das Recht, mit mir so zu reden?", wandte er langsam den Kopf und starrte sie an.

Die Haut auf ihren Wangen war rot geädert, ihre Nase länger und fleischiger geworden, und auf ihrer Oberlippe sprossen schwarze, hartstoppelige Härchen.

„Wie rede ich denn?"

Ihre Stimme hatte eine abfällige, fiese Tonart angenommen.

„Das weißt du selbst!"

„Nein, das weiß ich nicht. Also hilf mir auf die Sprünge!"

Er schwieg. Sie wollte Streit, er sah es ihr in jedem Millimeter ihrer Miene an, doch diesen Gefallen tat er ihr nicht.

„Fällt dir nichts ein? Das wundert mich. Bisher ist dir immer etwas eingefallen, um deinen Unmut an mir abzuputzen."

Das sagte sie ihm jedes Mal nach, wenn sie nicht weiterwusste. Mit der Gabel in seinem Teller stochernd, überlegte er, wie er das unliebsame Gespräch in eine andere Richtung lenken könnte.

„Wenn du den Kuchen nicht mehr willst, esse ich ihn!"

„Nur zu," sagte er gleichgültig und schob ihr die Reste zu, über die sie genussvoll herfiel.

„Du hast ein Doppelkinn," bemerkte er.

„Tatsächlich?", fuhr sie erschrocken hoch und reckte den Kopf wie eine Echse nach vorn, sich mit der Hand fest über den Hals streifend.

„Was hast du nur gegen mich? Zuerst verdirbst du mir die Laune mit dem Hut, und jetzt sagst du mir noch so etwas."

Er hätte gern, um sich für ihre zänkische Art zu rächen, noch einiges über ihr Aussehen hinzugefügt, hielt sich aber zurück.

„Ich muss also abnehmen. War es das, was du mir klarmachen wolltest?!"

Er sah sie an und fragte sich, wo die Frau, die er einmal begehrt hatte, geblieben war.

„Ich bin dir also zu dick!", quengelte sie weiter.

Er bereute seine Worte längst. Er hatte es noch nie ertragen können, wenn sie klagend weinerlich wurde.

„So schlimm ist es auch nicht," versuchte er den Schaden, den er angerichtet hatte, wieder gutzumachen.

„Wenn es nicht so schlimm wäre, hättest du es nicht bemerkt," versperrte sie sich bockig.

„Du bist ein bisschen voller geworden in der letzten Zeit. Wir sind eben in dem Alter, wo man schnell zunimmt. Du hast zwei, drei Kilo zu viel, mehr nicht," lenkte er ein.

„Ach, meinst du!" Ihr Ton war scharf und unversöhnlich.

Sie stopfte die letzten Krümel herausfordernd in sich hinein und spülte mit einem Schluck Kaffee nach.

„Lass es schon. Ich habe es nur so gesagt. Ich weiß auch nicht, warum. Es hat wirklich keine Bedeutung."

„Ach! Jetzt auf einmal nimmst du alles zurück. Jetzt, wo es zu spät ist!"

Wenn sie nur endlich den Mund halten würde! Dabei wusste keiner besser als er, dass sie sich immer mehr in Fahrt redete.

„Nächstens muss ich dich womöglich noch um deine Einwilligung fragen, was ich essen darf und was nicht," zerrte sie mit einer Leidensmiene weiter an seiner Geduld.

Er hätte sich ohrfeigen können. Nichts mehr würde sie heute noch besänftigen können, und bald hatte sie ihn so weit, dass er Dinge sagte, die ihn selbst erschreckten. Er versuchte, seine Ohren auf Durchzug zu schalten, doch ihre Stimme wurde lauter, schneidend, und er war sicher, dass die Kellnerin an allem bereits Anteil nahm.

„Kannst du nicht etwas gedämpfter reden?"

„Jetzt bin ich dir auch noch zu laut! Erst versaust du mir den Tag, und dann ist es dir obendrein noch peinlich, wenn ich darüber erbost bin,", kläffte sie weiter.

Er wünschte sich, weit weg zu sein; das war ihm anzusehen, in seinen Gedanken zu lesen.

„Könntest du vielleicht etwas liebenswürdiger auf mich eingehen?", funkelte sie ihn, die Hände auf ihrem Schoß drohend geballt, zornig an.

Sie könnte auch zuschlagen. Das traute er ihr zu. In ihrer Wut war sie unberechenbar. An Situationen, in denen sie es fast getan hätte, konnte er sich gut erinnern. Einmal sogar wäre sie in ihrer Frustration beinahe mit einer Pfanne auf ihn losgegangen.

Irgendetwas saß ihr andauernd quer, ein Pickel, der ihre Aufmerksamkeit beherrschte, Scherereien auf der Arbeit, das Wetter oder ihre Unfähigkeit, dem Leben etwas abzugewinnen.

„Nicht nur, dass du mir mein Wochenende verdorben hast, nein! Das ganze Leben verdirbst du mir!", zeterte sie mit hässlich entstellter Stimme.

Ihr Mund, aus dem es immer gehässiger und bösartiger herauskochte, gab keine Ruhe. Er war drauf und dran, mit der flachen Hand auf dieses auf- und zuschnappende Fischmaul draufzuklatschen.

Sein Blick tastete ihr Gesicht ab. Wie schon so oft suchte er auch jetzt etwas Vertrautes, um sich zu beruhigen, aber er fand nichts; was er sah, war fremd und abstoßend.

Er konnte diese Visage nicht mehr ertragen, er wollte diese Frau nicht mehr, er wollte keine Rücksicht mehr auf all die Jahre mit ihr nehmen.

Endlich war sie still, doch in ihren Mundwinkeln bebte und zuckte es, und sie fing an zu weinen. Ihr Lidstrich zerlief in dünnen, schwarzen Streifen auf ihren Wangen.

„Reiß dich doch zusammen," sagte er weich.

Sie tat ihm leid, wie sie da vor ihm saß und in ihrer Handtasche nach einem Papiertuch und einem Spiegel herumwühlte. Sie erinnerte ihn an früher, an die Zeit, als es für ihn noch undenkbar war, ohne sie zu sein. Jetzt aber schien ihm die Aussicht, noch einen Tag, eine Nacht, selbst eine einzige Stunde mit ihr leben zu müssen, absurd.

Plötzlich sah sie ihn wie vom Donner gerührt an. Sie hatte das Ganze, was in ihm vorging, erfasst und verstanden.

Noch immer überlegte er in seiner Verwirrung, ob er nicht doch alles in den alten Bahnen lassen sollte. Er würde die Rechnung verlangen, sie würden zahlen, nach Hause gehen und diesen verunglückten Tag irgendwie zum Ausklingen bringen, vielleicht noch mit Bekannten ein Treffen arrangieren, das könnte sie beschwichtigen.

Einen Augenblick lang kämpften zwei Seelen erbittert in seiner Brust, dann brachte die eine die andere zu Fall. Ob er dabei gewonnen oder verloren hatte, wusste er noch nicht, aber sein Entschluss stand fest, und er stand ohne Eile auf und zog seinen Mantel an.

„Ich gehe," sagte er, obwohl er noch nicht wusste, wohin.

Doch er ahnte, dass unter all den Wegen da draußen einer für ihn bestimmt war.

DAS KLINGELN

„Was tust du denn hier mitten in der Nacht?"
Sie hob den Kopf, langsam, als fühlte sie sich nicht angesprochen und sah, wie er verschlafen, mit zusammengekniffenen Augen ins Licht blinzelte.
Er war grau geworden. Das machte ihn alt und hilflos. Gerade noch war sein Haar tiefschwarz gewesen. Nichts mehr davon war übrig geblieben.
Er stand im Türrahmen und schaute sie an. Er wusste, warum sie mitten in der Nacht in der Küche saß. Es war ihrem Gesicht, ihrer Haltung anzusehen, und sie wusste es auch.
„Wieder habe ich das Klingeln gehört und bin aufgewacht," erwiderte sie trotzdem.
„Ja ... es verfolgt mich genauso."
„Nur wie wir es abstellen sollen, ist mir ein Rätsel. Wir müssen aber irgendwann damit fertig werden," sagte sie apathisch.
Er ging zum Kühlschrank und goss sich ein Glas Wasser ein.
„Willst du auch?"
„Nein," sagte sie und wunderte sich, wie unheimlich fremd ihre Stimme klang.
Er stellte die Flasche zurück und setzte sich zu ihr an den Tisch. Sie ahnte, dass er sich jetzt um ihr Befinden sorgen würde und wich seinem Blick aus.
„Du bist so blass."
„Es ist nichts. Mir fehlt nichts."
„Dein Gesicht sieht aber gespenstig aus. Ganz weiß."
„Es muss am Licht liegen. Es ist zu grell."

In ihrem Kopf drehte es sich plötzlich, und sie war froh, jetzt nicht irgendwo draußen unterwegs sein zu müssen. Es kam immer häufiger vor, dass der Boden unter ihren Füßen wackelte. Deswegen ging sie nah an den Häuserfassaden vorbei, um Halt zu haben, wenn sie ins Straucheln geriet.

Um ihn nicht zu beunruhigen, hatte sie ihm nichts davon erzählt. Wie sollte er ihr auch dabei helfen? Der Arzt hatte nichts festgestellt, jedenfalls nichts Organisches. Von innerer Anspannung war die Rede gewesen, und dass dann eben manchmal so etwas passiert.

Früher war ihr nie schwindelig geworden. Ja, früher ... Nichts mehr war wie früher. Sogar Dinge, die unveränderlich zu sein schienen, sind anders geworden: das Ledersofa im Wohnzimmer sah irgendwie nicht mehr so einladend und gemütlich aus wie sonst. Auch die Bilder an den Wänden passten nicht mehr dorthin, waren verblichener, langweiliger geworden.

Sie wollte mit ihm über ihr früheres Leben sprechen und über ihre Sehnsucht, wenigstens einen Hauch davon wiederzufinden. Doch sie sah nur jemanden vor sich, der so entsetzlich müde, so verloren aussah wie ein Mensch, der es nicht mehr weiterschaffte, und ihr sank der Mut.

Um die Mittagszeit war es gewesen, so gegen halb zwei, denn nach eins hatte sie ständig auf die Uhr gesehen und sich gefragt, wo der Junge nur blieb. Um fünf nach halb eins war die Schule aus. Er musste erst noch seine Sachen einpacken, seine Jacke überziehen. Vielleicht hatte er auch noch mit seinem Freund etwas zu besprechen gehabt. Das kam oft vor, obwohl sie ihn ermahnt hatte, sich sofort auf den Heimweg zu machen. Gegen Mittag war die Zeit knapp, wenn sie zur Arbeit musste und er noch essen sollte, bevor er in den Hort ging. Trotz allem aber war er immer noch vor eins eingetroffen, nur diesmal nicht.

Furcht war ihr in die Brust gekrochen, aus der eine Vorahnung des Grauens unbarmherzig wucherte.

Seitdem war das Leben stehen geblieben. Nichts konnte den Schmerz betäuben. Alles wälzte sich von einem Tag in den anderen, ohne Sinn, ohne Ziel.

Alt war sie noch nicht, gerade vierzig. Würde sie so den Rest ihrer Tage verbringen? Wäre das nicht schlimmer als der Tod?

Kalte Furcht stieg ihr den Nacken hoch.

„Was murmelst du da?", fragte er.

„Was?", schreckte sie auf und begriff, dass sie unbewusst gesprochen hatte. „Ach nichts," wehrte sie ab.

Er schwieg und tauchte seinen gläsernen Blick wieder in sich hinein.

Es ärgerte sie, dass er nicht nachgefragt hatte. Vielleicht hätte sie ihm dann doch gesagt, was ihr durch den Kopf gegangen war. Das hätte vielleicht ein Anfang sein können, wieder zueinander zu finden, und die Gedanken, die immer nur um das Klingeln an jenem gottverdammten Tag kreisten, endlich zu stoppen.

„Das Gesicht des Polizisten macht mir zu schaffen," sagte er. „Ich dachte schon, ich hätte es vergessen, doch dann tauchte es wieder auf. Ist das nicht seltsam ... Zuallererst nannte er klar und deutlich seinen Namen, aber mein Herz raste so, dass ich ihn nicht verstehen konnte."

Er verstummte dann und starrte vor sich hin. Ihn so zu sehen, tat ihr weh. Sie hätte ihm gern etwas Liebes gesagt, saß aber nur stocksteif auf ihrem Stuhl.

Die unheimliche Ruhe der Nacht kesselte sie immer mehr ein. Dann, in ihrem ohnmächtigen, stummen Zorn, begehrte sie auf und barg ihr tränennasses Gesicht in beide Hände.

Als sie wieder zu sich kam, war er nicht mehr da. Sie hob den Kopf und lauschte, doch nichts war zu hören.

Von einer Unruhe erfasst, stand sie abrupt auf, um nachzuschauen und fand ihn im Korridor, wo er, am ganzen Körper zitternd, vor der geöffneten Wohnungstür stand.

„Jemand hat geklingelt," sagte er. „Hast du es nicht gehört?"

„Nein, habe ich nicht, weil es nicht geklingelt hat. Du hast dich verhört," erwiderte sie, um einen ruhigen Ton bemüht.

„Ich könnte aber schwören ..."

„Nichts war da! Glaub mir!", fiel sie ihm nervös ins Wort und schloss rasch die Tür. „Spiel doch nicht verrückt!"

Sie fasste ihn sanft am Arm und führte ihn ins Schlafzimmer, wo er sich gehorsam wie ein Kind aufs Bett legte.

„Unser Junge ... unser Junge ist tot," flüsterte er, „von einem Linksabbieger überfahren ... der hätte halten müssen ... die Ampel war auf Grün geschaltet, die Polizei hat das bestätigt ... nie ist unser Junge bei Rot über die Straße gegangen ... genau wie wir es ihm beigebracht haben ... "

„Wir müssen endlich loslassen, oder wir sterben," sagte sie leise.

„Und wie? Ich komme an diesem Linksabbieger einfach nicht vorbei. Wäre er einen Augenblick später gekommen! Nur einen einzigen Augenblick, und nichts wäre passiert. Es ist doch so!"

„Unser Sohn ist tot. Das ist die Wirklichkeit. Und wenn wir nicht aufhören, an ihr herumzubasteln, werden wir das Klingeln immer wieder hören, und der Junge wird immer wieder sterben. Das verkraften wir nicht."

„Was sollen wir denn nur tun?"

„Ich weiß nicht. Wir sollten uns vielleicht auf die Dinge besinnen, die uns einmal etwas bedeutet haben. Wir könnten es wenigstens versuchen. Wir haben uns nie richtig darum bemüht. Stattdessen haben wir uns dem Verlust und dem Schmerz ganz hingegeben. Unser Junge war doch nicht immer tot. Aber wir denken an nichts anderes mehr. Wir sollen uns an ihn, wie er war, erinnern. Ist denn alles ausgelöscht?"

Er schwieg.

„Auch dich will ich so haben, wie du früher warst, als ich für dich noch existiert habe."

„Wie meinst du das?"

„Du siehst mich an, ohne mich wirklich zu sehen. Du hörst mir zu, ohne mich wirklich zu verstehen, und du sprichst zu mir, ohne mich wirklich zu meinen. Von Tag zu Tag übergehst du mich mehr. Irgendwann wirst du mich überhaupt nicht mehr erkennen."

Er lag nur da und schaute sie an, und sie glaubte zu sehen, dass das Licht in seinen Augen weniger trüb als sonst war.

Sie hatte keine Ahnung, wie sich etwas ändern sollte, blieb nur ruhig bei ihm sitzen und hielt sich an seiner Hand fest. Sie sah, wie ihm nach einer Weile die Augen zufielen und er einschlief. Es war schon beinahe Morgen, und sie hätte aufbleiben sollen, legte sich aber hin, ganz nah an ihn. Nur einen Augenblick wollte sie so da liegen. Doch dann übermannte auch sie der Schlaf.

DIE GUMMIBÄRCHEN

Es war schon spät, und ich wollte zu Bett gehen, als es klingelte. Ein wenig ahnte ich, wer mich zu dieser Stunde noch aufsuchen könnte, war aber trotzdem überrascht, als ich die Tür öffnete und meine Vermutung bestätigt sah.

Den ängstlichen Blick zur Seite gerichtet, mit einem hastig in braunes Packpapier eingeschlagenen Blumenstrauß in der einen Hand und einem Portemonnaie, das ich sofort als das meine wiedererkannte, in der anderen, stand der kleine Missetäter vor mir.

Ich hatte am Nachmittag etwas in meiner Tasche gesucht und sie offen gelassen, und als ich später nach dem Schlüssel suchte, um das Klassenzimmer abzuschließen, fiel mir auf, dass meine Geldbörse nicht mehr da war.

Ich nickte dem Jungen zu, der sich nur zögernd näher wagte und, rot vor Scham, mir erst die Blumen und dann das gestohlene Portemonnaie reichte.

„Verzeihen Sie mir," brach es so eindringlich aus ihm heraus, dass ich erschauderte.

Dann heulte er los, am ganzen Körper bebend, und vergrub seinen Kopf an meiner Schulter. Ich ließ ihn gewähren, bis sein Weinen abklang und er, stockend, von heftigen Schluchzern unterbrochen, erzählte, wie es zu der Tat gekommen war.

Er habe mir nur einen Schrecken einjagen wollen, dann aber plötzlich nicht mehr zurückgekonnt, weil ihm das Dumme an diesem Scherz schnell klar geworden war.

Er tat mir in seiner Gewissenspein so unendlich leid, dass ich gar nicht anders konnte, als ihm zu glauben und zu verzeihen.

Lange noch lag ich wach im Bett, das Ereignis ließ mich nicht los. Nur zu gut ahnte ich seine Not und Verzweiflung. Etwas Ähnliches hatte ich selbst vor vielen Jahren erlebt.

Ich war gerade zehn Jahre alt, als ich die Quinta eines katholischen Mädchengymnasiums besuchte. Neben mir auf der Schulbank saß Dagmar Schmidt, die Neue, die aus einer anderen Stadt zugezogen war.

Eines Tages nach Schulschluss bat sie mich, mit ihr noch schnell in ein Kaufhaus zu gehen, sie wollte sich ein Vokabelheft besorgen. Ich sagte gleich zu, obwohl mir unnötiges Herumtreiben von Zuhause strikt untersagt war.

Dagmar kaufte das Heft und schlug vor, noch einen kurzen Streifzug durch die Abteilungen zu machen. Lange musste sie mich nicht überreden, denn es gab so viel zu sehen und zu bewundern, besonders in der Süßwarenabteilung.

„Magst du Gummibärchen?", fragte sie mich plötzlich und warf mir einen abschätzenden Blick zu.

„Na klar!", sagte ich.

„Hast du fünfzig Pfennig?"

„Nein, meine Eltern erlauben mir nicht, Geld mit in die Schule zu nehmen. Nur wenn ich es für etwas Wichtiges brauche."

„Schade," sagte Dagmar, „ich habe auch nichts. Dann müssen wir uns etwas anderes überlegen."

„Etwas anderes?", fragte ich verblüfft. „Wie meinst du das?"

„Wenn du die Gummibärchen also haben willst,"
fuhr Dagmar gemächlich fort, „aber keine fünfzig
Pfennig hast, dann musst du sie dir eben so nehmen."

„Was? Einfach so nehmen?"

„Klar! Wie denn sonst! Oder glaubst du, jemand hier würde sie dir schenken, nur weil du kein Geld hast?"

„Aber ich kann doch nicht ..."

„Ach was! Natürlich kannst du! Außerdem ist Klauen ganz leicht. Du guckst vorsichtig nach allen Seiten, ob dich niemand beobachtet oder gerade in deine Richtung schaut, dann nimmst du dir ganz ruhig eine Tüte und steckst sie mit einer unauffälligen Miene unter deine Jacke."

Vor Schreck schlug mir das Herz bis zum Hals, als hätte ich den Diebstahl schon begangen. Ich hätte davonlaufen können, bin aber, ich weiß nicht warum, doch geblieben."

„Woher weißt du denn das alles?", fragte ich heiser.

„Woher wohl!", erwiderte Dagmar spöttisch und lächelte.

Mir blieb die Luft weg. „Du hast ..."

„Na, klar doch! Sogar schon mehrmals. Und nicht nur Gummibärchen," sagte sie in aller Gelassenheit.

Mir wurde bei der Vorstellung, so etwas zu tun, abwechselnd heiß und kalt, doch in mein Entsetzen mischte sich auch so etwas wie Bewunderung hinein. Noch nie hatte ich jemanden kennengelernt, der sich zu stehlen getraute und dabei noch so tat, als sei das etwas ganz Gewöhnliches.

„Aber wenn du Angst hast, lassen wir es," sagte sie, die Achseln zuckend.

Angst? Das war ja nicht das richtige Wort! Eine Heidenangst hatte ich! Viel mehr noch als einst, als ich in unserem Keller heimlich aus dem Kompottglas genascht hatte. Trotzdem wollte ich mir vor Dagmar, die ein Gesicht zog, als habe sie sich noch nie vor etwas wirklich gefürchtet, keine Blöße geben. Und dann ging alles sehr schnell. Ehe ich das Ganze richtig begriffen hatte, waren die Gummibärchen auch schon unter meiner Jacke.

„Donnerwetter!", pfiff Dagmar draußen auf der Straße durch die Zähne. „Das habe ich von dir nicht erwartet. Du hast ja wirklich Mumm."

Zunächst schwoll mir der Kamm vor Stolz. Ich fühlte mich wie jemand, der etwas Ungewöhnliches vollbracht hatte. Doch dann, als Dagmar sich verabschiedete, war mir ganz anders zumute. Die Tüte wog plötzlich mehr als ein Pflasterstein, und ich wäre sie am liebsten losgeworden. Doch wie? Sie einfach wegzuwerfen, traute ich mich nicht. Das könnte jemandem auffallen und unangenehme Fragen nach sich ziehen, denn wer schmiss schon eine unangebrochene Tüte mit Gummibärchen einfach so weg!

Die Dinger klebten an mir wie Kletten. Wäre ich doch nur gleich nach der Schule nach Hause gegangen, anstatt mich von Dagmar, die ich jetzt gar nicht mehr toll fand, zu dieser blöden Sache überreden zu lassen.

Ich zog los zur Straßenbahnhaltestelle. In meinem Kopf war es ganz leer. An nichts Schönes mehr konnte ich denken. Der Nachmittag kam mir wie ein drohendes Unwetter entgegen.

Beim Einsteigen stolperte ich. Die Tüte unter meiner Jacke hatte verdächtig laut geknistert.

Erschrocken suchte ich nach einem Platz, wo ich mich vor der Welt, die mit einem Mal ganz dunkel und unheilvoll geworden war, verkriechen konnte. Da alle Plätze besetzt waren, ging ich ans Ende des Wagens, stand dort am Fenster und starrte verloren vor mich hin. Irgendwann stieg eine ältere Frau mit vielen Taschen ein, die sie umständlich zwischen ihren Beinen abstellte.

„Na, du siehst aber traurig aus," meinte sie. „Hast du Ärger in der Schule gehabt?"

Ich nickte nur schwach und zog die Schultern noch tiefer ein. Ich schämte mich vor der netten Frau, die nicht wusste, dass ihre Worte einem Dieb galten, der keine Freundlichkeit verdient.

Plötzlich, gegen meinen Willen, gingen meine Gedanken mit mir durch. Ich stellte mir vor, ich hätte ihr alles gestanden und müsste jetzt zusehen, wie ihr Gesicht sich verzerrte und unwillig wurde.

Stumpf, vor Elend zerquetscht, sah ich aus dem Fenster. Die Menschen auf der Straße zogen an mir vorbei, unwirklich und künstlich wie in einem gespenstigen Film.

An der nächsten Haltestelle musste ich aussteigen. Ich wäre am liebsten weitergefahren, bis ich das Geschehene und jede Erinnerung daran hinter mir gelassen hätte. Doch als die Bahn hielt und die Türen sich öffneten, setzten sich meine Beine von allein in Bewegung.

In der Vorfreude auf die Verabredung mit meiner Freundin Gertrude am Nachmittag war ich das letzte Stück des Weges immer gerannt, heute aber wollte ich sie nicht sehen. Wie hätte ich ihr ins Gesicht blicken können und so tun sollen, als ob alles in bester Ordnung wäre? Bestimmt hätte sie gleich etwas geahnt und nachgefragt. Doch selbst ihr hätte ich nicht gestehen können, wie die Gummibärchen in meinen Besitz gelangt waren.

Mein Herz sank noch tiefer, als ich an den nächsten Beichtgang denken musste. Die ätzend trockene Stimme des Pfarrers kratzte sich an mein Ohr heran, und schon prallten seine Vorwürfe und Ermahnungen wie ein eisiger Regenschauer auf mich nieder, machten mich noch nichtiger und erbärmlicher.

Plötzlich sah ich die Frau Breetz auf mich zukommen. Ich hatte die Alte noch nie leiden können und ihr nicht selten die Pest an den Hals gewünscht, denn nie hatte sie ein gutes Wort für einen.

Das liege in ihrer Natur, hatte mir Gertrude gesagt. Sie wusste es von ihrer Mutter, die Altenpflegerin war und sich mit alten Leuten wie kein anderer auskannte.

Auf meine Füße starrend, ging ich grußlos an ihr vorbei, ohne ein schlechtes Gewissen zu haben. Ich genoss sogar ihre empörte Sprachlosigkeit, die mir wie ein wütender Windstoß in den Nacken blies.

Zum Mittagessen gab es Fleischklopse, die ich über alles liebte, doch mein Magen war wie zugeschnürt, und ich brachte keinen Bissen herunter. Ich täuschte meiner Mutter eine Ausrede vor und ging auf mein Zimmer, wo ich die Tüte mit den Gummibärchen hinter meinen Büchern im Regal versteckte. Doch denken an sie musste ich trotzdem ständig.

Dann kam mir die Idee, sie zurückzubringen. Das wäre doch das Einfachste. Gleich morgen nach der Schule würde ich in das Kaufhaus gehen und die Tüte so unbemerkt, wie ich sie genommen hatte, wieder zurücklegen.

Eine Weile kam mir mein Leben nicht mehr so düster vor, aber je länger ich darüber nachdachte, desto unmöglicher erschien mir mein Plan. Schon gleich am Eingang könnte ich jemandem auffallen, der sich an meine Fersen heften und mich im richtigen Moment am Kragen packen würde; oder die Tüte würde beim Herausziehen laut knistern oder fiele mir aus der Hand ...

Von all dem Horror war ich auf einmal so müde geworden, dass ich mich aufs Bett legen musste und sofort einschlummerte. Doch ich schlief nicht wirklich, denn kaum dass meine Augen zugefallen waren, sah ich mich aufstehen, die Tüte mit den Gummibärchen in meine Jacke einstecken und aus dem Haus gehen. Wieder kommt mir die alte Frau Breetz entgegen und sieht mich böse und allwissend an.

Am Eingang des Kaufhauses postieren zwei Polizisten und nehmen mich, als hätten sie schon auf mich gewartet, scharf ins Visier. Doch wie durch ein Wunder geschieht nichts, sie rühren sich nicht vom Fleck.

Unbehelligt gehe ich in die Süßwarenabteilung, ziehe die Tüte mit den Gummibärchen schnell unter meiner Jacke hervor und lege sie zurück. Ich staune, wie einfach es gewesen war und fühle mich wieder frei und glücklich, als hätte ich den Diebstahl nie begangen.

Doch mit einem Mal, als ob jemand die Vorhänge an den Fenstern zugezogen hätte, wird es merklich dunkler. Mir ist unheimlich, und ich will weglaufen, aber meine Beine sind bleischwer. Etwas hinter den Warenregalen gerät in Bewegung, dann schießen giftig lächelnde Gesichter wie Pilze aus dem Boden, kesseln mich ein. Wie durch Zauberhand erhebt sich die Tüte mit den Gummibärchen, schwebt durch die Lüfte hin und her und drückt sich dann an meine Brust.

Hunderte von Augen beobachten mich, bohren spitz ihre Blicke in mich hinein. Ein summendes Gemurmel von überall her kommt auf, ein Durcheinander von Wortfetzen, die immer lauter und klarer werden.

Dieb, Dieb, Dieb!, dröhnt es bedrohlich, und etwas trifft mich an der Stirn, bringt mich zu Fall.

Mit einem dumpfen Schmerz, der in meinem Hinterkopf rumorte, erwachte ich auf dem Boden. Ich erhob mich, setzte mich wieder aufs Bett und starrte aus dem Fenster in den edlen, in der Sonne badenden Garten. Ich sah verdrossen über alles hinweg, sogar das übermütige Zwitschern der Vögel, ja, selbst die warme Luft, die ins Zimmer hineinwehte, reizte und nervte mich, und die Wolken am Himmel, hätte ich schwören können, schnitten mir verächtliche Grimassen.

Wut auf Dagmar befiel mich. Sie war an allem schuld. Nie wäre ich ohne sie darauf gekommen, mir etwas zu nehmen, was mir nicht gehörte.

Plötzlich überlief es mich siedend heiß. Heute war doch Freitag! Und morgen musste ich zur Beichte, um die Seele zu reinigen, sonst durfte ich am Sonntag die heilige Kommunion nicht empfangen.

Vor lähmendem Entsetzen bekam ich solche Bauchschmerzen, dass ich kein Abendbrot zu mir nehmen konnte. Ich legte mich ins Bett, aber schaffte es lange nicht einzuschlafen.

Am nächsten Morgen wachte ich mit einem ekligen Geschmack auf der Zunge und einem pochenden Klopfen hinter der Stirn auf.

Meine Mutter zweifelte zwar an meiner Behauptung, krank zu sein, drückte aber ein Auge zu und ließ mich zu Hause, denn ich hatte nur eine Stunde Geographie und zwei Stunden Sport und würde kaum etwas Wichtiges verpassen.

Erleichtert zog ich die Decke wieder hoch und döste vor mich hin, als meine Nase plötzlich von dem herrlichen Duft gebratener Pfannkuchen verführerisch gekitzelt wurde.

Ich sprang auf im Begriff, mich in die Küche zu begeben, als mir einfiel, dass ich doch krank war und keinen Appetit haben durfte. Meine Mutter sagte aber nichts, vielmehr hatte sie mir schon einen Teller hingestellt. Zunächst tat ich so, als hätte ich keinen richtigen Hunger und kaute scheinbar lustlos vor mich hin, konnte jedoch schon bald nicht mehr an mich halten und leerte den Teller mit großem Appetit. Kaum war ich satt, begriff ich, welch schweren Fehler ich begangen hatte. Ich hätte den verlockenden Pfannkuchen widerstehen und im Bett bleiben müssen. Das hätte vielleicht meine Mutter überzeugt, mich auch von der Nachmittagsbeichte zu befreien, stattdessen rückte der erdrückende Weg zur Kirche wieder näher.

Ich konnte nicht länger am Tisch sitzen, sprang auf und lief in mein Zimmer. Aber auch dort war es nicht zum Aushalten. Ich ging in den Garten, streifte ziellos umher, gleichgültig für alles, selbst für den Apfelbaum, in dem ich sonst so gern hockte und den vorbeiziehenden Wolken hinterhersah.

Alles um mich herum war mir lästig geworden, nichts und niemanden konnte ich leiden, auch mich selbst nicht. Das alles hatte ich mir ganz allein eingebrockt, da half mir auch meine Wut auf die

Dagmar nicht. Dass ich mich von ihr hatte verleiten lassen, war allein meine Schuld. Sie war aber der Auslöser meines ganzen Dilemmas, und das gab mir keine Ruhe. Ich musste sie zur Rede stellen.

Dagmar öffnete die Tür und sah mich mit gespieltem Erstaunen an. In meiner Aufregung überging ich ihre Frage, warum ich nicht in der Schule gewesen sei, und fiel gleich mit der Tür ins Haus.

„Heute Nachmittag muss ich beichten und weiß nicht, was ich dem Pfarrer sagen soll, " sagte ich atemlos.

„Nun ja," gab sie gleichgültig zurück, „dir wird schon etwas einfallen, du hast ja noch Zeit."

„Mir ist bisher nichts eingefallen, und mir wird auch nichts mehr einfallen, egal wie viel Zeit ich noch habe!", erwiderte ich und war wütend, weil sie mich nicht hereinbat.

„Dann sag doch die Wahrheit! Den Kopf wird dich das schon nicht kosten."

„Aber genau darum geht es doch! Es wird mich den Kopf kosten!", sagte ich verzweifelt und hätte sie wegen ihrer Kaltschnäuzigkeit am liebsten geohrfeigt.

„Ja, dann weiß ich es auch nicht."

„Du musst es aber wissen! Schließlich hast du mir die ganze Geschichte eingebrockt."

„Wieso ich?! Du warst es doch, die unbedingt die Gummibärchen haben musste!"

Mir blieb die Luft weg. So war das also! Sie hielt sich aus der Sache heraus, hatte demnach nichts damit zu tun, und ich durfte die Suppe allein auslöffeln. Grußlos drehte ich mich um und ging. Nach ein paar Schritten rief sie hinter mir her, ich solle warten, sie habe vielleicht eine Lösung.

„Du sagst dem Pfarrer, du hättest mal ... na ja ... eine Kleinigkeit weggenommen," schlug sie vor, „und das sagst du ganz leise. Er kriegt es dann nicht so genau mit und wenn doch, dann klingt es immer noch weniger schlimm, als wenn du gesagt hättest: ich habe gestohlen."

Im ersten Moment schien mir das wirklich der Ausweg zu sein. Doch auf dem Heimweg befielen mich Zweifel. Weggenommen, gestohlen ... es kam doch alles auf dasselbe heraus.

Beim Mittagessen brachte ich nichts in mich hinein, stocherte nur in meinem Teller herum. Meine Mutter fragte mich, was mit mir los sei. Ihre Stimme klang so besorgt und mitfühlend, dass ich beinahe alles gestanden hätte. Ich wusste aber, wie entsetzt sie darüber gewesen wäre und hielt mich im letzten Moment zurück.

Die Zeit rannte. Immer wenn ich auf die Uhr schaute, war schon wieder eine halbe Stunde vergangen. Kurz vor vier, viel später als sonst, ging ich los.

Gleich beim Öffnen des Kirchenportals sah ich, dass die ersten drei Reihen am Beichtstuhl schon vollständig besetzt waren. Auf Zehenspitzen schlich ich in die Reihe dahinter und drückte mich ganz ans Ende, so dass die nächsten, die noch nach mir kamen, vor mir Platz nehmen konnten.

Das Sonnenlicht fiel spärlich durch die kleinen, bunten Mosaikfenster hinein. Das Zwielicht schützte mich ein wenig vor den hohen, dicken Mauern, die sich vor mir schauerlicher und gewaltiger als sonst in die Höhe reckten.

Hilfesuchend starrte ich auf die steinernen Figuren der Heiligen, die schon immer meine Fantasie angeregt und meine Zuversicht gestärkt hatten, aber jetzt schienen sie nur bekümmert auf mich herabzuschauen. Niemand war da auf meiner Seite, keiner stand mir bei. So allein hatte ich mich noch nie zuvor gefühlt. Die Last meiner Tat hing an mir jetzt mehr denn je, wucherte und wurde immer schwerer. Ich war fast schon bereit, mich auf der Stelle zu ergeben und dem Pfarrer alles zu sagen, denn schlimmer konnten meine Einsamkeit und Furcht nicht mehr werden.

Als ich aufschaute, sah ich mich noch immer allein auf der Bank sitzen; mein Blick glitt über die Köpfe der Wartenden vor mir, als ich plötzlich die Monika aus der Parallelklasse wiedererkannte. Sie war so alt wie ich, aber viel größer und stärker und besaß ein scharfes Mundwerk, dem man lieber aus dem Weg ging.

Ich zog den Kopf schnell ein, aber da hatte sie sich auch schon umgedreht und mich entdeckt. Sie verzog hämisch die Mundwinkel und warf mir einen hässlichen Blick zu. Wenn ich Pech hatte, würde sie nach der Beichte draußen auf mich warten und sich mit boshaften Bemerkungen über meine Kleidung, meine Frisur und ganz besonders über meine Brille lustig machen. Einmal sogar hatte sie mich heftig in den Arm gekniffen, nur um zu sehen, wie eine doofe Brillenschlange aussieht, wenn sie heult. Und obwohl ich die Zähne tapfer zusammengebissen hatte, kamen die Tränen doch. Die Monika hatte laut gelacht, mit dem Finger auf mich gezeigt und gesagt, dass ich mir jederzeit noch so einen Quetscher abholen könne, wenn mir danach wäre.

Im Beichtstuhl war Unruhe entstanden, der Pfarrer hatte seine Stimme erhoben. Wahrscheinlich hatte das Beichtkind, das vor ihm kniete, gerade so etwas wie eine Lüge oder einen geschwänzten Kirchenbesuch zugegeben. Wie erst würde der Pfarrer brüllen, wenn ich ihm mein Geheimnis offenbarte! Mir wurde schwarz vor Augen, und schon sah ich, wie ich in der Hölle in einer riesigen Bratpfanne saß und schmorte, umringt von Teufeln mit glühenden Augen, nagelspitzen Hörnern und garstigen Pferdefüßen.

Nur noch drei Leute waren jetzt vor mir. Einer von ihnen war ein Junge namens Bert, den ich flüchtig vom Spielplatz kannte, und die Frau neben ihm anscheinend seine Mutter, da sie, sobald er den Kopf zur Seite wandte oder mit den Füßen zu schlenkern begann, ihm immer wieder ermahnende Blicke zuwarf.

Etwas weiter weg hockte in sich eingefallen ein alter, magerer Mann mit schütterem, grauen Haar. Er wohnte ein paar Häuser von uns entfernt und galt als nicht ganz richtig im Kopf. Traurig und stumm ging er immer seines Weges, und jedes Mal, wenn ich ihm begegnete, befiel mich leises Unbehagen. Er war doch auch einmal ein Kind gewesen. Aber jetzt sah er nur noch alt und einsam aus, als hätte er in seinem Leben zu wenig Wärme und Licht gehabt. Was wohl hatte er zu beichten, fragte ich mich. Bestimmt keine Lügen, dazu war er zu schweigsam, gestohlen hatte er sicherlich auch nichts. Und böse sein? Mit wem denn? Er lebte ja vollkommen allein. Jeden Sonntag kam er zur Messe, verfolgte die Predigt und empfing die Kommunion. Es blieb also nicht viel, woran er sich versündigen konnte.

Der Junge mit seiner Mutter war schon fort. Der alte Mann saß jetzt im Beichtstuhl und war, wie ich schon vermutet hatte, schnell fertig.

Jetzt war ich dran! Halb betäubt, wie von einer fremden Hand geschoben, stand ich auf, trat ein und kniete mich vor die Gitterstäbe, wo es nach Schweiß und Kölnisch Wasser roch. Beklommen schlug ich das Kreuzzeichen, die Abfrage begann. Wahrheitsgetreu antwortete ich mit ja und nein. Bisher gehörte ich noch zu den kleinen Sündern und sollte auch weiterhin zu ihnen gehören, denn als die gefürchtete Frage kam, ob ich gestohlen habe, sagte eine mir vollkommen unbekannte Stimme: nein! Ich bekam die Absolution und wurde mit einem Gehe-in-Frieden entlassen.

Das Portal hinter mir fiel schwer ins Schloss, das helle Tageslicht biss in meinen Augen. Ich stand heftig blinzelnd auf dem staubigen Schotterweg. Die grässliche Monika hatte nicht auf mich gewartet, ich konnte unbeschadet nach Hause gehen und vorher noch schnell bei Gertrude vorbeischauen.

Ich schob trotzig die Unterlippe vor und machte mich davon. Als ich am Haus des Küsters vorbeikam, sah ich den alten Mann wieder. Mit jedem Schritt plagte er sich mühsam ab. Ich beneidete ihn plötzlich, denn in seinen von Anstrengung und Leiden gezeichneten Bewegungen, in seinem gequälten Gesicht war keine Spur von irgendeinem dunklen Geheimnis oder irgendwelcher Schuld.

DIE RÜCKKEHR

Ich war zu Besuch bei meinen Eltern, die ich schon seit zwei Jahren nicht mehr gesehen hatte. Immer war etwas dazwischen gekommen ... nun ja ... wer kennt das nicht.
An einem dieser Tage um die Nachmittagszeit, als sie, um etwas zu erledigen, unterwegs waren, klingelte es an der Tür. Ich schaute nach und traute meinen Augen nicht. Nach all den Jahren stand sie vor mir. Ihr einst so prächtiges dunkelbraunes Haar war blondiert und ganz strohig und stumpf, ihr Gesicht hatte eine kränklich gelbliche Farbe.
„Bittest du mich herein?", fragte sie mit einem scheuen, unsicheren Blick.
Ich wich zurück, sie folgte mir ins Wohnzimmer und blieb vor der offenen Terrassentür stehen.
„Wie ich mich noch an dieses Haus, den Garten ... an alles erinnere ... Als ob es gestern gewesen wäre," sagte sie mit Wehmut.
Auch ich wurde von der Vergangenheit gepackt, die mich in einen zwanzig Jahre zurückliegenden Sommer versetzte, als wir, jung, unbeschwert und voller Abenteuerlust zusammen in ihre Heimat nach Griechenland reisten.
In Athen wurden wir von ihrer besten Freundin erwartet und erlebten eine unvergessliche Zeit. Jeden Tag entdeckten wir die Stadt aufs Neue, spazierten durch Piräus und verbrachten ein paar Tage auf einer kleinen Insel, wo die Sonne eigens für uns auf- und unterging.
Ich war noch nie im Süden gewesen und konnte vom Strand, dem Meer und den lauen Nächten nicht

genug kriegen; auch die Menschen kamen mir anders, viel ungezwungener vor, als ich es von zu Hause her kannte.

Im Zug nach Saloniki, wo wir eine Verwandte von ihr aufsuchen wollten, begegnete ihr ein junger Mann, in den sie sich auf der Stelle Hals über Kopf verknallte. Nichts Außergewöhnliches, sollte man meinen, aber dass ein Mensch von einem anderen, ohne ihn im Geringsten zu kennen, wie von einer Lawine mitgerissen werden kann, war mir unheimlich und mich überfiel augenblicklich die Vorahnung, dass unsere bis dahin so gelungenen Ferien sich dem Ende näherten, obwohl noch einige gemeinsame Wochen vor uns lagen.

Dem Typ war ihre Entflammung nicht entgangen, und schon bald saß er mit uns im selben Abteil. Sie redeten in ihrer mir vollkommen fremden Sprache, doch irgendwie verstand ich jedes Wort. Sie warf mir immer wieder schuldbewusste Blicke zu, und als sie sich dann zu ihm setzte und er nach ihrer Hand griff, sah ich aus dem Fenster in die vorbeilaufende Landschaft und wünschte mir, weit fort zu sein.

Wir gingen dann nicht, wie geplant, zu ihrer Tante, sondern in sein Appartement. Während ich in einer Art Abstellkammer auf einem unbequemen Klappbett Schlaf zu finden versuchte, lag sie in seinen Armen, bereit, sofort schwanger zu werden und ihr Leben mit ihm zu teilen.

Zwei Tage schwebte sie im siebten Himmel, am dritten zog das erste Wölkchen auf.

Es war schon gegen die Mittagszeit, als wir draußen in einem Café frühstückten. Appetitlos nagte sie an ihrem Brot, rauchte eine Zigarette nach der anderen.

„Ich brauche Geld für ein Flugticket. Kannst du mir was leihen?", bat sie mich plötzlich, ohne mich anzusehen.

Ihr Geliebter war Soldat und sollte nach einem kurzen Heimaturlaub auf irgendeiner Insel stationiert werden, wo sie ihn am Wochenende besuchen wollte. Mich würde sie in der Zeit bei seiner Schwester unterbringen, das sei alles schon arrangiert.

„Wenn das so ist, möchte ich dir nicht im Wege stehen, " sagte ich und gab ihr, was sie benötigte.

Drei Tage später war sie, überglücklich, wieder da.

„Wir haben uns verlobt," fiel sie mir mit funkelnden Augen um den Hals. „Sobald er seinen Wehrdienst abgeleistet hat, heiraten wir."

Die letzten Wochen verbrachten wir auf der Insel Thassos im Haus ihrer Patentante. Es war traumhaft, morgens in aller Frühe aufzustehen, zu einem menschenleeren, feinkörnigen, weißen Strand zu laufen und im Meer endgültig zu erwachen. Es gab keine störenden Steine, keine Wellen, keine Strömungen, das Wasser war von einem zarten Hellgrün, ganz klar und sauber - wie im Paradies.

Für mich konnte die Zeit nicht langsam genug verstreichen, doch sie dachte nur daran, zurück nach Saloniki zu fahren, wo sie ihren Zukünftigen vor unserer Heimreise noch einmal treffen wollte. Doch dann kam die Katastrophe: Er konnte nicht kommen, sein Urlaubstag war gestrichen worden.

„Ich muss noch einmal zu ihm," jammerte sie.

Für noch ein Ticket hatte ich aber kein Geld mehr, und ihre puritanischen Eltern darum zu bitten, war unmöglich, denn die, wie auch ihre Verwandten, die nicht anders waren, hätten sofort gewusst, woher der Wind wehte.

„Sag deinen Eltern, du seiest bestohlen worden," schlug sie mir in ihrer Not vor. „Dann schicken sie dir bestimmt sofort etwas."

Das tat mein Vater dann auch, und sie konnte ihren Auserwählten noch einmal treffen.

Auf dem Rückflug nach Deutschland hielt sie es vor Sehnsucht nach ihm kaum aus, und gleich nach der Ankunft rannte sie aufs nächste Postamt, um ihn anzurufen. Doch er war mit seiner Truppe irgendwo unterwegs, und das jedes Mal, wenn sie ihn am Telefon verlangte. Anfangs glaubte sie noch, er sei tatsächlich durch seinen Dienst verhindert, dann aber sperrte sie sich nicht mehr gegen die bittere Wahrheit, dass er genug von ihr hatte.

Ich tat alles, um sie auf andere Gedanken zu bringen, doch kein tröstendes Wort sprach sie an. Und dann, von einem Tag auf den anderen, hörte ich nichts mehr von ihr. Ihre Eltern und ihre Tante, die immer so freundlich zu mir gewesen waren, benahmen sich mir gegenüber jetzt sehr merkwürdig. Schließlich gaben sie mir zu verstehen, dass ich nicht mehr anrufen sollte, und als ich es doch wieder tat, legten sie auf.

Ich schrieb ihr mehrmals mit der Bitte, mir zu erklären, was los war, bekam aber keine Antwort; ich suchte alle Orte auf, wo sie hinzugehen pflegte, doch nirgends traf ich sie an, und fragte ich jemanden nach ihr, hatte keiner sie in der letzten Zeit gesehen. Es war offensichtlich, dass sie mir aus dem Weg ging.

Ich war ratlos. Gerade noch war sie meine Freundin gewesen und dann auf einmal nicht mehr. Hatte ich etwas Falsches gesagt, etwas Kränkendes getan? Ich durchforstete meine Gedanken nach irgendeinem

Hinweis, doch ich fand nichts, das ihr Verhalten erklärt hätte.

Oft träumte ich von ihr und immer den gleichen Traum: ich entdeckte sie auf der Straße, in einem Kaufhaus, auf einer Party, und jedes Mal, wenn ich auf sie zulief, rannte sie davon. Ich rief ihr hinterher, verlangte, dass sie stehen bleiben sollte, doch das tat sie nicht, und ich verlor sie aus den Augen. Einmal aber habe ich sie doch erwischt, sie am Arm gepackt und angeherrscht, mir zu sagen, was passiert war. Doch sie schwieg. Ich schrie auf sie ein, drohte ihr mit Fäusten, ich bat sie und flehte sie an - sie sagte kein Wort.

Irgendwann dachte ich viel weniger an sie, bis sie in meiner Erinnerung erlosch, und jetzt stand sie vor mir wie ein nicht gerufener, unerwünschter Geist.

„Warum?", fragte ich sie mit einer gleichgültigen Stimme, obwohl es in mir brodelte wie in einem Kessel, der unter Hochdruck stand.

Ihr war anzusehen, wie gequält sie nach Worten suchte, doch ich kam ihr kein bisschen entgegen, hätte sie stattdessen am liebsten geohrfeigt, so wütend war ich.

„Weißt du, wie ein Mensch, der einfach so abserviert wird, sich fühlt? Und dann tauchst du einfach so aus der tiefsten Versenkung wieder auf. Weshalb? Um dein Gewissen zu erleichtern? Und wieso hier bei meinen Eltern? Du kannst doch nicht im Ernst davon ausgegangen sein, dass ich noch immer hier wohne?"

„Ich wollte deine Eltern nach deiner Adresse fragen …"

„Sag mir nicht, dass du eigens deswegen gekommen bist. Du wohnst doch nicht mehr hier, oder?"

„Ich habe meinen Bruder besucht ..."

„Und da hast du dich so nebenbei daran erinnert, dass es mich noch gibt?"

„Darf ich mich setzen?"

Erst jetzt fiel mir auf, dass es ihr gar nicht gut ging. Sie war bleich und ihr Blick fahl geworden, wie bei einer auszehrenden Krankheit.

„Von deinen Anrufen und Briefen habe ich erst Jahre später erfahren," sagte sie und ließ sich erschöpft am Tisch nieder. „Ich bin damals abgehauen, habe mein Studium geschmissen, meine Familie ... dich ... einfach alles ... und auch mich ... Diejenige, die ich einmal war und die du gekannt hast, die gibt es längst nicht mehr ... Ich konnte es nicht ertragen, ohne ihn zu leben ... habe ein paar Sachen gepackt, mein Sparbuch aufgelöst und bin nach Saloniki zu seiner Schwester gefahren. Sie hat mich aufgenommen und sich um mich gekümmert. Ich war wie von Sinnen, nicht mehr imstande, eigenständig zu denken und zu handeln ... Ich war von dieser verfluchten Liebe wie ferngesteuert ... nichts und niemand konnte mich davon abbringen ...

Er war nicht besonders erfreut, mich zu sehen, und mir brach fast das Herz, als ich vor ihm stand und er mich noch nicht einmal richtig anschaute.

„Es tut mir leid, aber ich empfinde für dich nichts mehr," sagte er kalt.

Als er gehen wollte, drehte etwas in mir durch, und ich sagte ihm, ich sei schwanger. Es stimmte nicht, aber mit dieser Täuschung habe ich ihn halten können. Wir heirateten, und dann wurde ich tatsächlich schwanger. Meine Tochter war sechs, als sie bei einem Verkehrsunfall ums Leben kam. Vielleicht war das die Strafe für meine Lüge ... Ihn verlor ich dann auch, wenn ich das überhaupt so sagen darf, denn ich hatte ihn ja nie wirklich gehabt. Er ist ja nur wegen des Kindes bei mir geblieben. Nach der Beerdigung sah ich ihn nicht mehr. Ich war am Ende, wollte mir das Leben nehmen. Dann merkte ich, dass ich wieder schwanger war. Doch dieses Kind auch als Druckmittel einzusetzen, kam nicht in Frage. Ich ging nach Athen. Freunde unterstützen mich, auch meine Familie half mir. Er weiß bis heute nicht, dass er noch einmal Vater geworden ist. Sein Sohn ist jetzt vierzehn ...

Ich habe diesen Mann nie verschmerzen können. Kaum ein Tag vergeht, dass ich mich nicht in seine Arme wünsche. Wenn ich es nur schaffen könnte, endlich morgens aufzuwachen ohne jegliche Erinnerung an ihn ...

Das alles erzähle ich dir nicht, um dein Mitleid zu erregen, sondern weil du wissen sollst, dass das, was ich dir angetan habe, nicht aus Gleichgültigkeit oder Leichtsinn geschah. Unzählige Male habe ich mir vorgestellt, wir hätten damals einen früheren oder späteren Zug genommen, und dieser Kelch wäre an mir vorübergegangen ... Ich weiß nicht, ob du mir verzeihen kannst, aber die Hoffnung, dass du es vielleicht doch tust, hat mir die Kraft gegeben, nach dir zu suchen."

DIE NOBELBOUTIQUE

Aufgelöst, sich auf die von Tränen salzig gewordenen Lippen beißend, saß Mini auf dem mit rotem Samt überzogenen Hocker in der Umkleidekabine.

„Alles in Ordnung?", lugte Cilly durch den Vorhang.

„Überhaupt nicht!", schluchzte Mini auf.

„Ach, du Ärmste. Der Saukerl ist doch keine einzige deiner Tränen wert", sagte Cilly und trat zu ihr in die Kabine

„Das weiß ich ja, und trotzdem kann ich an nichts anderes denken, als dass er mich doch anruft und mir sagt, dass alles wieder gut wird."

„Das wird es auch, Liebes ... nur nicht mit ihm," gab Cilly vorsichtig von sich.

„Sag das nicht!", begehrte Mini mit erstickter Stimme auf. „Für mich gibt es nur ihn. Ohne ihn ist für mich alles sinnlos."

„Ach was! Ich hab mich auch um den Verstand geheult, als Lukas mich wegen einer anderen in die Wüste geschickt hat. Und dann lief mir Andi über den Weg, und seitdem geht es mir so prima wie noch nie," sagte Cilly ruhig und legte ihren Arm um Minis Schulter.

„Ich will aber keinen anderen! Ihn will ich!"

„Und er? Was will er?", wagte sich Cilly so sanft, wie sie nur konnte, vor.

„Die Müller ist im Anmarsch!", hörten sie plötzlich Beckys Stimme.

„Auch das noch!", stöhnte Mini auf.

„Du musst dein Gesicht wieder herrichten. Wenn die Alte dich so sieht, bist du deinen Job los."

Mini sprang auf und rannte aus der Umkleide heraus die Treppen hinunter zur Toilette.

Die Inhaberin der Boutique, Frau Müller, nicht gerade die Liebenswürdigkeit in Person, schaute einem ständig auf die Finger. Sie hatte langes, rabenschwarzes, vom vielen Färben ausgelaugtes Haar, das sie, um die Note einer Femme fatale zu verstärken, wild hochsteckte. Ihre mächtige, sich einem aufdringlich entgegendrängende Oberweite ließ ihre Hüften noch schmaler erscheinen, und ihr zu tief hängendes Gesäß war platt wie eine Flunder. Sie bevorzugte schwarze Satinblusen, knallenge Jeans, kurze, knappe Lederjacken und hochhackige italienische Schuhe, rauchte lange, dünne Zigaretten, fuhr eine schnittige, cremefarbene Citroen-Limousine und hielt sich einen weißen, wie aus dem Ei gepellten Pudel, der etwas versnobt aussah.

Frau Müller kannte jede Menge gut betuchte Leute, die flotte Zweisitzer fuhren, Tennis und Parties mochten und, als verbrächten sie die meiste Zeit am Strand einer sonnenverwöhnten Insel, immer braun gebrannt waren. Sie schauten gern bei ihr vorbei, ließen sich von Becky die neuesten Modelle vorführen, wobei sie an ihren Sektflöten nippten und sich appetitlich angerichteter Snacks bedienten.

Eine von denen, eine blonde Schönheit namens Lola, begehrenswert jung und figurant, war aber Frau Müller ein gewaltiger Dorn im Auge. Nicht nur, dass Lola sie unangenehm an ihre längst vergangenen Zeiten erinnerte, sie war dazu auch nicht gerade zimperlich in der Wahl ihrer Worte.

„Na, meine Antike, was machen die alten Knochen?", konnte sie Frau Müller in aller Gelassenheit fragen, und das herzlich lachend, denn sie war davon überzeugt, witzig zu sein.

Frau Müller verriet mit keinem Zeichen, wie sehr ihr die Lola missfiel – da war sie ganz Geschäftsfrau –, denn eine erstklassige Kundin war diese Ziege allemal und auch eine sichere, denn ihr Begleiter, ein mehr als doppelt so alter Knacker mit Geld so prall abgefüllt wie eine vollgestopfte Weihnachtsgans, war so vernarrt in sie, dass er ihr jeden Wunsch erfüllte.

Mit reiferen Männern, die sie großspurig ausführten und mit generösen Geschenken verwöhnten, war Lola schon während der Schulzeit gern ausgegangen. Sie liebte eben das selig süße Leben und schöne Dinge, und dafür war sie zu fast allem bereit.

Frau Müller kam in die Boutique mit einer Miene hereingerauscht, die noch viel verkniffener war als sonst. Es war sofort klar zu erkennen, dass ihr eine mächtige Laus über die Leber gelaufen sein musste, und alle versuchten sich freundlich und einsatzbereit zu geben.

„Wo ist Mini?", schnauzte Frau Müller jeder Einzelnen ins Gesicht.

„Ist auf Toilette. Kommt gleich," beeilte sich Cilly zu antworten und lief rot an, als sei sie bei einer Lüge ertappt worden.

„Ist auf Toilette. Kommt gleich," wiederholte Frau Müller mit einem boshaften Lächeln.

Das Krähen eines Gockels tönte durch den Laden. Frau Müller öffnete ihre Chanel Tasche und griff nach ihrem Mobiltelefon. Ihre Miene hellte sich augenblicklich auf, als sie den Anrufer vernahm. Beim Sprechen wanderte sie hin und her, blieb schließlich vorn am Eingang stehen.

Mini, mit einem wie in Marmor gehauenen Gesicht, kam die eng gewundene Wendeltreppe wieder hoch. Sie hatte sich die Haare zu einem Dutt gewickelt, Lidschatten und Wimperntusche erneuert, und die Spuren ihres Unglücks unter einer dicken Make-up Schicht begraben, doch in ihren Mundwinkeln zuckte es noch nervös, und ihre geröteten Augen waren in Gefahr, wieder feucht zu werden.

„Die Müller hat gerade einen Anruf gekriegt, der ihre Saulaune wieder angehoben hat. Wer weiß, zu welch nobler Tat sie deswegen heute noch fähig ist! Am Ende kriegen wir alle eine Prämie, so wie die jetzt wieder aufgeblüht ist," wisperte Cilly Mini mit einer ironisch bissigen Stimme ins Ohr.

Doch kaum hatte Frau Müller ihr Gespräch beendet, verfiel sie auch schon wieder in ihren Feldwebelton. Cilly sollte bitteschön den an der Tür hängenden Jeansanzug gegen einen Ledermantel austauschen und den fahrbaren Ständer mit den Ladenhütern nach draußen stellen, und Becky schickte sie in die Apotheke, um ihr ein Präparat gegen Hühneraugen zu holen.

Mini, die gerade dabei war, die auf einem Tisch ausgelegten exklusiven T-Shirts zu ordnen, hoffte inständig, diesmal nicht von der Müller beachtet zu werden, als sie auch schon im Nacken ihren krallenden Blick verspürte.

„Ihr Gesicht hat aber auch schon fröhlichere Zeiten erlebt. Stimmt etwas nicht?", fragte sie, die Augenbrauen hochziehend.

„Alles bestens," sagte Mini mit einem gequälten Lächeln.

„Na, dann zeigen Sie das auch! Wäre ich als Kundin da, hätte ich keine Lust, mich von Ihnen bedienen zu lassen."

Zum Glück kam in diesem Moment Becky zurück.

„Danke dir, Schätzchen," sagte Frau Müller fast singend und langte nach einer Plastiktüte, die sie ihr dann reichte.

„Bei beiden Hosen ist im Schritt die Naht gerissen. Tu mir doch die Liebe und bring das in Ordnung. Möglichst jetzt. Und, ach ja ... vergiss nicht, das Kleid von Frau Kränkel zu kürzen, und an der Bluse von Rosina müssen noch die Knöpfe versetzt werden."

„Wird gemacht," erwiderte Becky, nahm die Tüte und schnitt, der Müller den Rücken kehrend, angewiderte Grimassen.

„Ich muss jetzt zur Bank und zur Post und bin, falls jemand nach mir fragt, gegen drei wieder zurück," sagte sie.

„Ha! Auf die Bank, auf die Post! Von wegen!", höhnte Cilly, als sie weg war. „Die alte Schreckschraube geht in die Kaffeebar, während wir hier schuften, damit sie sich das leisten kann."

Gerade wollte Mini ihren Senf dazu beisteuern, als eine Schauspielerin aus einer beliebten Fernsehreihe, die als Ulknudel die Einschaltquoten in die Höhe trieb, Händchen haltend mit einem *normannischen Kleiderschrank* im Laden erschien.

„Sieh mal," flüsterte Cilly und stieß Mini in die Seite. „Das ist doch die aus *Abrakadabra*. Meine Güte, die sieht ja in Wirklichkeit noch gruseliger aus als in der Glotze."

„Und wie sie angezogen ist! Bei ihren krummen, dürren O-Beinen geht ein Minirock aber gar nicht.

Wir sollten sie auf unsere Rundhosen scharfmachen oder auf die neuen Midijeansröcke," tuschelte Mini, sich die Hand vor den Mund haltend, zurück.

Die Schauspielerin ließ ihren Blick gelangweilt über das Sortiment gehen, griff sich hier und dort ein Kleidungsstück heraus, betrachtete es flüchtig und stopfte es lieblos wieder zwischen die anderen zurück.

„Nichts gefunden, Schätzchen?", erkundigte sich ihr Begleiter, seine stahlblauen Augen auf sie heftend.

„Komm, lass uns ins Hotel zurückgehen. Ich habe Kopfschmerzen," erwiderte sie, nach seinem Arm fassend.

„Die werden wir mit einer Flasche Champagner vertreiben, Süße," hauchte der Hüne ihr vielsagend zu und kitzelte leicht ihren Nacken.

„Sieh mal einer an! Champagner gegen Kopfweh," staunte Cilly, als das Pärchen fort war. „Wir aber müssen uns mit einer Aspirin zufriedenstellen."

„Wir sind ja auch keine bekannten Ulknudeln aus der Fernsehwelt," kicherte Mini.

Pünktlich um drei stand Frau Müller auf der Matte und ließ sich über den zwischenzeitlichen Verkauf Bericht erstatten.

„Hätte ruhig noch ein bisschen mehr sein können," mäkelte sie, obwohl sogar ein Großteil der Ladenhüter zu einem immer noch guten Preis über den Tisch gegangen war.

„Der blöden Kuh kann man es auch nie recht machen," raunte Cilly Mini zu.

Der Abend war schon eingetrudelt, als noch ein Stammkundenduo aus dem Rotlichtmilieu, Yvonne und Jonny, auftauchte. Jonny trug wie üblich eine schwere Motorradjacke, die ihn noch muskulöser, als er schon war, darstellen sollte, dazu durchlöcherte Jeans nach dem letzten Modeschrei und spitze Cowboystiefel aus Krokodilleder, die sicherlich ein Vermögen gekostet hatten. Eine Strähne seines pomadisierten Haars hing ihm keck in die Stirn, sein Dreitagebart verlieh ihm etwas ungemein Draufgängerisches, und sein Lächeln war so unwiderstehlich, dass man ihn einfach hätte mögen müssen, wäre da nicht der schäbige ihn umgebende Nimbus gewesen, der seine schmutzige Tätigkeit verriet.

Seine Begleiterin war klein und zierlich, mit Neid erregenden Maßen und dichten dunkelroten Locken, mit denen sich ihr vanillefarbener Teint hervorragend vertrug. Dazu, wie eine geschmackvolle teure Bijouterie, der leichte Silberblick ihrer großen braunen Rehaugen, der einen zu glauben verführte, es mit einem vollkommen unbedarften und naiven Geschöpf zu tun zu haben, wären da nicht das knappe Kleidchen mit dem Netzteil über den großen, sehr sichtbaren Brustkugeln gewesen und die bis über die Knie gehenden signalroten Lacklederstiefel.

„Meine Kleine hat nichts mehr zum Anziehen," gab Jonny quasi verzweifelt von sich.

Mini, die Jonnys Geschmack genauestens kannte, suchte die passende Ware heraus und hängte sie zum Anprobieren in die Kabine. Yvonne schlüpfte von einer Klamotte in die andere, Jonny neugierig anblickend, um herauszufinden, ob es ihm gefiel oder nicht.

Er nahm wie immer, ohne nach dem Preis zu fragen, mehrere Sachen, und anschließend wurde der Abschluss des Geschäfts mit einem Glas Sekt abgerundet. Auch Mini und die anderen waren angehalten, ein Schlückchen zu trinken, da Jonny meinte, es könnte Unglück bringen, wenn nicht alle darauf anstoßen würden.

Frau Müller hatte nichts dagegen und ließ die Mädchen auch von den Canapes kosten, denn diesmal hatte Jonny sich mit seinem Einkauf selbst übertroffen.

DER FISOLOF

Liebe Mama,

Du bist erst einen Tag weg, und schon geht hier alles drunter und drüber. Papa hat den Briefkastenschlüssel abgebrochen, und der andere, den wir noch hatten, ist verschwunden, wir haben schon überall gesucht. Das ist aber noch nicht alles. Als er zum Mittagessen Bratkartoffeln machen wollte, ist ihm die Flasche mit dem Öl aus der Hand gerutscht, und obwohl er alles aufgewischt hat, ist der Küchenboden noch immer so glatt wie frisch gebohnert.
Ich bin dann in mein Zimmer gegangen und wollte meine Matheaufgaben machen. Die waren echt krass. Ich sollte ausrechnen, um wie viel weniger Äpfel kosten, wenn ich mehr kaufe, und um wie viel mehr ich bezahlen muss, wenn ich weniger kaufe, und dann hatten die Äpfel auch noch verschiedene Preise. Für so etwas Verdrehtes braucht man ja eine Brechstange. Kurz gesagt habe ich es dann aufgegeben und bin schlafen gegangen.
Am nächsten Morgen musste ich sofort wieder an diese blöden Äpfel denken, und da habe ich solches Bauchweh gekriegt, dass ich beinahe zu Hause geblieben wäre. Aber dann habe ich mir gedacht, ich gehe lieber doch in die Schule und frage Frau Kreischka noch einmal um Rat.
Die wollte davon aber gar nichts hören. Die hat nur gesehen, dass ich die Aufgaben nicht gemacht habe. „Bei dir ist Hopfen und Malz verloren," hat sie gestöhnt und dabei die Augen verdreht, als ob ich die allerletzte Pfeife wäre.

Aber egal, das ist jetzt nicht so wichtig, ich muss Dir nämlich etwas ganz anderes erzählen.

Nach der großen Pause sind wir alle in die Aula gegangen, wo ein Mann auf uns gewartet hat, ein Herr Grünberg, und der hat ein Buch über sein Leben im Dritten Reich geschrieben, und aus dem hat er uns vorgelesen.

Herr Grünberg war zwar schon sehr alt, sogar älter als Opa, aber das hat man ihm überhaupt nicht angemerkt, und er hat auch nicht an dem, was andere sagen, vorbeigeredet wie manche ältere Leute, weil sie schlecht hören wie Frau Krausik in unserem Haus, die mir immer Antworten auf Fragen gibt, die ich ihr gar nicht gestellt habe.

Herr Grünberg also, der hat erlebt, wie die Nazis seine Eltern und Geschwister abgeholt haben. Sie saßen gerade alle beim Essen, als plötzlich die Tür eingetreten wurde und eine ganze Horde von wild brüllenden Kerlen hereinkam. Sie haben alles kaputt gemacht, den Tisch und die Stühle umgeworfen, und den Vater von Herrn Grünberg haben sie sogar geschlagen. Und dann mussten alle mitkommen, ohne zu wissen, wohin und warum.

Als das Ganze passierte, war Herr Grünberg gerade in der Küche und hat alles durch den Türspalt mitgekriegt und sich dann vor Angst in der Speisekammer versteckt.

Ja, und dann war Herr Grünberg ganz allein. Seine Eltern und seine Geschwister waren weg, da war keiner mehr, der für ihn sorgen konnte.

Kannst Du Dir das vorstellen, Mama? Das ist doch das Schlimmste, was passieren kann, wenn niemand mehr für ein Kind da ist. Er wusste gar nicht, was er jetzt tun sollte! Was für eine Angst der gehabt haben muss! Er war ja nur zwölf Jahre alt.

Das hat mich ziemlich mitgenommen, und ich hätte beinahe geweint, aber die doofe Katja hat zu mir herübergeglotzt und Grimassen geschnitten.

Herr Grünberg musste sich immer bei fremden Leuten verstecken, so lange bis der Krieg zu Ende war. Und dann hat er sich auf die Suche nach seiner Familie gemacht, doch gefunden hat er niemanden, alle waren tot.

Und weil er deswegen noch immer traurig ist, hat er ein Buch geschrieben. Damit die Menschen sie nicht vergessen, hat er gesagt.

Nachdem er mit dem Lesen fertig war, durften wir ihm Fragen stellen. Zuerst hat keiner etwas gesagt. Auch Frau Kreischka nicht. Die saß da und hat so geguckt, als ob ihr noch nie etwas so leid getan hat wie das Unglück von Herrn Grünberg. Doch, weißt Du, Mama, geglaubt habe ich ihr das nicht. Ihr Gesicht sah zwar traurig, aber nicht echt aus.

Swenja wollte dann wissen, wie das denn so ist, wenn man plötzlich allein da steht und was einem dabei durch den Kopf geht. Ich fand das total daneben. Das kann man sich doch denken, wenn man nicht blöd ist, oder?

Und dann hat Jannek gefragt, ob die Nazis zu den Juden vielleicht deshalb so grausam waren, weil sie Jesus Christus gekreuzigt haben.

Herr Grünberg hat gesagt, dass das nicht die Juden, sondern die Römer getan haben, die damals die Herren im Land waren.

Jannek hat also nur Mist geredet, und sogar Frau Kreischka hat ihn deswegen komisch angesehen und ihm Zeichen gemacht, dass er die Fresse halten soll.

Das hätte ich der gar nicht zugetraut, dass die mit mir mal einer Meinung sein könnte.

Papa hat mir erklärt, dass viele Polen schlecht auf die Juden zu sprechen sind, aber nicht wegen Jesus, sondern weil sie die Juden nicht leiden können, und nur weil sie eben Juden sind. Und das mit Jesus ist nur eine Ausrede, damit sie einen Grund haben, die Juden hassen zu können. Und Jannek ist ja Pole. Und Papa meint, dass er solche Gedanken nur von seinen Eltern haben kann.

Aber dann wurde es noch peinlicher, als die Birte Herrn Grünberg gefragt hat, ob er den Nazis denn nicht verzeihen könnte. „Und warum, bitte schön, sollte ich den Mördern meiner Familie verzeihen?", hat Herr Grünberg sie zurückgefragt. „Weil es schon so lange her ist und man doch nichts mehr ändern kann," hat Birte gesagt.

Da dachte ich, dass ich spinne, Mama! Wenn Euch jemand umbringt, dem verzeihe ich niemals. Das wäre ja für mich so, als ob es nicht so schlimm gewesen wäre. Dabei ist es aber das Schlimmste überhaupt, was passieren kann. Und das muss man auch nicht verzeihen, habe ich der Birte gesagt. Und dann hat die gesagt, dass man das doch muss, weil man sich dann besser fühlt.

Das glaube ich nie im Leben, dass ich mich besser fühle, wenn ich denen, die mir das Wichtigste auf der ganzen Welt weggenommen haben, verziehen habe. Denen würde ich wünschen, dass ihnen auch so etwas passiert, dann verstehen sie vielleicht, was sie getan haben.

Papa fand das auch unmöglich und hat gesagt, dass diese Birte überhaupt kein Recht hat, Herrn Grünberg so etwas zu fragen und sie so etwas daherplappert, weil sie zu den Klugscheißern gehört, die besonders gut dastehen wollen, ohne darüber nachzudenken, wie es Herrn Grünberg mit all dem geht. Sie hat ja nicht das durchgemacht, was er durchgemacht hat, und von einem zu verlangen, dass er das noch verzeihen soll, ist herzlos und dumm.

Und später habe ich gehört, wie Papa am Telefon zu seinem Freund Eberhard gesagt hat: „Sieh mal an, wie früh der beschissene Gutmensch sich in einem entpuppen kann."

Das habe ich aber nicht so ganz verstanden. Mit dem Beschissenen schon, aber wie passt das zum Gutmenschen? Denn gut ist die Birte überhaupt nicht, nur total bescheuert ist sie.

„Sie haben so viel Schreckliches erlebt," habe ich dann zu Herrn Grünberg gesagt, „das kann man doch eigentlich gar nicht aushalten. Haben Sie manchmal in Ihrer Traurigkeit daran gedacht, sterben zu wollen?"

„Wie kannst du nur so etwas fragen! Das ist ja wohl das allerletzte," fiel ausgerechnet die dämliche Birte über mich her, und ihre doofe Freundin Claudia hat sich sofort eingemischt und gesagt: „Der weiß doch gar nicht, was Taktgefühl ist."

Herr Grünberg hat das aber anders gesehen. Er hat gesagt, dass er sich genau das immer wieder gewünscht hat, weil er seinen Schmerz und seine ganze Einsamkeit einfach nicht mehr ertragen konnte und nicht mehr gewusst hat, warum er noch leben soll. Und dann hat er noch gesagt, dass ich ein kleiner Fisolof bin, weil ich tief denken kann und richtige Fragen stelle.

Was ein Fisolof eigentlich ist, weiß ich noch nicht so ganz genau. Ich werde Papa fragen. Hört sich aber für mich so an, als wäre das gar nicht so übel, so etwas zu sein.

Viele Grüße

Dein David

Gerade hat Frau Kreischka angerufen und sich bei Papa über mich beschwert. Ich soll weniger frech sein und mir mit dem Rechnen mehr Mühe geben. Das tue ich auch, hab keine Sorgen, Mama, obwohl Papa mir gesagt hat, dass ein richtiger Fisolof es nicht nötig hat, gut im Äpfelkaufen zu sein.

KOPFLOS

Den Blick stumpf vor sich hin gerichtet, hastete sie über die Fahrbahn. Die zarte Sommerwärme wehte ihr ins Gesicht, doch sie merkte es nicht, so wüst und einsam war ihr ums Herz.

Sie lief die Straße entlang, bog in eine andere ab, dann wieder in eine andere und immer weiter, ganz einerlei, wohin; nur nicht auf der Stelle stehen, um nicht von den rohen Gedanken gefasst zu werden.

Noch heute Morgen war sie unbehelligt aufgewacht und nirgends fremd gewesen, nicht im Geringsten das ahnend, was sie jetzt durch die Straßen trieb. Ihr war die Idee mit dem feierlichen Essen gekommen, und schon hatte sie mitten drin in den Vorbereitungen gestanden.

Es hätten schöne, vertraute Stunden werden können wie bei einem Paar, das auf eine lange, glückliche Zeit zurückblicken kann, hätte sich da nur nicht diese merkwürdige Ahnung in ihre Brust eingeschlichen.

Ein Gemisch aus Düsterkeit und Furcht braute sich in ihrem Kopf zusammen. Sie fühlte sich einer Ungewissheit ausgeliefert, die wie ein wildes, kratzendes Gewächs in einem quälenden Alptraum aus dem Boden schoss und sie von allen Seiten einkesselte.

Ein Lastwagen wand sich mühsam aus einer Toreinfahrt heraus, versperrte ihr den Weg. Ungeduldig, als ob sie damit die Zeit antreiben könnte, trat sie von einem Fuß auf den anderen. Der Fahrer, der mit seiner im Mundwinkel hängenden Zigarette einen an Fußball, Bier und derbe Witze zu denken zwang, griff so weit ins Lenkrad hinein, als wollte er es umarmen. Sie starrte ihn gebannt an, während in ihr eine wilde Wut aufstieg, als habe er etwas mit ihrem Unglück zu tun. Aber da endlich befreite sich das rollende Monstrum, und sie schlüpfte an ihm vorbei.

An der nächsten Ampel entdeckte sie einen Kiosk mit einer großen Zigarettenschachtel auf dem Dach.

Achim zuliebe, der schon immer ein passionierter Nichtraucher gewesen war, hatte sie das Rauchen aufgegeben. Sonderlich schwergefallen war ihr es nicht. Es drängte sie auch jetzt nicht, doch, als ob sie sich ihm in nichts mehr verpflichtet fühlte, kaufte sie sich eine Packung.

Ohne zu wissen, warum, sah sie ihre Lage nun gelassener und setzte ihren Weg weniger unbeherrscht fort. Sogar ein Gefühl der Sicherheit beschlich sie, denn sie hatte genug Geld in der Tasche und hätte tun können, wonach ihr gerade war.

Sie schaute um sich und blieb, als suchte sie nach etwas, immer wieder stehen. Tatsächlich aber nahm sie nichts wahr und hätte sich an nichts erinnern können, was sie hierhin gebracht haben könnte.

Ein quietschendes Bremsen, dem ein wütendes Gehupe folgte, schreckte sie auf. Sie war bei Rot über die Straße gegangen und wäre beinahe in ein Auto gelaufen. Versteinert blieb sie stehen, lief dann wieder zurück zum Gehweg und starrte verstört auf das Ampellicht. Ein älterer Mann sah sie freundlich an, sagte etwas zu ihr, aber sie verstand kein Wort. Die Ampel schaltete auf Grün, doch sie überquerte die Straße nicht, schlug eine andere Richtung ein.

Sie kam auf eine Gruppe von Jugendlichen zu, die laut lachten und sich in die Seiten boxten. Um ihre Aufmerksamkeit nicht zu erregen, zog sie den Kopf ein und hastete an ihnen vorbei. Doch das laute

Gelächter folgte ihr. Die Jugendlichen waren hinter ihr her, sie hörte sie näher an sich herankommen, um sie, wie sie aus Wortfetzen zu verstehen meinte, aufs Korn zu nehmen. Die Schritte holten sie ein, das Lachen, das Stimmengewirr wurde lauter, und beinahe schon spürte sie Hände, die nach ihr griffen. Die Handtasche fest an sich gepresst, lief sie in kleinen, immer schneller werdenden Schritten weiter, während ihr Herz wie irrsinnig gegen ihre Brust schlug. Als sie dann einen Blick hinter sich wagte, war da niemand.

Peinlich berührt, jemand hätte sie in ihrem Zustand beobachtet, wollte sie nur noch verschwinden, irgendwohin, wo sie sich ein wenig ausruhen könnte und wieder zu sich kommen würde, doch vor ihr lag nur eine farblose, steinerne, laut befahrene, in den Horizont hineinfließende Straße.

Ziellos lief sie weiter, bog dann abrupt in eine Seitenstraße ein und sah sich auf eine kleine Parkanlage zukommen. Liebevoll gepflegte Blumen und dicht belaubte Grünsträucher fassten einen Springbrunnen mit einer so übermütig in die Höhe schäumenden Fontane ein, als stellte er seine ganze Kraft und Eleganz zur Schau.

Sie setzte sich auf eine Bank und kehrte ihr Gesicht der Sonne zu. Der Sommer ging zu Ende; die sich schon gelblich verfärbenden Bäume rochen aufregend und sanft betäubend zugleich, erweckten in ihr das Bedürfnis, länger zu bleiben.

Sie dachte an Achim. Was wohl jetzt in ihm vorgehen mochte! Vielleicht war er wieder zur Besinnung gekommen und bereute seine Worte. Vielleicht sogar stand er am Fenster und schaute nach ihr. Sie würde aber nicht kommen. So schnell nicht! Sollte er doch denken, sie könnte sich etwas angetan haben.

Sie ging in diesem Gedanken auf, dann brach ihre ganze Zuversicht wieder in sich zusammen, und ihr wurde schlimmer als zuvor zumute. Auf einmal war ihr klar, dass Achim jetzt mit seinen Wünschen und Träumen nicht mehr bei ihr war.

Tränen schossen ihr in die Augen. Schon im nächsten Moment hielt sie aber eine Zigarette in der Hand und hatte sich nach ein paar Zügen wieder gefasst. Sie wusste, dass sie ohne Hilfe nicht mehr auskommen konnte, sich unbedingt bei jemandem aussprechen musste. Doch bei wem? Gemeinsamen Freunden sich anzuvertrauen, widerstrebte ihr, Verwandte in der Stadt hatte sie keine und auch sonst niemanden. Blieb nur Anna. Sie hatten sich zwar schon eine ganze Weile nicht mehr gesehen, doch außer ihr hatte sie keinen, dem sie sich mitteilen könnte.

Sie sprang auf und lief zurück zur Hauptstraße. Dort irgendwo musste doch ein Bus sein, der sie wieder zurück ins Zentrum bringen würde.

Eine halbe Stunde später stand sie auf dem Hof vor dem heruntergekommenen Mietshaus, wo Anna wohnte. Am Zaun hingen noch immer Fahrradleichen, auf dem von Reifenspuren übersäten Rasen lagen Flaschen herum, und neben den Mülltonnen rottete allerhand Unrat und Zeug vor sich hin.

Sie ging auf das alte, verwitterte, mit Klinkerstein verzierte Gebäude zu, das mit seinen vielen dunklen Fenstern eine trübe Vorahnung von Annas Abwesenheit in ihr schürte.

Die Haustür mit dem noch immer kaputten Schloss war offen. Beim Hineingehen schlug ihr ein bekannter, modrig muffiger Geruch ins Gesicht.

Die Wohnung im Erdgeschoss war ohne Namensschild. Früher hatte hier eine im Kiez bekannte Säuferin, eine Frau Erich, mit ihren zwei räudigen Kötern, die jeden ansprangen, der in ihre Nähe kam, gehaust. Irgendwann, voll wie ein ganzer Stammtisch, war sie mit einer brennenden Zigarette im Bett eingeschlafen und an Rauchvergiftung gestorben.

Von einer verbissenen Hoffnung getrieben, Anna doch anzutreffen, lief sie hoch in den zweiten Stock und klingelte. Niemand öffnete. Enttäuscht drückte sie immer wieder auf den Klingelknopf, doch nichts rührte sich. Nur die Stille im Haus war noch schärfer geworden.

Unschlüssig starrte sie um sich und überlegte, sich auf die Treppenstufen zu setzen, vielleicht war Anna nur kurz außer Haus. Aber gab es überhaupt die mindeste Gewissheit, dass Anna sich in der Stadt befand? Sie war beruflich oft verreist. Es war sinnlos, und sie zog wieder los.

Benebelt vor Erschöpfung und mit brennenden Füßen saß sie dann wieder auf einer Parkbank, eine Zigarette nach der anderen rauchend, als könnte ihr das zu einer Idee verhelfen, wie es weitergehen sollte.

Ihre Augen wurden schwer, aber einschlafen durfte sie nicht, jemand hätte sie ausrauben können. Die Müdigkeit siegte dann doch, und als sie wieder aufwachte, war die Tasche noch da.

Der Nachmittag war längst angebrochen, die Schatten wurden länger, und die Sonne hatte von ihrer Stärke schon mächtig eingebüßt. In der angenehmen Kühle fühlte sie sich leicht und schwer zugleich, als durchlebte sie zwei verschiedene Wirklichkeiten.

Was war nur an diesem verflixten Tag geschehen? Sie hatten zusammen gefrühstückt und die Zeitung gelesen; sie hatte ihm etwas erzählt, er hatte ihr zugehört, sie aber dabei irgendwie anders angesehen.

Sie hatte dem keine Bedeutung schenken wollen, zu sehr war sie in ihren Gedanken mit dem geplanten Essen beschäftigt, doch als sie mit ihren Besorgungen vom Markt zurückkam und das Gemüse zu putzen begann, sprach Achim plötzlich zu ihr.

Sie konnte dem, was er sagte, schlecht folgen. So viel aber hatte sie verstanden, dass er, um endlich ein eigenes Leben zu haben, von ihr fort musste. Er hatte es satt, sich auf jemand anderen einstellen zu müssen, er wollte die Welt nur noch nach sich ausrichten.

So ist das also, alleingelassen zu werden, dachte sie und spürte, dass sie nicht länger hier auf dieser Bank sitzen konnte. Alles um sie herum war ihr lästig und zuwider geworden.

Zurück auf der Straße entdeckte sie eine Kneipe, die gerade zu öffnen schien, denn ein Mann trat heraus und stellte neben den Eingang eine schwarze Tafel mit den Angeboten des Tages.

Sie kam zögernd näher, öffnete die Tür. Der Schankraum lag im Zwielicht. Sie setzte sich an den erstbesten Tisch, warf einen Blick in die Speisekarte und entschied sich für ein Glas Weißwein.

Die Kellnerin kam gleich auf sie zu. Sie war strahlend jung und hübsch. So eine würde bestimmt nicht verlassen werden. Auf so eine wartete an jeder Ecke einer.

Und wer wartete auf sie? Jung war sie schon lange nicht mehr, und längst schon gewann sie den alltäglichen Gewohnheiten mehr ab, als sich auf Neues,

Unbekanntes einlassen zu wollen. Und noch bis vor kurzem hatte sie gedacht, Achim wäre es ebenso gegangen, und alles hätte dafür gesprochen, dem Alter gemeinsam entgegenzutreten.

Auf einmal wurde ihr eng im Hals, und Tränen rannen über ihr Gesicht. Ausgerechnet in diesem Moment erschien die Kellnerin mit dem Wein.

Sie beugte sich schnell zur Seite und täuschte, wild in ihrer Handtasche herumwühlend, vor, etwas zu suchen.

Plötzlich spürte sie hinter sich etwas Eindringliches, etwas das sich in ihren Nacken einbrannte. Sie wandte sich um und sah einen Mann auf einem Barhocker, der sie beißend fixierte, als wäre sie ein Gegenstand, dessen Wert er einzuschätzen versuchte. Jetzt wollte sie nur noch weg, doch die Kellnerin, die sich, immer wieder laut auflachend, mit jemandem unterhielt, überging ihr Handzeichen. Das Lachen dröhnte unerträglich schrill, riss an ihren Nerven, verstummte dann, und sie sah endlich in ihre Richtung.

Sie zog rasch ihre Jacke über und verließ das Lokal. Noch weniger als zuvor wusste sie, wohin sie nun gehen sollte. Sie überquerte eine Kreuzung und lief weiter, blindlings von einer Straße in die nächste.

Sie dachte wieder an Anna. Sollte sie sich noch einmal auf den Weg zu ihr machen? Sicher war sie sich nicht mehr. Es war doch ziemlich seltsam, so nach Jahren aus heiterem Himmel hereinzuschneien und das noch mit all ihren Problemen. Dazu noch war sie diejenige gewesen, die Anna damals abgeschoben hatte, weil Achim sie nicht mochte. Und das aus keinem besonderen Grund. Jedenfalls hatte er keinen vernünftigen nennen können. Und sie hatte es hingenommen und sich immer mehr von Anna zurückgezogen, bis sie nicht mehr angerufen hatte.

Der Tag schlich dämmernd davon. Sie döste vor sich hin. Das Schaukeln im Bus, in den sie gedankenlos eingestiegen war, hatte sie schläfrig gemacht. Der letzte Halt kam, der Motor hustete, spuckte und verstummte. Sie stieg aus.

Es dunkelte zusehends, und ein kühler Wind wehte.

Sie hatte keine Ahnung, wo sie sich befand. Vermutlich weit draußen am Stadtrand. Vor ihr lag ein heruntergekommener Sportplatz mit umgeworfenen Abfallkörben, und hinter ihr gammelte eine verwitterte Eisenbahnbrücke, an die sich allerlei Gesträuch und Gebüsch von der Straße her heranmachte.

Der Busfahrer war hinter dem Steuer sitzen geblieben, rauchte und blätterte in einer Zeitung. Sie wusste nicht weiter, und ihr blieb nichts anderes, als auf die Rückfahrt zu warten. Um die Zeit zu verkürzen, griff sie nach ihren Zigaretten, aber die Packung war leer. An der Unterführung der Brücke erblickte sie einen Zigarettenautomat und lief rasch auf ihn zu.

Der Bus stand noch immer an der Haltestelle, doch zurückzugehen, hatte sie plötzlich keine Lust mehr. Auf der Hauptstraße nahm sie einen anderen Bus.

Sie dachte wieder an ihre Freundin. Vielleicht würde Anna, wenn sie ihr alles erklärte, ihr das Verschwinden von damals verzeihen. Vielleicht ... Aber wollte sie tatsächlich zu Anna zurückfinden, oder war es nur die Not, die sie jetzt dazu zwang?

Die Dunkelheit, wie ein bissiger Hund, schnappte nach dem noch verbliebenen Tageslicht, bis der letzte Rest von ihr verschlungen war. Der Verkehr auf den Straßen wurde eiliger, dichter. Gewaltige Leuchtreklamen drängten sich vergeblich in den bleiernen Himmel. Vor Angeboten überquellende, hell bestrahlte Schaufenster verschlimmerten die drückende Leere in ihr.

Wie sehr sich die Stadt mit dem Einbruch des Abends verändert hatte! Wie zu einer übertrieben herausgeputzten Prostituierten war sie geworden, die mit aller Gewalt um Aufmerksamkeit warb.

Achim drang in ihre Gedanken. War das wirklich das Ende? Bloß wegen den kleinen Unstimmigkeiten und Leerläufen, die es bei jeder langjährigen Beziehung gab? Es wurde dann doch bei jedem Paar stiller und eintöniger.

Eine dürre Ungewissheit lag vor ihr. Sie spürte, dass sie zu niemandem, nur noch zu sich selbst gehörte.

An der nächsten Haltestelle wechselte ihre Stimmung abrupt. Etwas Angrifflustiges und Trotziges beflügelte sie, und sie stieg aus.

Sie würde ein neues Leben beginnen und nicht wie ein in der Wohnung zurückgelassener Welpe jammern. Sie würde ganz woanders hingehen und neu anfangen. Was hatte sie hier noch zu verlieren? Diese Stadt war ihr schon immer zu groß und zu laut gewesen. Auf ihre Bekannten würde sie auch leicht verzichten können. Mit keinem, außer mit Anna, hatte sie je etwas Echtes verbunden. Und auch das war längst Vergangenheit. Sie konnte also schon gleich ihren Neuanfang planen. Nur nicht zu lange warten. Wenn sie erst wieder der Mut verließ, wagte sie es vielleicht kein zweites Mal mehr.

Doch als sie aufschaute, erschrak sie. Weit und breit sah sie keine Zuflucht über ihrem Kopf. Ihre

Welt war wie ausgebombt. Kein Stern schenkte ihr einen Lichtblick, nur die schwarze Nacht kam ihr von überall her entgegen.

Sie schauderte, rieb sich die Arme. Mit einem Mal wurde der Boden unter ihren Füßen weich und schwammig, und sie wirbelte, den Halt verlierend, immer tiefer und schneller in den Strudel ihres Unglücks hinein. Doch gerade als sie glaubte, das Herz würde ihr zerspringen und alles wäre aus, verschwand auf wunderliche Weise die Panik. Die Welt drehte sich wieder langsamer. Sie erkannte von weitem Lichter, dann Häuser und rannte los, immer weiter, bis sie der Dunkelheit entronnen war.

Aufatmend blieb sie stehen, sah mit einem, unklar woher kommenden, rätselhaften Selbstvertrauen um sich, um die Richtung, die sie nach Hause führte, zu erahnen. Doch sie erkannte nichts, alles hier war ihr unbekannt.

Sie ging weiter und stieß bald auf eine Straße, an die sie sich zu erinnern meinte, und bald auf eine Häuserzeile, die ihr bekannt vorkam. Weit konnte es doch nicht mehr sein, ein paar Schritte noch bis zur nächsten Ecke, und sie hatte es geschafft. Da war aber wieder nichts, woran sie sich halten konnte, und sie lief weiter, immer weiter, ohne den Weg, der sie nach Hause bringen sollte, zu finden, und die Gewissheit, sich endgültig verlaufen zu haben, packte sie immer mehr, folgte ihr wie ein aufdringlicher Begleiter.

Alles, was sie wahrnahm und fühlte, war ihr endgültig fremd geworden. Sie musste, um nicht verrückt zu werden, ihr ganzes Leben umkrempeln. Auch wenn sie noch nicht wusste, wie.

FRANKA

Ich bin Franka zufällig in einem Café begegnet.
Sie war eine zierliche, lebendige, gutherzige Person, fern jeglicher Konvention: eine Art ewiger Hippie. Zwar trug sie keine indische Pumphose und auch keinen wallenden Baumwollrock, wie das damals bei den *Blumenkindern* üblich war, dafür aber noch immer einen breiten Seidenschal, ein Stirnband, auffällig große Ohrringe und eine lange, schrille Halskette.

Sie fand überhaupt nichts Verkehrtes dabei, mich, eine Fremde, anzusprechen, und sie tat es auch so natürlich, dass ich mich kein bisschen bedrängt fühlte, und ehe wir uns versahen, waren wir in ein anregendes Gespräch versunken.

Franka war Regisseurin. Sie drehte rührselige Fernsehfilme über deutsche Urlauber auf sonnigen Mittelmeerinseln und seichte Krimis. Längere Zeiten ohne Dreharbeiten kenne sie nicht, wünsche sie sich aber. Der Job an sich sei schon anstrengend genug, vielmehr jedoch schlauche die Herumreiserei und die Hotels, die einen immer daran erinnern, dass das heimische Bett mit keinem anderen zu ersetzen ist.

Als sie erfuhr, dass ich Schriftstellerin bin und am liebsten Erzählungen schrieb, geriet sie vor Begeisterung vollends aus dem Häuschen, und es war ihr anzusehen, dass sie es ehrlich meinte.

So eine wie Franka habe ich selten getroffen, und ich gestehe, dass ich hocherfreut war, als sie den Wunsch äußerte, mich wiedersehen zu wollen.

Es war noch früh am Tag, als ich in der Lobby des Hotels, wo ihr Filmteam untergebracht war, auf sie wartete. Viele Leute kamen und gingen, die einen ausgeschlafen und munter, die anderen zerrupft und zum Umfallen müde, darunter war auch ein charmant ausgelassenes Pärchen in exklusiver Abendgarderobe, das quietschvergnügt durch die Drehtür hereinstolperte. Der Mann, ein Südamerikaner, dunkelhaarig, mit olivfarbener Haut, hielt eine geöffnete Flasche Sekt in der Hand, die Frau, zierlich, anmutig, in einen Traum von Tüll und Spitze gehüllt, - ihre hochhackigen Schuhe. Beide waren reichlich abgefüllt, doch noch mehr vor Verliebtheit, denn sie schauten sich so tief in die Augen, als wäre dort, und nur dort, die ganze Welt zu entdecken.

Franka war auch nicht ganz sie selbst, als sie endlich in der Hotelhalle erschien.

„Wenn's denn mal so gewesen wäre," ging sie auf meine Frage ein, ob es gestern Nacht hoch hergegangen sei. Nein, sie habe Besprechungen gehabt, die sich endlos hingezogen hätten, und heute morgen in aller Frühe habe sie dann noch erfahren müssen, dass eine Schauspielerin, die in einer Szene vorkommt, die heute gedreht werden sollte, erkrankt sei, und trotz etlicher Telefonate habe sich ein Ersatz bisher nicht auftreiben lassen.

„Wie wäre es, wenn du die Rolle übernimmst?", sah Franka mich plötzlich mit aufhellender Miene an.

„Ich weiß nicht," erwiderte ich, von der Idee nicht gerade begeistert.

„Dafür braucht man kein Schauspieler zu sein, Hauptsache, das Gesicht stimmt," überging sie meine Bedenken. „Das mache ich nicht zum ersten Mal. Ich gehe oft in Restaurants und suche unter den Kellnern nach *Filmfressen*. Die Leute haben mit der

Schauspielerei nichts am Hut, aber ein paar Sätze kriegen sie allemal hin. Komm, gehen wir auf mein Zimmer und sehen uns den Text mal an."

Ich sollte eine schüchterne Frau darstellen, die von einem Mann in einer Bar angemacht wird. An Text gab es nicht viel, meistens einzelne Worte wie: *nein, danke, sicher nicht ...* und ich ließ mich überreden.

Wenig später wurde ich von einem Minibus abgeholt, der mich und ein paar alberne, aufgetakelte Frauen, die sich furchtbar wichtig vorkamen, zum Drehort brachte. Sie plapperten und kicherten und bedienten sich in ihrer Wortwahl ständig mit *Fuck* und *Scheiße*, als gehörte es wie *bitte* und *danke* zum guten Ton. Nach einer Weile, als hätten sie mich erst jetzt bemerkt, schwiegen sie plötzlich und sahen mich neugierig an.

„Bist du Schina?", fragte dann eine.

„Ja, aber sagt es nicht weiter," erwiderte ich, nicht im Geringsten wissend, wer das sein sollte.

Jemand mit dem bescheuerten Namen Schina war anscheinend irgendeine geheime, wichtige Filmnummer, denn sie sagten nichts mehr, und aus ihren offenen Blicken waren klammheimliche geworden.

Am Produktionsset herrschte ein hysterisches Durcheinander. Irgendetwas klappte nicht; jemand brüllte durch die Gegend; ein junges Mädchen, geschminkt im Grufti Style, flatterte aufgeregt mit den Armen; eine Frau mit kurzen, feuerrot gefärbten Haaren guckte hilflos in die Luft, kurz davor, in Tränen auszubrechen.

Doch mit einem Mal lief alles wie am Schnürchen, und die Szene war sogar schneller als erwartet im Kasten.

Nach Beendigung der Dreharbeiten verließ Franka die Stadt. Wir blieben aber in Kontakt, telefonierten oft, und sie schickte mir Postkarten von vielen Orten aus aller Welt.

Franka war schon eine besondere Tulpe, wie sie so durchs Leben wirbelte. Sie mochte laute Partys, ließ sich gern im Taxi chauffieren, schätzte richtig guten Wein und exotisches Essen, verwöhnte die Kellner mit saftigen Tips, verlieh andauernd Geld, ohne es zurückzuverlangen, und wenn ihr danach war, trank sie schon morgens um acht Champagner oder bestellte nachts um drei Sushi, doch ein Snob war sie nicht.

Einmal überraschte sie mich mit einer Einladung auf eine spanische Insel, wo sie eine Familiensaga drehte. Aus einem nasskalten, schmuddeligen deutschen November kam ich in ein kleines, malerisches Städtchen. Die Sonne leuchtete mit halber Kraft, und doch es war angenehm warm und hell. Über die gepflasterten Straßen knatterten übermütig und aufreißerisch Mopedfahrer; Cafés und Restaurants hatten ihre Tische verführerisch aufs Trottoir gestellt; Fisch- und Gemüsehändler boten lautstark ihre Waren an; es roch nach Süden, nach Meer, nach einem anderen Leben.

Nach meiner Ankunft saß ich mit jemandem aus der Filmcrew in einem Bistro und wartete auf Franka, die sich verspätete, weil dem Hauptdarsteller beim Drehen die Pistole ins Meer gefallen war und eine andere nicht sofort beschafft werden konnte.

Dann kam sie, nicht ganz sicher auf den Beinen, mit ein paar wüst aussehenden Gestalten im Schlepptau, die auch Schlagseite hatten. Einer von ihnen, mit langen, weißen Haaren, einem zerzausten

Bart und einem kugelförmigen, stark geröteten Gesicht, lächelte mich aus zwei durchsichtig blauen Schweinsäugelchen erfreut an. Als Franka mich vorstellte, trat er sofort auf mich zu, drückte mich an sich und verpasste mir zwei herzhafte Küsse auf die Wangen. Ein Gemisch von Schnaps, Nikotin und Schweiß wehte mir unangenehm ins Gesicht.

„So eine wie du könnte mir gefallen," sagte er, breit grinsend und blies sich, um mich für ihn, einem quasi möglichen Lottogewinn, zu interessieren, mächtig mit seiner Yacht auf, wo der Nachtdreh stattgefunden hatte.

Als ich seine Einladung zu einer Spritzfahrt um die Insel herum ablehnte, starrte er mich an, als könnte er die Welt nicht mehr verstehen und ging kopfschüttelnd davon.

Franka, aufgedreht vom Alkohol, fiel mir immer wieder um den Hals. Nachdem sie drei doppelte Espressos zu sich genommen hatte, wurde sie allmählich wieder ansprechbar.

Wir besuchten die Kathedrale der Stadt, die mit ihren drohend in den Himmel ragenden, verwitterten Türmen einem gefährlichen Monstrum ähnelte; bewunderten steinerne Statuten in einem verwunschenen Park; spazierten durch die mit Palmen gesäumten Straßen und stießen in einer engen gewundenen Gasse auf ein kleines, uriges Restaurant, wo frisch gefangener Fisch und kühler Weißwein in Steinkrügen, der einen köstlichen erdigen Geschmack auf der Zunge hinterließ, gereicht wurde.

Am Abend erschienen in dem Haus, wo ich mit Franka logierte, ein Haufen gut betuchter Engländer, die, wie ich erfahren hatte, schon seit Jahren auf der Insel überwinterten. Sie brachten Sekt und gute

Laune mit und machten sich überall breit. Laute Popmusik dröhnte durch die Räume, es roch nach Marihuana und Räucherstäbchen.

Die Engländer tauchten oft bei Franka auf, lungerten gern vor der Tür der Glamourfilmwelt herum, und ihr schien es zu gefallen, dass ihr alle naselang jemand am Hals hing und *Honey, you are fantastic!* sagte.

Eines Nachmittags saß ich mit ihr in einem Bistro direkt am Meer, das, wie mit Diamanten geschmückt, in der Sonne glitzerte. Mit von der Partie war ihre Filmcutterin, von allen wegen ihrer schüchternen, kleinmädchenhaften Art *Baby* genannt.

Baby war völlig durcheinander, denn jemand aus ihrem Metier, den sie über alles verehrte, hatte ihren Schnitt gewürdigt.

„Wow! Ich kann's nicht fassen! Nein, wirklich nicht! Wow!", strahlte sie mit heißen Bäckchen immer wieder auf wie ein Kind, das für etwas gelobt wurde, was nicht der Rede wert gewesen war.

Ich hatte, warum auch immer, Babys Sympathie erregt, denn sie gab mir unaufgefordert ihre Mobilnummer mit den Worten, wie unheimlich schön es wäre, von mir zu hören.

„Die Süße mag dich echt," sagte Franka beeindruckt. „So schnell nämlich gibt sie ihre Nummer nicht her."

Dass Franka um dieses Frauchen so ein Getöse machte, hatte mich gewundert. Baby war ein niedliches, kleines Ding, zeichnete sich jedoch in ihrem Wesen mit nichts aus, an das ich mich später einmal erinnert hätte.

„Übrigens, Babys Mann ist eine Größe im Filmgeschäft," fuhr Franka fort. „Er gehört zu denen, die genau da sitzen, wo es langgeht."

Das allerdings fiel mir wieder ein, als ich ein Skript von einem mir befreundeten Drehbuchautor las, eine fantasievolle, in sich stimmig komponierte, ergreifende Geschichte, die jedoch bisher als zu introvertiert, zu eigenwillig überall abgelehnt wurde. Ich setzte mich mit Baby in Verbindung, und sie versprach mir, in einem passenden Moment ihrem stressgeplagten Mann das Manuskript unterzuschieben.

„Wer soll sich so einen Film ansehen?", schnarrte seine Stimme eine Woche später auf meinem Anrufbeantworter. „Doch bestimmt nicht Herr und Frau Meier an ihrem wohlverdienten Feierabend. Die wollen Leichtverdauliches und ein bisschen nackte Haut, die sie zum Träumen bringt. Kopfarbeit ist bei denen nicht gefragt."

Nicht dass mich diese Absage sonderlich überrascht hätte, Frankas Reaktion aber umso mehr, nachdem ich mir Luft über dieses aufgeschwollene Pärchen gemacht hatte.

„Vom Geschäft versteht Babys Mann mehr als du und dein komischer Drehbuchautor zusammen!", brüllte Franka los. „Der ist ein Macher und weiß, was im Film Sache ist und was nicht!"

Mir stockte der Atem, denn in diesem Moment wurde mir unerbittlich bewusst, dass ich mich schon seit geraumer Zeit mit jenen geschmacklosen und korrupten Möchtegern-Cineasten eingelassen hatte, die zwar Bergman, Tarkowsky und Bunuel öffentlich in den höchsten Tönen priesen, zu Hause aber bei Sekt und Kaviar ihre die geistige Umwelt verschmutzenden Filmereien eigentlich als ebenbürtig feierten.

EIN NETTES GESPRÄCH

Eine ganze Weile schon hatte die Frau mit dem robusten Wuchs gestanden, bevor sie sich mit einem tiefen Aufseufzer auf den vor ihr frei gewordenen Sitzplatz niederließ.

Der Bus fuhr ruckartig an, schüttelte im Gang stehende Passagiere ordentlich durch und fügte sich unter dem ungehaltenen Gemurre und Geschimpfe über den Fahrer kaltschnäuzig in den Verkehr ein. Dann hatte sich alles so weit wieder beruhigt, der Ärger in den Gesichtern war gewichen, und der Bus schnurrte friedlich dahin.

Ihre Platznachbarin, eine kleine, zierliche Dame mit einem Blick ohne Arg und einem naiven, gutmütigen Augenaufschlag, war von jener, dem Lauf der Dinge sich noch widersetzenden, zähen Statur eines alt gewordenen Mädchens.

Die Siebzig mochte sie schon überschritten haben, doch ihre Augenbrauen waren noch immer hauchdünn gezupft und kunstvoll, wie der Pinselstrich eines Malers, in einem Schwung nachgezogen. Eine dezente Schicht von Rouge und Puder bedeckte ihre eingefallenen Wangen in dem ohnmächtigen Versuch, dem Alter zu trotzen. Der violette Lippenstift, ihrem bläulich getönten Haar vollendet angepasst, hatte sich in den Mundwinkeln etwas verschmiert, als habe sie sich beim Essen bekleckert, und ihre mit Altersflecken besprenkelte unnatürlich glatte Gesichtshaut spannte über den Wangenknochen wie ein zu eng über den Hüften sitzendes Kleidungsstück. Der Gehstock in der Hand, schlicht und fein mit einem silbrigen Knauf in Form einer Rose, die auf ihren Knien ruhende, elegante Ledertasche und der schimmernde Stoff ihrer weißen Spitzenbluse, der ihren gebrechlichen Körper umschmeichelte in der edlen Absicht, ihm etwas Flottes, Festes zu verleihen, deuteten auf ein subtiles, nicht ganz von dieser Welt stammendes Geschöpf.

Die neben ihr Sitzende war das vollkommene Gegenteil. Bei weitem größer und fülliger sah sie mit ihrem aufwendig bestickten Trachtenkostüm und den zwei wie ein Neujahrskranz um den Kopf gewickelten grauweißen, dicken Zöpfen fast schon derb aus. Ihr ungeschminktes Gesicht hatte etwas von einem wind- und wetterfesten Herbstapfel an sich, und ihre Ohren waren, unübersehbar, für einen größeren Kopf bestimmt.

Ihre bäuerlich kräftigen Hände umfassten besitzergreifend eine hässliche Einkaufstasche aus Kunstleder, über der ihre pompös ausladende Brust wie ein Schutzwall herrschte.

„Endlich sitzen," sagte sie zu der zarten Dame, die sich ihr gleich zuwandte, als habe sie nur auf ein Stichwort gewartet.

„Ich bin auch immer froh, wenn ich einen Platz ergattert habe," gab sie zurück, „die Beine wollen nicht mehr so ... Früher habe ich das Stehen weniger bemerkt."

„Sie sagen es!", erwiderte die Robuste laut. „Ich bin schon den ganzen Morgen auf den Beinen und weiß, wovon Sie reden."

„Und einen Platz kriegt man auch nicht immer."

„Mit einem Schwerbehindertenausweis, sollte man meinen, wäre man besser dran," behauptete die Robuste und runzelte die Stirn. „aber da kann ich Ihnen etwas erzählen. Nicht über mich persönlich, Gott sei dank, aber über eine Bekannte. Sie hat eine schlimme Arthrose. Welche Schmerzen das sind, brauche ich Ihnen ja nicht zu sagen ..."

„Ich weiß ... eine Cousine von mir hat auch seit Jahren damit zu tun," warf die zarte Dame mitfühlend ein.

„Und glauben Sie mir," hob die Robuste ihre Stimme an, „ein Sitzplatz ist ihr beileibe nicht garantiert. Wie oft schon stand sie da mit ihrem Ausweis, ohne dass sich einer wegen ihr bemühte. Und wenn es jemand doch tut, ist es meistens einer von den Älteren. Die Jüngeren haben das ja nicht nötig. Die bleiben sitzen und tun so, als ginge sie das nichts an. Später werden sie es merken, wenn sie selbst an der Reihe sind."

„Aber ob sie sich dann noch daran erinnern wollen?", lächelte die zarte Dame.

„Das allerdings bezweifle ich auch. Diese Generation hat etwas an sich, etwas Kaltes und Stures ... ich weiß nicht ... Wir waren ja weiß Gott auch keine Engel, aber so wie die Jugend heute, so verroht, nein, da waren wir doch anders."

„Das kann man wohl sagen!", entgegnete die zarte Dame in einem Ton, der keinen Widerspruch duldete.

„Und was meine Bekannte angeht," fuhr die Robuste mit gewichtiger Miene fort, „ist das noch längst nicht alles, was sie sich gefallen lassen muss. Es kommt noch viel schlimmer."

Vor Aufregung blieb ihr die Luft weg, und ihre Brust hob und senkte sich wie eine im Sturm schaukelnde Barke. Die zarte Dame riss die Augen auf und warf ihr einen gespannten Blick zu.

„Verhöhnt worden ist sie mit ihrem Ausweis! Jawohl! Verhöhnt!", jappte die Robuste und schnappte nach Luft wie ein Fisch auf dem Trockenen. „Dann geh doch in die Gruft, Alte, wenn du nicht mehr stehen kannst!, hat man ihr gesagt. Na? Wie gefällt Ihnen das?!"

„Aber das gibt's doch nicht! Nein, das ist ja nicht zu glauben!", rief die zarte Dame fassungslos. „Wie kann man nur so sein! Als ob es ihnen Spaß macht."

„Na, und ob! Glauben Sie mir, es gibt Typen, die sind nur auf so was aus. Davon leben die: Schwächere anzugreifen und ihnen Angst einzujagen. Und von denen gibt es immer mehr."

„Also, ich finde, die Menschen werden heute überhaupt schnell grob. Dazu braucht es meistens nicht viel. Ein kleiner Anlass genügt, und schon fliegen die Fetzen."

„Früher wurde doch mehr Rücksicht genommen. Der Ton macht die Musik, nicht wahr? Aber davon ist immer weniger zu spüren."

„Trotzdem gibt es immer wieder auch nette Leute," räumte die zarte Dame ein, „und oftmals wenn man es gar nicht vermutet. Neulich noch, da habe ich ein Hutgeschäft gesucht. Eine Bekannte hatte es mir empfohlen. Den Weg habe ich mir ganz genau notiert; aber wie das so oft ist, stand ich trotzdem da und wusste nicht mehr weiter. Da kam plötzlich eine junge Frau auf mich zu und fragte mich, ob sie mir helfen könnte. Ja, so etwas gibt es noch."

„Aber zu wenig, viel zu wenig! Freundlichkeit und Hilfsbereitschaft sind heutzutage zu Seltenheiten geworden."

„Da haben Sie leider recht. Besonders für unsereiner. Ich beispielsweise vermeide es, abends nach

Einbruch der Dunkelheit noch allein unterwegs zu sein. Ich habe schon Angst, dass einer mir von der Bushaltestelle nach Hause folgt. Ich wohne sehr schön, aber abends ist es in meiner Gegend zu still und einsam. Im Winter nehme ich oft ein Taxi und bitte den Fahrer zu warten, bis ich im Haus bin."

„Sie haben es gut. Ich bin auf die öffentlichen Verkehrsmittel angewiesen. Hauptsächlich auf den Bus, denn mit der U-Bahn fahre ich nur äußerst ungern. Was sich da so alles herumtreibt ..."

„Ich bin schon lange nicht mehr mit der U-Bahn gefahren. Schon allein die vielen Treppenstufen! Und sich auf die Rolltreppen zu verlassen ... ach nein, lieber nicht. Und dann noch das Gedränge ... Schon bei der Vorstellung, wie die Leute kreuz und quer über die Treppen rennen, wird mir mulmig. Wie schnell kann es da passieren, dass man einfach umgerannt wird."

„Die Menschen heute haben es alle ja so eilig," spöttelte die Robuste. „Wozu nur? Wir haben es früher nicht so eilig gehabt und doch alles geschafft, nicht wahr? Heute geht alles nur noch zack-zack. Ich komme bei diesem Tempo schon längst nicht mehr mit. Ja, es ist nicht leicht ... für uns ist es nicht leicht."

Die zarte Dame wollte darauf eingehen, besann sich aber, als der Bus die nächste Haltestelle anfuhr. Mit einem frechen Zischen öffneten sich die Türen, und das Brummen des Motors drang ins Wageninnere hinein. An den Türen kam Gedränge auf, jemand schimpfte irgendwo laut im Gewühl.

„Was da wohl wieder los ist!", merkte die Robuste auf und wandte interessiert den Kopf um.

„Das Übliche, wenn's voll wird," erklärte die zarte Dame, „da tritt man sich schnell auf die Füße."

„Sehen Sie nur!", wies die Robuste mit einem Kopfnicken nach draußen. „Da kommt noch eine ganze Horde."

„Wahrscheinlich Touristen," nahm die zarte Dame an, „die erkennt man gleich an ihren Fotoapparaten und den aufgeklappten Stadtplänen."

„Die wollen bestimmt ins Zentrum," vermutete die Robuste, „und jetzt passt es gerade, denn der Regen macht endlich einmal eine Pause."

„Ein seltener Zustand in diesem Sommer, nicht wahr?", bemerkte die zarte Dame mit einem spitzfindigen Unterton.

„Und da! Die Sonne! Sehen Sie nur!", freute sich die Robuste. „Dass die sich heute noch blicken lässt! Wer hätte das gedacht! Heute morgen noch hätte ich darauf wetten können, dass es mit ihr nichts mehr wird."

„Ich habe auch nicht daran geglaubt und den Schirm gleich in der Tasche gelassen. Das Wetter spielt verrückt. In keinem Sommer bin ich so oft nass geworden wie in diesem."

„Und denken Sie nur an all die Überschwemmungen! Letztes Jahr an der Oder!"

„Meine Nichte ist dorthin gezogen. Ins Ländliche wollte sie, einmal so richtig weg von dem ganzen Stadtbetrieb. Und dann war es mit all der Herrlichkeit schnell zu Ende. Das Haus stand unter Wasser, die ganze Einrichtung hin ... Na, Sie können sich denken, dass ihr die Lust am Landleben gründlich vergangen ist."

„Ja, ja, und dieses Jahr in China. Da ist was los! Die Menschen tun mir leid. Sie haben ja nichts und verlieren das auch noch. Es trifft immer die Ärmsten der Armen."

Die zarte Dame erwiderte nichts. Es schien, als habe sie gar nicht zugehört. Vielmehr starrte sie in den Gang, in dem es merklich voller geworden war.

„Gut, dass wir gleich an der Tür sitzen," meinte sie dann mit einem besorgten Blick auf die vielen Fahrgäste, „da kommt man beim Aussteigen besser raus."

„Wenn ich von draußen schon so ein Gewimmel sehe, steige ich erst gar nicht ein, sondern warte den nächsten Bus ab. Ich mag das nicht, so dicht neben anderen zu stehen. Ständig wird man angeblasen. Nicht nur, dass es unangenehm ist, nein, im Winter fängt man sich schnell etwas ein und kommt, wenn man Pech hat, mit einer Grippe nach Hause."

„Wenn das nur schon alles wäre! Aber nein, bestohlen wird man auch noch. Mir ist das schon passiert. Am helllichten Tag hat mir einer das Portemonnaie aus der Handtasche gezogen."

„Wahrscheinlich beim Aussteigen," mutmaßte die Robuste. „Da machen es diese Taschendiebe gern. Wir Älteren sind dann abgelenkt. Wir müssen aufpassen, wohin wir treten. Wie oft kommt es vor, dass einer, der zu achtlos ist, aus dem Bus stolpert. Ja, ja, ich sag's Ihnen! Auf uns hat man es besonders abgesehen. Wir sind leichte Beute."

„Heute ist man nirgendwo mehr sicher," fügte die zarte Dame hinzu und umfasste ihren Gehstock so fest, dass die Haut über den Knöcheln ganz weiß wurde. „Ich habe ständig das Gefühl, dass ich, wenn ich nicht aufpasse, in irgendeine Falle tappe. Entweder will man uns bestehlen oder uns etwas aufzwingen. Es ist doch so! Wissen Sie, wie oft ich mich schon über die Werbung aufgeregt habe, wo etwas angeboten wird, was wir unbedingt haben müssen, nur weil wir alt sind! Zum Beispiel so ein Bettzeug, das die Jüngeren noch nicht brauchen, weil ihre Haut, so behaupten sie, auf die gängigen Artikel nicht allergisch reagiert, aber unsere schon, weil sie verbraucht und anfällig ist. Oder Kochtöpfe! Hören Sie sich das an! Es gibt Kochtöpfe, speziell für uns Ältere, die vitaminerhaltend kochen. Und das soll uns angeblich verstärkt vor Krankheiten schützen. Ist das nicht unglaublich?"

„Ha, ha! Wie fürsorglich, wie nett! Ich kann mir schon denken, was diese Töpfe kosten!"

„Eben! Nur darum geht es ja!"

Beide schwiegen im einvernehmenden Verständnis und schauten nach draußen in das bunte Getümmel auf den Straßen.

„Ist die Sonne nicht herrlich?", sagte die zarte Dame plötzlich. „Wie anders die Stadt gleich wirkt, viel munterer und freundlicher."

An der nächsten Haltestelle gab es noch mehr Gedränge. Und obwohl es vorn und hinten nicht mehr weiterging, stiegen noch immer Leute zu.

„Ja, ist das denn zu fassen!", regte sich die Robuste auf. „Warum der Busfahrer nur so viele einsteigen lässt! Der muss doch gesehen haben, dass nichts mehr geht. Die Leute haben ja kaum Platz zum Atmen. Sehen Sie nur! Er kann die Tür nicht mehr schließen."

„Verehrte Fahrgäste, bitte gehen Sie weiter durch und machen Sie die Türen frei," erscholl es aus dem Lautsprecher.

„Aber bitte, wohin denn durchgehen!", ereiferte sich die Robuste. „Das Boot ist voll!"

Die Tür ging nach etlichen Versuchen endlich zu, und der Bus konnte weiterfahren.

„Das hat aber gedauert! Ich dachte, wir kommen heute gar nicht mehr vom Fleck," sagte die zarte Dame ungehalten.

„Wenn nicht da vorn wieder welche ausgestiegen wären, säßen wir noch immer fest. Na, mir kann's egal sein. Ich hab's nicht eilig. Bin immer zeitig aus dem Haus, wenn ich etwas vorhabe."

„Darum geht es doch nicht!", wehrte die zarte Dame ungeduldig ab. „Ich kann es nicht haben, wenn der Bus so überladen ist und obendrein noch stehen bleibt. Ich denke dann jedes Mal, wenn jetzt etwas passiert, komme ich nicht mehr raus."

„Ich weiß, was Sie meinen. In überfüllten Räumen geht es mir auch so. Ich halte mich dann möglichst in Türnähe auf."

„Die Stadt wird immer enger. Vor lauter Menschen platzt sie bald aus allen Nähten. Kommt Ihnen das nicht auch so vor?"

„Doch, ja ... Dabei sind in den letzten Jahren viele Tausende ins Umland gezogen. Eigentlich müsste sich das doch bemerkbar machen. Gerade in den Stoßzeiten."

„Ach was!", schüttelte die Robuste den Kopf. „Da hat sich gar nichts geändert. Die sind noch genauso fürchterlich wie eh und je. Und sie zu umgehen, schafft man nicht immer. Ein Arztbesuch lässt sich eben oft nicht so bestimmen, wie man es gern hätte."

„Wissen Sie, seit langem schon habe ich das Gefühl, dass wir Älteren in den Stoßzeiten zu Hause bleiben sollten. Überall merkt man das. Im Supermarkt an der Kasse, wenn ich nicht so prompt einpacken kann, wie es vom Band rollt. Und im Bus, wenn ich nicht schnell genug aus- oder einsteige, auf der Post oder auf der Bank ... überall diese ewige Ungeduld hinter mir ... Ich sehe es den Leuten förmlich an, auch wenn sie nichts sagen."

„Ja, das stimmt ... ich habe dann meistens das Gefühl, ich müsste mich entschuldigen oder rechtfertigen, dass ich überhaupt um diese Zeit an einer Kasse oder einem Schalter stehe. Es würde mich gar nicht wundern, wenn ein neues Gesetz käme, das allen ab sechzig oder fünfundsechzig verbietet, zu gewissen Tageszeiten unterwegs zu sein."

„Wir scheinen den Jüngeren nur im Weg zu stehen, nicht wahr? Man kommt sich so geduldet vor."

„Entsorgen kann man uns ja schlecht," kicherte die Robuste, „obwohl so mancher bestimmt nichts dagegen einzuwenden hätte."

Die zarte Dame nickte. Dann richtete sie ihren Blick aus dem Fenster, als habe sie das Interesse an der Unterhaltung verloren. Die Robuste hätte gern noch etwas gesagt, aber der Bus hatte wieder angehalten, und sie ließ sich nur allzu bereitwillig von den zusteigenden Fahrgästen ablenken. Ein junges Pärchen schien es ihr besonders angetan zu haben. Mit offenem Mund starrte sie es an, entsetzt und fasziniert zugleich.

„Sehen Sie nur," flüsterte sie ihrer Nachbarin zu.

„Was denn! Wo denn!", fuhr die zarte Dame, die mit ihren Gedanken ganz woanders gewesen war, erschrocken zusammen und blickte verwirrt um sich.

„Dieses Pärchen da vorn beim Einstieg!"

„Ach ... Sie meinen ... oh, nein! Das gibt es doch nicht!"

„Und ob es das gibt! Sehen Sie nur! Soll einem da nicht Angst und Bange werden?"

„Unbegreiflich! Wie die nur aussehen mit ihren kahl geschorenen, tätowierten Köpfen. So dreist und ungepflegt! Und diese fürchterlichen Stiefel ... "

„Die wollen eben auf Biegen und Brechen auffallen und provozieren. Zu etwas anderem sind die ja nicht fähig. Und auf wessen Kosten die leben, brauche ich Ihnen wohl nicht zu sagen!", schnaufte die Robuste empört.

Das schrille Gejaule einer rasch näher kommenden Polizeisirene verschluckte ihre letzten Worte, als sich plötzlich der Himmel verdunkelte und ein Wolkenbruch einsetzte.

„Das reinste Aprilwetter," sagte die zarte Dame und runzelte die Stirn.

„Wir können von Glück sagen, dass wir im Trocknen sitzen. Sehen Sie nur die Frau dort mit dem Kind. Beide sind schon ganz durchnässt," fügte die Robuste dramatisch hinzu.

Der Regen schlug immer wütender gegen die Scheiben und versperrte die Sicht. Die Stadt war nur noch verschwommen erkennbar, verwischt wie ein Bild mit zerlaufenden Farben.

„Wie es gießt und schüttet!", rief die zarte Dame aufgeregt. „Als ob die Welt unterginge."

„Das habe ich einmal beinahe erlebt," sagte die Robuste mit einer vielversprechenden Miene. „Das war vielleicht eine Geschichte!"

„Das klingt ja gruselig," meinte die zarte Dame und rückte an ihre Nachbarin heran.

„Es ist schon etliche Jahre her, aber ich weiß es noch wie heute. Ich war auf dem Weg zu einer Bekannten ... an einem Sonntagnachmittag ... wir wollten gemütlich Kaffee trinken und plaudern. Ich beeilte mich, denn über mir braute sich ein Unwetter zusammen, das sich gewaschen hatte. Das Licht war schon ganz komisch geworden, so gelblich grün ..."

„Wie unheimlich!", warf die zarte Dame erregt ein.

„Das können Sie laut sagen! Ich habe drei Kreuzzeichen geschlagen, als ich endlich bei meiner Bekannten im Haus war. Draußen wurde es immer bedrohlicher, und von Ferne donnerte es schon. Meine Bekannte allerdings fand keine Ruhe. Sie war in großer Sorge um ihre Tochter, die noch nicht eingetroffen war ..."

„Ach, du meine Güte!", rief die zarte Dame, ein Unheil ahnend.

„Und dann fing es an zu krachen und zu blitzen, wie es die Welt noch nicht gesehen hat. Von der Tochter meiner Bekannten gab es noch immer keine Spur, und wir dachten schon, sie sei irgendwo eingekehrt, um das Gewitter abzuwarten. Aber dann sahen wir sie die Straße hochkommen ... und plötzlich ging alles sehr schnell ... Nach einem heftigen Donnerschlag blitzte der ganze Himmel auf, und dann sahen wir sie da liegen ... mit dem Regenschirm in der verkohlten Hand ..."

„Ach Gott, ach Gott, ach du lieber Gott," stammelte die zarte Dame und war ganz blass geworden.

„Meine Bekannte musste ins Krankenhaus ... Nervenzusammenbruch ..."

„Himmel, nein," murmelte die zarte Dame und wurde noch blasser.

„Es gibt Schicksale, nicht wahr? Die arme Mutter musste mitansehen, wie das eigene Kind ..." erwiderte die Robuste mit versagender Stimme.

Beide blickten schweigend von sich hin.

Der Regen ließ nach, es wurde heller. Der Bus drosselte sein Tempo, steuerte die nächste Haltestelle an.

„Ach, hier sind wir schon?", fuhr die Robuste plötzlich hoch. „Ich muss ja raus. Also dann auf Wiedersehen und alles Gute."

„Auf Wiedersehen, ja, auch Ihnen alles Gute!"

Die Robuste stand umständlich auf, winkte der zarten Dame noch einmal zu und stieg aus.

DER ANRUF

Sie hatte nichts anderes erwartet und stand doch wie betäubt da, als hätte jemand ihr einen Schlag versetzt, unverhofft, mitten ins Gesicht.
Längst war es still am anderen Ende der Leitung. Das Gespräch war fort, die Worte aber hallten noch nach, stur, erbarmungslos.
Sie schloss fest die Augen, als könnte sie den Anruf damit ungeschehen machen, doch als sie wieder aufsah, schauderte sie. Obwohl alles noch wie vorher war, das Zimmer, das knapp einfallende Tageslicht, die Schatten, kam ihr all das jetzt fremd vor.
Sie trat ans Fenster, ihr Blick lief über den Hof und strandete an der trostlosen Fassade des Vorderhauses. Der Putz blätterte großflächig von den Wänden ab, die billige Plastikverkleidung an den Balkonen, längst durch Wind und Wetter verkommen, schleppte ihr Dasein mit den grünen, kaum bepflanzten Blumenkästen gerade noch so vor sich hin. Die Regenrinne am Dach hatte sich nach einem heftigen Nachtsturm losgerissen und hing wie ein lächerlich drohender Blecharm in der Luft. Wenn es regnete, lief das Wasser an der Wand herab und hinterließ im Mauerwerk feuchte Flecken, die sich immer tiefer einfraßen. Auf einem der unteren Balkone flatterten die zum Trocknen aufgehängten, farblosen Lumpen der Frau Essling im Wind.
Plötzlich glaubte sie die alte, verwahrloste Gestalt, die keinen Gruß erwiderte und an jedem vorbeistierte, vor sich zu sehen, wie sie sich an ihrem Stock daherschleppte und ihr linkes Bein bei jedem Schritt in hohem Bogen ausscherte.

Sie hielt sich oft bei den Mülltonnen auf, wo sie mit einem langen Besenstil herumstocherte, zerquetschte und rührte wie in einem riesigen Kochtopf, dabei laut und unheimlich vor sich hinbrabbelnd.

Sie fürchtete sich jetzt, auch einmal so zu enden wie diese verrückte Nachbarin und wandte sich, um diese unerträgliche Vorstellung loszuwerden, abrupt ab. Weg wollte sie, schon seit langem, in eine neue Wirklichkeit, irgendwohin, wo alles vollkommen unvorhersehbar, anders war.

Ein kalter Schauer lief ihr über den Rücken. Sie setzte sich aufs Sofa und starrte mutlos vor sich hin. Auf dem Klavierdeckel waren fleckige Kränze. Wieder hatte ihr Sohn sein Glas dort abgestellt und auch seine Jacke, die, einem hässlichen Lumpen gleich, über dem Stuhl hing, nicht weggeräumt. Überall, wohin sie schaute, lag Staub wie ein hässlicher, pelziger Belag.

Sie konnte das Zimmer nicht mehr ertragen und lief in die Küche. Das ungewaschene Geschirr von gestern stand noch da, sie hatte es nach der Arbeit nicht mehr geschafft. Sie verschloss den Ausguss und ließ heißes Wasser ins Becken laufen. Glucksend saugten sich die Gläser und Gefäße voll. Sie tauchte die Hände in die tröstende Wärme ein und fasste wieder Mut. Doch als sie mit dem Abwasch fertig war und alles weggeräumt hatte, kroch die eiserne Klaue der Angst wieder an ihrem Hals hoch.

Sie wusste nicht, was sie noch tun sollte. Nichts ging mehr. Die Wirklichkeit klebte an ihr wie ein lästiges Spinnennetz.

In der Wohnung über ihr schrie das Kind wieder. Seine kleinen, spitzen Schreie wurden immer ärgerlicher und wilder. Es schrie sich die Kehle wund, während laut fließendes Wasser in eine Badewanne rauschte. Sie presste die Hände auf die Ohren, doch das Geschrei bahnte sich seinen Weg, drang durch die Wände, dröhnte sich in ihren Kopf.

Ohne es wahrzunehmen, ging sie ins Schlafzimmer und ordnete ein paar herumliegende Kleidungsstücke, stand dann eine Weile am Fenster und sah den spielenden Kindern auf dem anliegenden Schulhof zu.

Zwei Jungen, von einer Gruppe angefeuert, balgten sich auf dem Rasen, als ginge es um eine Meisterschaft. Die Kinder riefen nicht wie sonst Freude in ihr hervor, sondern eine beklemmende, vollkommen unerwartete Traurigkeit, die einen befällt, wenn man an einem einst vertrauten Ort erkennen muss, dass man dort nicht mehr hingehört.

Dann stellte sie sich plötzlich vor, sie lebte gar nicht in dieser Wohnung und wäre nur zum Putzen hier wie damals als Studentin, um sich nebenbei etwas zu verdienen.

Es lag schon mehr als zwanzig Jahre zurück, als sie samstags morgens einem freundlichen, liebenswürdig verschrobenen Doktor der Chemie, der sie immer galant begrüßte, die Wohnung saubermachte. Auch bei einem jungen Ehepaar, das sein erstes Kind erwartete, und zwei alten Leuten, die ein kleines Einfamilienhaus mit einem hübsch gepflegten Vorgärtchen am Stadtrand bewohnten, war sie gewesen.

Sie erinnerte sich, wie sie, um sich vorzustellen, an der Tür läutete und eine Stimme vernahm, die sie in einem ruhigen, nüchternen Ton bat, sich nicht zu erschrecken und nicht zu schreien.

Als die Tür sich öffnete, sah sie einen ergrauten Mann, der auf einem Rollbrett saß und neugierig zu ihr aufschaute. Er sei Herr Klemm, stellte er sich vor, und seine Frau käme gleich zurück, sie mache nur eine Besorgung.

Während er ihr die Wohnung zeigte, erzählte er in aller Gemütsruhe über den Verlust seiner Beine, die irgendwo in Russland geblieben seien, als er das Pech gehabt habe, in eine Mine gelaufen zu sein. Aber es gehe auch ohne, fügte er noch hinzu, denn wie sie sehe, komme er doch recht gut vom Fleck.

Frau Klemm hatte einen nicht zu übersehenden, schwarzen Oberlippenbart gehabt und war, um ihr Gleichgewicht halten zu können, immer breitbeinig gegangen.

Ihre monoton schleppende Stimme klang wieder in ihren Ohren auf. Sie gehörte zu jenen Plaudertaschen, die einen um den Verstand reden konnten.

Über ihren Mann sprach sie besonders gern, und es war immer dieselbe Geschichte. Wie er, als ihr Verlobter, aus dem Krieg heimkehrte und sie ihn trotz der fehlenden Beine geheiratet hatte, obwohl es ihr nicht gerade leicht gefallen war. Ihm aber zu sagen, dass sie ihn ohne Beine nicht mehr gewollt hätte, wäre nicht anständig gewesen.

Genauso gern ließ sie sich auch über ihre Tochter aus, die ganz in der Nähe über einer Eisdiele wohnte und sich noch jahrelang abrackern musste, um den Schuldenberg, auf dem ihr Mann sie sitzen gelassen hatte, abzutragen. Auf und davon sei er, das Scheusal ... mit einem billigen Flittchen über alle Berge ... „Und meine Tochter, stellen Sie sich das dumme Ding nur vor," schnaufte Frau Klemm empört, „trauert ihm noch immer nach und hätte ihm, wenn er wieder vor ihr stehen würde, alles verziehen." Ihr Mann dagegen sei ganz anders gewesen, ein treuer, anständiger Kerl, der sein Lebtag nichts mit anderen Frauen zu schaffen gehabt habe.

Eines Tages jedoch war Herr Klemm plötzlich immer dichter um ihre hosenbedeckten Beine herumgefahren, die er, wie er sagte, gern einmal im kurzen Rock gesehen hätte. Vor Peinlichkeit und Abscheu wie gelähmt hatte sie nichts erwidert und gehofft, das Ganze auf sich beruhen zu lassen, doch Herr Klemm hatte nicht aufgegeben und war, sobald seine Frau zum Einkaufen ging, ihr immer wieder zu nahe gerückt, sodass ihr schließlich nichts anderes blieb, als sich nach einem anderen Job umzuschauen. Als undankbare Person hatte Frau Klemm sie bezeichnet und Herr Klemm ihr noch hinterhergeworfen, dass er mit ihrer Arbeit sowieso nicht zufrieden gewesen sei.

Im Zimmer war es dunkler geworden, ein dichtes Wolkengemisch hatte sich in den blauen Himmel gedrängt.

Ich habe keine Arbeit mehr, hörte sie wieder die Stimme ihres Mann, ganz nah und klar.

Mehr hatte er nicht gesagt, nur diese paar Worte, und sie allein wusste, was dahinter stand.

Ein halbes Leben lang war er jeden Morgen vor der Zeit wach geworden und vor der Zeit an seinem Arbeitsplatz erschienen. Er hatte sich gebraucht und gewürdigt gefühlt; dort war seine Welt gewesen, die jetzt wie ein vom Tod unterbrochenes Atmen untergegangen war.

Auf dem Hof erschien der alte Mann aus dem dritten Stock. Aus seinen kleinen, rotumränderten Augen blickte er scheu um sich, als habe er Angst, von jemandem bemerkt zu werden. Seine wie ein Sack an ihm hängende Strickjacke war falsch geknöpft, und die verwaschene Trainingshose schlotterte um seine dürren, bis auf die Knochen abgemagerten Beine. Seit dem Tod seiner Frau trank er.

Dass er gerade jetzt, unpassend und lächerlich wie in einem geschmacklosen Melodram, auftauchen musste! Trotzdem war ihr zum Weinen zumute. Sie versuchte sich zu beherrschen, doch es gelang ihr nicht.

Dann auf einmal fiel ihr ein, dass seit dem Anruf schon eine ganze Weile verstrichen war und er bald zu Hause sein müsste. Schnell wischte sie sich übers Gesicht, putzte sich die Nase und ging in die Küche. Es war schon Mittag. Er würde bestimmt hungrig sein.

DER LETZTE SCHULTAG

Silvie und ich waren die dicksten Freundinnen. Wir hatten uns von Anfang an sofort verstanden. Es schien, als ob das unsichtbare Zauberband, das wir auf Anhieb zwischen uns spürten, lange vor unserer Begegnung von irgendeiner höheren Macht geknüpft worden war.

Wir standen auf derselben Popmusik, lasen dieselben Bücher, wir verehrten wie verrückt unseren Deutschlehrer, strickten während des Unterrichts heimlich unter dem Tisch und jobbten beide in einer Boutique. Und obwohl wir jeden Nachmittag telefonierten, mussten wir uns unbedingt morgens auf dem Weg zur Schule an der Straßenbahnhaltestelle treffen, weil es schon wieder so viel zu erzählen gab. Ich ging auch gern zu ihr nach Hause. Da ihre Eltern berufstätig waren, hatten wir die Wohnung für uns allein und konnten uns völlig entspannt bewegen, sogar mit voller Lautstärke Musik hören. Der Kühlschrank war immer gut gefüllt, und wir durften uns nehmen, was wir wollten.

Wir waren uns in vielem sehr ähnlich, außer in Einem. Silvie hatte schon immer einen Freund gehabt. Mit vierzehn war es Hans-Günter, mit fünfzehn Frank, darauf folgte Dietmar und nach ihm Theo und schließlich Walter, den sie dann für Volker in die Wüste schickte.

Das Körperliche erwies sich bei ihr seit jeher vehement, und die Wirkung, die sie auf die Jungen ausübte, genoss sie sehr.

Zu den Schönheiten zählte sie nicht gerade, und figurant war sie auch nicht so ganz, dennoch wären die meistens Jungs aus unserer Klasse liebend gern einmal mit ihr ausgegangen. Etwas war an ihr, das diese Männleins verhexte.

Ich hingegen war ordentlich zugeknöpft und hätte mich noch nicht einmal getraut, halbwegs so weit zu gehen, wie sie es tat. Sie erzählte mir ihre Abenteuer in allen Einzelheiten, und ich, naiv und neugierig, hörte atemlos zu.

Allerdings gefielen mir ihre Freunde nicht besonders. Sie hatten so gar nichts zum Anhimmeln an sich, es waren immer gewöhnliche Burschen, mit denen kaum etwas von den Dingen, die uns interessierten, auszutauschen war. Ihre neueste Errungenschaft jedoch, dieser Volker mit seiner robust auf die Schnelle zusammengebastelten inneren Welt, übertraf alle Vorgänger. Als sie ihn mir irgendwann nach Schulschluss vorstellte, blieb mir die Luft weg: was um Gottes willen sie nur an ihm fand, konnte ich beim besten Willen nicht begreifen.

Seine Haare glänzten fettig; der Saum seiner Jeans war zerfranst und starr vor Schmutz, und sein durchlöchertes und verbeultes T-Shirt schrie vor Sehnsucht nach frischeren Zeiten.

Silvie jedoch schien diesen schmuddeligen Kerl ganz anders wahrzunehmen, denn ihr verzückter Blick klebte an ihm fest.

„Das Wetter ist so bombig, wir gehen irgendwo draußen einen Kaffee trinken. Du kommst doch mit?", schlug sie mir so eindringlich vor, dass ich nicht abzusagen wagte.

Ich ging neben ihr her, brachte kein Wort über die Lippen. Am liebsten hätte ich mich abgesetzt. Dass ich es nicht getan hatte, bereute ich doppelt, als ich

Silvies Objekt der Begierde dann gegenübersitzen musste.

Er griff gleich nach seinem Tabaksbeutel, drehte sich mit seinen gelben Nikotinfingern eine dicke Zigarette und leckte auf ziemlich unappetitliche Weise das Papier an. Dann klopfte er seine Taschen ab, fluchte und rief über alle Tische hinweg der Kellnerin zu, sie solle mal hinne machen und ihm Streichhölzer rüberbringen.

„Wir haben keine," sagte sie, auf uns zukommend.

„Wie, ihr habt keine! Und womit soll ich jetzt meine Lulle anmachen? An deinem heißen Hintern vielleicht?"

Die Kellnerin, ein junges Mädchen, wurde vor Verlegenheit rot.

„Wollt ihr bestellen?", fragte sie leise, nicht gerissen genug, ihm zu kontern.

„Was meinst du wohl, meine Hübsche, warum wir hier sitzen. Weil wir auf den Bus warten? Bring mal Kaffee für alle," rotzte er sie an.

„Sei mal etwas netter zu ihr," sagte Silvie in einem Ton, in dem das Tadelnde von dem Begehrenden gänzlich platt gemacht wurde.

„Nett? Wieso nett? Was soll das heißen?! Führ's mir mal vor, Süße. Da drüben ist ein Zeitungsladen. Da bewegst du dich jetzt ganz nett hin und holst mir einen Flammenwerfer," befahl er mit einem miesen Lächeln, sich wie ein verwahrloster Fußballfan auf seinem Stuhl lümmelnd.

Das machst du nicht!, hämmerte es in meinem Schädel so heftig, dass ich sicher war, sie würde meine Gedanken erraten.

Doch Silvie stand auf und langte nach ihrer Schultasche, um ihre Geldbörse herauszuholen.

„Ich hab dann was gut," lächelte sie ihm aufreizend zu.

„Aber immer doch!", grinste er anzüglich und schnalzte mit der Zunge. „Und du bist also das Goldstück von Freundin, mit der mir meine Süße jedes Mal, wenn wir uns treffen, die Ohren zulabert," haute mich der Mistvogel dann unvermittelt an.

„Kann schon sein," erwiderte ich und stellte mir vor, wie es wäre, ihm meinen Kaffee auf den Kopf zu schütten.

„Gesprächig bist du nicht gerade," versuchte er, mich erneut aus der Reserve zu locken.

„Kommt drauf an," murmelte ich.

„Worauf denn?", wollte er, sich plötzlich heftig am Kopf kratzend, wissen.

Statt einer Antwort verpasste ich ihm einen Blick, in dem sich kein Fünkchen Sympathie verirrt hatte.

Ich war gerade dabei, mir auszumalen, wie ich ihm die schlimmsten Dinge, zu denen ich fähig war, ins Gesicht schleuderte, als Silvie zurückkam und ihm ein schwarzes Feuerzeug mit Goldrand vorlegte, das nicht aus dem Sortiment der Einwegdinger war.

„Na, endlich! Mein Nikotinspiegel hängt schon gefährlich tief in den Seilen," sagte er ohne ein Wort des Dankes, zündete sich hastig seine Zigarette an und inhalierte so tief, dass es einen nicht besonders gewundert hätte, wenn ihm der Rauch aus dem Hintern wieder herausgequalmt wäre. Dann nahm er einen kräftigen Schluck Kaffee und rülpste.

„Ich glaube, ich muss jetzt gehen," sagte ich und stand auf. „Meinen Kaffee zahle ich drinnen."

An diesem Tag telefonierten wir nicht. Silvie hätte zu ihrer Verteidigung vermutlich nichts zu sagen gewusst.

Aufgewühlt ging ich am nächsten Tag auf sie zu. Ich fürchtete doch ein wenig, dass dieser Idiot unsere Freundschaft gefährden könnte.

„Sei mir nicht böse. Ich weiß ja, dass sein Verhalten etwas gewöhnungsbedürftig ist, trotzdem bin ich in ihn verknallt," sagte sie.

Ihre offene Art versöhnte mich. Ich hoffte aber, dass dieser Typ, wie die anderen vor ihm, bald den Laufpass bekommen würde.

Unser letztes Schuljahr näherte sich dem Ende. Silvie und ich hatten uns aber geschworen, für immer und ewig in Verbindung zu bleiben, egal, was kommen würde.

Von glückseligen Emotionen aufgeputscht, fühlten wir uns plötzlich erwachsen und unabhängig, als wir mit unseren Abschlusszeugnissen dem Schülerdasein den Rücken kehrten. Die Welt schien uns so anders zu sein, obwohl sich um uns herum doch nichts geändert hatte.

Während wir umherschlenderten, besprachen wir den Ablauf unserer seit langem geplanten Feier, die das Ende unserer Schulzeit krönen sollte. Wir wollten uns mächtig in Schale werfen, dann schick beim Italiener speisen, anschließend die ganze Nacht durchmachen und morgens in einem der Nachtschwärmercafés frühstücken.

Silvie war vor einer Boutique, die draußen auf einem Tisch preisreduzierte Unterwäsche anbot, stehen geblieben, und während sie dann nach den verschiedenen Slips griff und sie eingehend begutachtete, ging mir plötzlich auf, dass nur ich es war, die ununterbrochen über unseren gemeinsamen Abend redete.

Die Suche nach dem passenden Höschen hatte Silvies ganze Aufmerksamkeit gekrallt, als hinge etwas enorm Wichtiges davon ab. Ihre Finger durchkämmten schnell und zielstrebig den Stoffberg, und dann, das sah ich ihrem aufleuchtenden Gesicht an, hatte sie das passende Teil gefunden - ein schwarzer Hauch aus Spitze und Seide. Und wie sie es so in der Hand hielt und so wohlwollend betrachtete, wusste ich, dass nicht unser Fest, sondern etwas ganz anderes sie beschäftigte.

„Sag bloß nicht, dass du dich heute Abend nicht mit mir, sondern mit Volker zu treffen beabsichtigst!", sagte ich in der Hoffnung, mich zu irren.

„Darüber wollte ich schon die ganze Zeit mit dir reden," erwiderte sie zwar mit einer schuldbewusst gefärbten Stimme, den Blick aber weiterhin auf den Slip geheftet.

„Das war aber anders gedacht!", rief ich fassungslos.

„Wir verschieben es eben. Ist doch nicht so tragisch," sagte sie lahm.

„Warum verschiebst du nicht dein Date mit Volker?", versetzte ich aufgebracht.

„Ich hab's ja versucht, aber er wurde sauer. Er will sich unbedingt heute mit mir treffen," beharrte Silvie, nach Verständnis heischend.

Ich sagte nichts mehr, drehte mich um und ging. Wegen so eines ungepflegten, unterbelichteten Büffels, dem noch keine Benimmregel untergekommen war, hatte sie mich ausgetauscht! Ich hätte heulen mögen, doch mit einem Mal wurde mir unheimlich komisch zumute, und ein homerisches Gelächter drohte jede Sekunde aus mir herauszubrechen ... Ich sah Sylvie, strahlend lächelnd, vor mir mit ihrem feuerroten Afrolook, dem mit Sommersprossen übersätem Gesicht, dem dezent nach unten gebogenen Näschen und ihrem kleinen, tiefrot ausgemalten Herzmündchen; den zu schmalen Schultern, den leicht übersehbaren Brüstchen und dem mächtigen Hintern, dem sich keck aufplusternden Bäuchlein und den dicklichen Oberschenkeln, die unter ihrem plissierten Minirock einmal mehr zur Geltung zu kommen gezwungen waren.

Einer überreifen Birne ähnlich stand sie da und hielt mit einem rohen, geilen Flinkern in den Augen stolz ein Transparent hoch, auf dem in riesigen Buchstaben LANG LEBE DER SCHWANZ! geschrieben war.

DAS RUMPELSTILZCHEN

Liebe Mama,

wie schade, dass ich nicht mit Dir sprechen kann, weil Du ausgerechnet jetzt schon wieder auf Reisen sein musst, denn seit heute verstehe ich die Welt nicht mehr. Ich kann nämlich das, was passiert ist, nicht loswerden, und in meinem Kopf ist so ein Durcheinander, dass ich gar nicht weiß, wo ich anfangen soll.

Jedenfalls ist Mario nicht mehr mein Freund, und wenn Du jetzt denkst, dass wir so einen Streit hatten, wie der auch unter besten Freunden vorkommt, dann hast Du Dich total geirrt.

Das Ganze hat mit dem Rumpelstilzchen angefangen. Wir haben im Deutschunterricht als Hausaufgabe darüber einen Aufsatz aufbekommen, und weil mir dazu viel eingefallen ist, habe ich mich nach der Schule sofort hingesetzt und losgelegt. Dann bin ich zu Mario gegangen, denn ich wollte wissen, was er über die Sache mit dem Rumpelstilzchen denkt.

Zuerst habe ich geglaubt, er macht Witze. Er meint nämlich, das Rumpelstilzchen ist ein Opfer, weil es ungerecht behandelt wird. Und dazu kommt noch, dass es klein und hässlich ist, und das sollte einem doppelt leid tun, denn damit leben zu müssen, ist schon Strafe genug.

Ich aber denke ganz anders. Für mich ist die Müllerstochter das Opfer. Ihr Vater, dieser blöde Hund, hat dem König vorgelogen, dass sie Stroh zu Gold spinnen kann. Ist das nicht eine Schweinerei hoch drei? Und dass sie um ihr Leben bangen muss, wenn sie es nicht schafft, ist noch mal dasselbe hoch drei!

Ich habe mir vorgestellt, wie die Müllerstochter eingeschlossen in der Kammer hockt und nicht weiß, wie sie das, was von ihr verlangt wird, schaffen soll. Etwa so, wie Jesus Wasser in Wein verwandelt hat? Der konnte das eben, weil sein Vater der liebe Gott ist. Der Müller ist aber nur ein mieser Angeber, der sich vor dem König dick machen will und sonst nichts. An seine Tochter hat der doch gar nicht gedacht, als sie vor lauter Angst nicht mehr ein noch aus wusste. Dann kommt plötzlich ein kleines Männlein und holt sie aus dem Unglück raus, aber nicht weil es ein gütiger Engel ist, sondern weil dieser Hutzelwicht von ihr bezahlt wurde. Von einem unschuldigen Lämmchen, wie Mario von ihm geschwärmt hat, kann da keine Rede sein, denn wer ehrlich ist, lässt seine gute Tat nicht kaufen.

Und nicht genug, dass die Müllerstochter einmal so etwas durchmachen musste, nein, dreimal war die Ärmste ganz allein von allen verlassen in dieser Kammer eingesperrt, und das nur, weil der König den Hals nicht vollkriegen konnte. Und als sie keinen Schmuck mehr hatte, mit dem sie den Zwerg noch beschenken konnte, ist ihr nichts anderes übriggeblieben, als diesem miesen Erpresser zu versprechen, ihm ihr erstes Kind zu geben.

Natürlich musste sie das tun! Sie wäre ja sonst vom König getötet worden. Also ich hätte dem Rumpelstilzchen in so einem Moment auch alles versprochen.

Mario findet aber, dass man ein Versprechen immer halten muss, egal in welcher Situation man steckt. Und wenn man es nicht halten kann, darf man es nicht geben, auch nicht wenn man gefoltert wird.

„Weißt du denn überhaupt, was das bedeutet, gefoltert zu werden?", habe ich Mario gefragt.

„Das weiß ich nicht, aber du auch nicht," hat er klugscheißerisch gelabert.

„Ja, Gott sei Dank!", habe ich ihm gesagt. „Ich kann's mir aber vorstellen!"

„Ja, und?", glotzte er mich bescheuert an.

„Ich meine, dass keiner von einem so was verlangen darf!", habe ich ihm erwidert.

„Versprechen ist Versprechen!", schwätzte der Blödmann weiter.

„Aber der, der so etwas von einem fordert und weiß, dass es für den um Leben und Tod geht, der kann doch kein guter Mensch sein! Warum also soll man zu ihm dann ehrlich sein? Das hat er doch gar nicht verdient," habe ich versucht, diesem Esel zu erklären.

„Das alles spielt keine Rolle," meinte Mario, „man darf andere Menschen nicht belügen und betrügen, und es ist ganz egal, um wen es sich dabei handelt."

„Und wenn es um dein Kind ginge? Hättest du es dem Rumpelstilzchen dann auch gegeben?", habe ich ihn gefragt.

„Natürlich! Ich hätte das Rumpelstilzchen nicht so gemein übers Ohr gehauen," hat Mario sich aufgeblasen und mich dabei noch so angesehen, als sei er irgendwie ein besserer Mensch als ich.

„Jetzt hör aber auf! Überleg dir das doch alles noch einmal ganz von Anfang an," habe ich ihm vorgeschlagen. „Da ist der Müller, der miese Aufschneider, der König, der nicht genug kriegen konnte, und das Rumpelstilzchen, das ziemlich hinterfotzig ist, und alle drei haben es auf die Müllerstochter abgesehen, weil sie sich bereichern wollen. Die Müllerstochter kommt da in etwas rein, wofür sie überhaupt nichts kann, sie soll etwas tun, was unmöglich ist, und obendrein muss sie noch sterben, wenn sie es nicht hinkriegt. Und dann erscheint das Rumpelstilzchen und nutzt ihre Hilflosigkeit voll aus. Und sich wehren kann die Müllerstochter nur, indem sie lügt. Warum sollte sie denn sagen, ich will dir mein erstes Kind nicht geben. Nur, damit sie ehrlich bleibt? Das wäre dann doch ihr Todesurteil."

„Genau dafür! Um ehrlich zu bleiben," hat Mario einfach nicht lockergelassen.

„Aber sie wäre getötet worden," habe ich wieder versucht, ihm klarzumachen.

„Dann hätte sie eben auf ihr Kind verzichten müssen, wenn sie nicht sterben wollte," hat er weiter darauf bestanden.

„Und warum fragst du dich überhaupt nicht danach, wie sie in all diesen Mist hineingeraten ist? Zählt das denn gar nicht?", wollte ich wissen.

„Darum geht es hier nicht! Es geht um ein Versprechen, das man nicht geben darf, wenn man es nicht meint," erwiderte der Schwachkopf.

„Dann hat sie eben notgelogen," versuchte ich zum letzten Mal, diesen blöden Klotz zu überzeugen. „Das kann man ihr doch nicht vorwerfen! Das ist doch gar kein richtiges Lügen!"

„Nee, damit kommt sie bei mir nicht durch," hat diese Pfeife glatt gesagt und dabei noch dumm gegrinst.

Ich wollte ihm gerade sagen, was für eine gewaltige Knalltüte er ist, als seine Mutter ins Zimmer kam und hören wollte, worüber wir reden, und nachdem wir ihr alles erzählt haben, hat sie Mario Recht gegeben. Ich dachte, mir fallen die Ohren ab. Und weil ich jetzt den Hals bis obenhin voll hatte, habe ich meine Jacke angezogen und gesagt: „Ich gehe jetzt, das ist mir zu bekloppt hier." Und da hat Marios Mutter zu mir gesagt: „Jetzt pass mal auf, was du sagst!" „Das tue ich nicht," habe ich der zurückgeben, „nicht bei Bekloppten, die noch bekloppter sind, als die Polizei erlaubt!" Und dann bin ich abgedampft.

Mario ist für mich von vorn bis hinten gestorben, denn mit einem, der so ein krankes Blech von sich gibt, will ich nichts mehr zu tun haben.

Ich jedenfalls stehe tausendprozentig auf der Seite der Müllerstochter! Und von mir aus darf sie allen Arschlöchern in der Welt so viele Versprechen geben, wie sie will und denen dazu noch eine lange Nase drehen.

Viele Grüße

Dein David

Papa ist mit mir einer Meinung und hat gesagt: „Solche bis zum Kotzen anständige Sesselpupser, mein Junge, das kannst Du mir glauben, haben einst auch den Hitler gewählt."

DER GARTEN

Mia hatte die Gasflamme unter der aufgekochten Bolognese zurückgestellt und blickte durch das Fenster in den verstummten Garten. Sein Anblick hatte ihr immer Trost und Herzensruhe geschenkt, doch jetzt trieben ihr die vom Wind einsam und unruhig hin und her schlenkernde Schaukel, die im Sandkasten vergessenen Plastikförmchen und die roten Schippe nur eine herbe Wehmut in die Brust, Wehmut um die im Strudel der Geschehnisse unwiederbringlich verloren gegangene Zeit.

Fast alle Mieter im Haus, die so lange miteinander freundschaftlich ausgekommen waren, wohnten nicht mehr hier. Allein in diesem Jahr waren zwei Familien ausgezogen. Beide hatten etwas Günstigeres gefunden, und seitdem drang ein fröstelnd lähmendes Schweigen aus dem Garten ins Haus hinein.

Die neuen Mieter, junge Paare ohne Nachwuchs, blieben zurückhaltend; man grüßte sich flüchtig, wenn sie einem, immer in Eile, im Hausflur begegneten.

Mia erinnerte sich, als das Leben noch übersichtlicher und unschuldiger war und die Angst, was morgen passieren könnte, einen noch nicht so fest im Griff hatte.

Es geht irgendwie nicht mehr weiter, dachte sie, das, was sich früher dann doch wieder bewegt hatte, trampelt jetzt nur auf der Stelle.

Mia versuchte, sich von den in ihr eingenisteten, dunklen Ahnungen zu lösen, doch je verzweifelter sie sich dagegen stemmte, desto trotziger und zwanghafter flimmerten sie in ihrem Kopf.

Die dahingeschmolzene Welt von damals, in der es noch feste Regeln und Tabus im Umgang mit den Menschen gab, hatte einer anderen, wo mehr und mehr eine stumpfe, geistlose, pittoresk tätowierte, im Fitnessstudio durchtrainierte und bis zu den Zähnen mit hochwertigem elektronischen Zeug ausgerüstete Bevölkerung überhand nahm, Platz gemacht, einer Welt, wo ein Buch nur noch von wenigen Kindern aufgeschlagen wurde.

Endlich Wochenende, versuchte sie sich aufzuheitern, Karl muss jeden Moment nach Hause kommen, und dann ganze zwei Tage vergessen wir alles, was uns behelligt.

Überall wurden Stellen eingespart, und auch Mias Stundenzahl war gekürzt worden. Noch mehr ängstigte sie sich aber um Karl, in dessen Firma Gerüchte über bevorstehende Entlassungen immer lauter wurden.

Auf dem Herd brodelte das Wasser. Mia ließ die Nudeln vorsichtig hineingleiten, öffnete den Wein und warf wieder einen Blick in den Garten, der ihr ohne die Kinderstimmen entfremdet vorkam.

Plötzlich drehte sich alles vor ihren Augen, und sie schaffte es gerade noch ins Bad, bevor sie sich übergab.

Vermutet hatte sie es ja schon, und heute nach dem Arztbesuch war die Gewissheit da: sie war im zweiten Monat schwanger.

Sie hatte, ehrfürchtig und freudig zugleich, ihre Hand auf den Bauch gelegt und sich vorgestellt, wie das wohl wäre, dieses Kind zum ersten Mal zu sehen und es in den Armen zu halten.

Sie und Karl hatten sich immer ein Kind gewünscht, aber nachdem er eine Zeit lang arbeitslos gewesen war und sie zu spüren bekommen hatten, wie schnell das Leben einem unter den Füßen weggezogen werden konnte, hatten sie diesen Schritt dann aber in eine bessere Zukunft verlegt.

Trotzdem würde Karl sich sofort für das Kind entscheiden, und sie hörte ihn schon sagen, dass Kinder immer und überall, selbst unter schlimmsten Umständen, geboren würden.

Früher, als ein einfaches Lebensglück im Vordergrund stand und die Wirklichkeit mit all ihren schroffen Seiten einen noch nicht so ohnmächtig machte, hatte sie auch so gedacht, jetzt aber fragte sie sich, wie es zu verantworten sei, ein Kind in eine Welt zu setzen, die immer mehr aus den Angeln geriet.

Sie erfrischte ihr Gesicht und trug ein wenig Puder auf, als ihr plötzlich die Nudeln einfielen, die längst fertig sein müssten.

Sie goss das Wasser ab, kostete die Sauce und würzte sie mit Kräutern nach, als ihr wieder flau im Magen wurde. Sie sank schwerfällig auf den Stuhl, starrte vor sich hin, in ihren Gedanken wieder bei Karl, der bestimmt überglücklich wäre, wenn er die Neuigkeit erfuhr.

Keine Sorge, das schaffen wir schon, du und ich, vernahm sie erneut seine Stimme. Haben wir uns denn jemals im Stich gelassen, auch wenn die Tage alles andere als rosig waren? Sind wir denn nicht gerade dann immer noch näher zueinander gerückt?"

Eine Welle der Glückseligkeit übergoss sie. Jetzt wurde ihr noch klarer, warum sie immer nur ihn und keinen anderen haben wollte.

Von draußen ertönte das leise Quietschen der Schaukel. Es war Lenchen von nebenan.

Ihr zerbrechliches, viel zu früh ernst gewordenes Gesicht sah noch blasser aus als sonst, und sie wirkte mit ihrer mageren Statur so schutzlos, dass selbst der prachtvolle Garten sie nicht mehr auffangen konnte.

Seit die anderen Kinder fort waren, war Lenchen noch einsamer als zuvor, und da sie niemanden mit nach Hause bringen konnte, weil ihre Mutter krank war, wurde sie auch nirgendwo eingeladen.

Eines Nachmittags hatte Lenchen an Mias Tür geklopft und sie gebeten, ihr bei den Hausaufgaben zu helfen.

„Meine Mama liegt im Bett, weil sie so traurig ist, und sonst weiß ich nicht, wen ich fragen könnte."

Lenchens Mutter litt nach dem plötzlichen Säuglingstod ihres Sohnes an Depressionen. Sie hatte nicht mehr arbeiten können, war dann von ihrem Mann verlassen worden und jetzt nur noch verzweifelt.

„Es gibt Kinder in meiner Klasse, die sagen, dass meine Mama gar nicht richtig krank ist, nur faul," hatte Lenchen Mia, bitter weinend, erzählt.

„Wenn du willst, spreche ich mit deiner Klassenlehrerin und erkläre ihr alles, und sie knöpft sich dann diese Gören vor," hatte Mia ihr vorgeschlagen, doch davon hatte Lenchen nichts wissen wollen.

„Lieber nicht, dann kommen Leute vom Jugendamt und nehmen mich meiner Mama weg," hatte sie mit Entsetzen gesagt. „Wir kriegen das schon hin. Ich helfe ihr mit allem, ich trage den Müll runter, gehe einkaufen, und kochen kann ich auch schon ein bisschen."

„Also gut, aber du versprichst mir, dass du mir alles, was dich bedrückt, immer sagst. Einverstanden?"

„Ja, das tue ich! Wenn ich bei dir bin, bist du doch so etwas wie eine Mama für mich."

Die Zeit verstrich, Karl war noch immer nicht da, und die Furcht, dass in seiner Firma etwas Verhängnisvolles seinen Lauf genommen hatte, wucherte in Mias Kopf.

Wo soll das denn alles noch hinführen?! Man muss jederzeit damit rechnen, seine Arbeit zu verlieren, das Leben aber wird jeden Tag teurer, bangte sie und fasste mit beiden Händen nach ihrem Bauch, als wollte sie das Kind vor all dem Misslichen schützen.

Die Dämmerung hatte sich schon klammheimlich herangetastet, die Luft war kühler geworden, strömte kräftiger durch das geöffnete Fenster herein.

Mit einem Mal presste sich das Ächzen der Schaukel beklemmend nah an Mia heran. Und als ob es ihr erst jetzt aufgegangen war, wie von aller Welt vergessen Lenchen in dem immer stiller und dunkler werdenden Garten war, rief sie die Kleine zu sich. Lenchen hüpfte mit einem Satz auf die Füße und rannte ins Haus.

„Sag mal, Kind, was machst du denn so spät da unten noch! Und deine Jacke hast du auch nicht an. Du wirst dich erkälten," sagte Mia und spürte, wie es ihr vor Verlangen nach Zärtlichkeit im Hals eng wurde.

„Ich hab meinen Schlüssel vergessen, und meine Mama hört das Klingeln nicht. Sie hat sich hingelegt und eine Schlaftablette genommen."

„Ach, herrje," lächelte Mia, „dann musst du wohl heute Nacht hier bleiben."

„Wirklich? Das darf ich?", leuchtete Lenchens schmales, weißes Gesicht auf.

„Warum denn nicht! Wir schreiben deiner Mutter eine Nachricht, damit sie weiß, wo du bist und schieben ihr den Zettel unter die Tür."

„Ja, gut, aber ich habe kein Nachthemd."

„Du kriegst ein T-Shirt von mir, und eine Zahnbürste gibt es auch noch. Jetzt essen wir aber erst einmal zusammen."

Nach dem Abendbrot richtete Mia Lenchen die Couch zum Schlafen her, las ihr eine Geschichte vor und blieb, als ihr die Augen zugefallen waren, noch bei ihr sitzen.

Als sie Karls Schritte auf der Treppe hörte, legte sie sich die Hand auf den Bauch, und Ruhe überkam sie.

DIE ROTE BRILLE

Nachdem Rosas Stürze - zuletzt war sie an einem Tag gleich mehrere Male die Treppe heruntergefallen -, sich gehäuft hatten, vermutete ihre Mutter, dass hinter dieser Ungeschicktheit doch etwas Ernsteres steckte und ging mit ihr zum Augenarzt, der eine nicht unerhebliche Kurzsichtigkeit feststellte und eine Brille verordnete.

Es war unter Rosas Spielkameraden keiner, der dasselbe Problem hatte, und die spöttischen Bemerkungen drangen ihr schon jetzt ans Ohr. Das bestätigte ihr auch das Grummeln im Bauch, das sich immer dann einstellte, wenn etwas Unliebsames auf sie zukam, zum Beispiel ein Besuch bei Tante Grete, die ihr bei der Begrüßung immer schmerzhaft in die Wangen kniff, oder wenn sie mit ihrer Großkusine Ingeborg, die nicht ganz richtig im Kopf war, spielen musste.

Nie hatte Rosa so klar, so scharf sehen können wie mit diesem plumpen, dickglasigen Gestell, das der Optiker ihr aufgesetzt hatte, doch der Gedanke, dass dieses klobige Ding fortan ihr Gesicht tagtäglich verunstalten sollte, raubte ihr die Luft zum Atmen. Ginge es nach ihr, hätte sie das fürchterliche Teil gleich weggeschmissen und sich, ohne das geringste Bedauern, mit der bisherigen verschwommenen Welt abgefunden.

„So muss ich jetzt herumlaufen?", stieß Rosa entsetzt hervor, als sie ihr zugerichtetes Gesicht im Spiegel sah.

„Ich weiß gar nicht, was du hast, Kind!", hörte sie ihre Mutter mit kühler, trockener Stimme sagen.

„Die da will ich!", zeigte Rosa auf ein rotes Modell im Schaufenster.

„Die gibt es nicht auf Rezept!", klärte, nervös geworden, ihre Mutter sie auf.

„Geschmack hat aber das kleine Fräulein," lächelte der Optiker.

„Du wirst dich schon noch daran gewöhnen," überging ihre Mutter verärgert seine Meinung.

„Das werde ich nicht! Ganz und gar nicht werde ich das!", stampfte Rosa aufgebracht mit dem Fuß auf.

„Was soll das! Lass den Zirkus! Und komm jetzt! Wir müssen noch Brot holen," brachte ihre Mutter sie zur Räson.

Die Bäckerei befand sich gleich gegenüber auf der anderen Straßenseite. Rosa, die wusste, dass nichts, aber auch gar nichts ihr helfen würde, das scheußliche Ungetüm loszuwerden, ging widerwillig, mit trotzig vorgeschobener Unterlippe ihrer Mutter hinterher. Ihr war so elend zumute, dass sogar die Aussicht auf das Plätzchen, das die nette Bäckereiverkäuferin ihr immer zusteckte, sie nicht besänftigen konnte.

„Nanu!", begrüßte sie Rosa. „Dir ist wohl eine Laus über die Leber gelaufen?"

Rosa erwiderte nichts, starrte sie nur unglücklich an. Das Lächeln der Verkäuferin erlosch langsam, sie sagte auch nichts mehr, griff stattdessen nach einer großen Papiertüte, die sie mit Bruchware vollfüllte.

„Hier, meine Kleine," reichte sie Rosa das Gebäck über die Theke. „Das kann ich ja nicht mehr verkaufen, ist aber genauso lecker. Lass es dir schmecken."

Rosa murmelte mit erstickter Stimme ein Dankeschön und wandte sich tränenblind ab, als der Schreck, auf dem Weg nach Hause einem ihrer Spielkameraden mit ihrem verheulten Brillenschlangengesicht zu begegnen, ihre Tränen abrupt versiegen ließ. Die Vorstellung wurde unerträglich, und beim Einbiegen in ihre Straße verstaute Rosa das Knallstück kurzerhand in ihrer Jackentasche. Auf dem Plattenweg zum Hauseingang war sie dann mit irgendetwas ins Gehege gekommen, gestolpert und hatte sich das Kleid beschmutzt.

„Wenn ich dich noch einmal ohne Brille sehe, dann setzt es was!", wurde ihr angedroht.

Am nächsten Tag musste Rosas Mutter ins Dormagenstift, ein von katholischen Nonnen geleitetes Heim für spastisch gelähmte und poliokranke Kinder, wohin sie, die mit Nadel und Faden gänzlich Unkundige, Röcke oder Hosen, deren Säume herausgelassen werden mussten, oder kaputte Reißverschlüsse und Stopfarbeiten, hinbrachte. Die Nonnen verlangten für ihre Arbeit nicht viel, waren aber trotzdem sorgfältig und schnell. Rosas Mutter fragte immer nach Schwester Angela, die ein freundliches und gütiges Lächeln hatte.

Der Weg ins Krüppelheim, wie es unter den Leuten hieß, nahm einige Zeit in Anspruch, und da es Rosa nicht erlaubt war, zu lange sich selbst überlassen zu sein, musste sie wohl oder übel ihre Mutter begleiten.

Draußen waren ein paar Kinder aus der Nachbarschaft, die, als sie Rosa sahen, sofort ihr Spiel unterbrachen und sie voller Neugier und Häme betrachteten. Auch wenn sie nichts sagten - das trauten sie sich in Anwesenheit von Rosas Mutter nicht -, so sprachen ihre Blicke doch eine umso deutlichere Sprache.

Diesmal zogen sich die Straßen für Rosa viel länger dahin als sonst, doch dann tauchte endlich das pompöse Gebäude auf, und wie immer, wenn sie die breiten Stufen, die auf das riesige Portal zuführten, hinaufstieg, war ihr ein wenig gruselig zumute. Etwas lag da in der Luft, etwas, das ihr deutlich machte, dass hinter diesen Toren allerlei Unheil vor sich gehen könnte. Und auch die Schritte, die in den weiten steinernen, so sonderbar nach einer feuchten Kühle riechenden Korridoren unheimlich nachhallten, verstärkten die Beklemmung in ihr.

In Schwester Angelas Arbeitszimmer, das für Rosa einem riesigen Ballsaal gleichkam, stapelten sich in Körben und auf endlos langen Tischen hohe Wäscheberge, die von den Lernschwestern geplättet wurden. Bei warmem Wetter standen die Fensterflügel weit offen, und der Sommerwind trieb die Gerüche der Sträucher, Gräser und das Vogelgezwitscher aus dem anliegenden Garten hinein. Im Winter, wenn die Fenster geschlossenen waren, roch es hier oft nach einem Gemisch aus Hagebuttentee und der braunen Heilsalbe, die Rosa auf ihre aufgeschlagenen Knie aufgetragen bekam, damit sich kein Eiter bildete.

Die Kinder mit den hässlichen Drahtgestellen an ihren Beinen, die weder Rollschuh laufen noch umhertollen, eigentlich so gut wie gar nichts von dem, was Rosa gern machte, tun konnten, taten ihr so leid, dass sie sich jedes Mal auf dem Nachhauseweg schwor, ihr Zimmer in Ordnung zu halten und mehr auf ihre Schulaufgaben zu achten als Dank dafür, dass der liebe Gott sie vor bösen Krankheiten beschützt hatte. Und auch wenn es mit den edlen Vorsätzen nicht lange hielt, so hatte sie es in diesem Moment doch ernst gemeint.

Jetzt, als Rosa die traurigen Augen der Kinder, auf deren Lippen sich kaum ein scheues Lächeln verirrte, durch die verhasste Brille noch besser sehen konnte, wurde ihr wie nie zuvor bewusst, dass jedes Einzelne von ihnen keinen einzigen Augenblick im Leben haben würde, ohne an seine Behinderung erinnert zu werden.

Um wie viel besser geht es mir doch, dachte Rosa, und ihr wurde plötzlich klar, dass die rote Brille eines Tages doch ihr gehören würde und damit alles, was sie jetzt quälte, verschwunden wäre.

Die rote Brille kostete aber ein kleines Vermögen, und es war vollkommen unmöglich, von ihren Eltern zu erwarten, dass sie sich zu dieser Ausgabe überreden ließen, denn wegen der Schulden auf dem Haus war bei ihnen das gesamte Geld knapp.

Trotzdem blieb Rosa zuversichtlich. Das kleine Sümmchen in ihrer Spardose war zwar noch kaum der Rede wert, aber wenn sie nichts ausgab, käme sie, wenn auch langsam, gleichwohl an ihr Ziel, und vielleicht würde der liebe Gott ihr helfen, irgendwie noch etwas dazu zu bekommen. Und das hat er dann auch tatsächlich getan, denn Folgendes war passiert.

Im Nebenhaus wohnte seit kurzem eine neue Familie. Der Mann hatte mit seinem schnittigen Wagen den Neid der gesamten Anwohnerschaft erregt, und seine Frau, einerlei, ob sie zum Einkaufen ging oder den Kinderwagen schob, zog mit ihren modischen, weit schwingenden Kleidern und den hochhackigen, eleganten Schuhen tadelnde Blicke auf sich.

An einem Nachmittag hatte Rosa es von ihren Spielkameraden besonders hart abgekriegt. Sie sehe beknackter aus als die schrecklichste Vogelscheuche, hatte sie sich anhören müssen, und einer hatte sie sogar scheinheilig gefragt, ob man sich bei ihrem Anblick nicht eine ansteckende Krankheit holen könnte. Und wie die anderen gelacht hatten! Aber so richtig auf ihre Kosten kamen sie erst, als mit einem Mal Peter Harmann, der eine Stichstraße weiter wohnte, mit seinem Roller aufgetaucht war. Er war älter, größer und stärker als seine Altersgenossen und dementsprechend gefürchtet. Keiner sagte ein Wort, alle hofften, er würde einfach an ihnen vorbeiziehen. Stattdessen drosselte er sein Tempo, stoppte und fragte, was hier los sei.

„Die da!", riefen gleich mehrere und zeigten auf Rosa.

„Ach nee ..." grinste Peter Harmann, als er Rosa erblickte. „Was hast du denn da auf der Nase? Ist denn so etwas hier bei uns überhaupt erlaubt?"

Rosas Spielkameraden, in Erwartung einer Szene, die ihnen nicht jeden Tag geboten wurde, rückten näher, und wenn Rosa noch gehofft hatte, dass sich doch einer von ihnen hinter sie stellen würde, war sie angesichts dieser boshaft aufgeputschten Fratzen schnell eines Besseren belehrt worden.

Peter Harmann lehnte seinen Roller gegen eine Mülltonne, bevor er sich frech vor Rosa aufbaute. Sein gemeiner Blick versprach nichts Angenehmes. Die klatschende Ohrfeige, die er ihr dann unerwartet verpasste, war noch schmerzhafter als die Kopfnuss, sie sich neulich von ihrem Vater eingehandelt hatte, weil sie zum wiederholten Male mit schwarzen

Rändern unter den Fingernägeln zum Abendbrot erschienen war.

„Jetzt willst du sicher wissen, warum du dir eine eingefangen hast, stimmst's?", starrte der Unhold ihr unverfroren ins Gesicht, darauf wartend, dass sie anfing zu heulen. Diesen Gefallen aber tat sie ihm und den anderen, die das Ganze begeistert verfolgten, nicht. Sie dachte nur an eines, an die rote Brille, die sie von dem Makel, die Lachnummer der Siedlung zu sein, befreien würde.

„Ich sag's dir, damit du vom zu langen Überlegen keine Kopfschmerzen kriegst," ertönte Peter Harmanns Stimme, diesmal jedoch irgendwie dünner und schwächer. „Weil du so hässlich bist!"

Dann nahm er unter dem applaudierenden Gejohle der Nachbarskinder seinen Roller und fuhr davon.

Plötzlich öffnete sich ein Fenster im Haus gegenüber, und die neue Nachbarin winkte Rosa zu sich heran.

„Du bist doch die Rosa, nicht wahr?", sprach die Frau sie an. „Könntest du vielleicht ein Weilchen meine Kleine spazieren fahren? Sie braucht frische Luft."

Rosa, überrascht, dass ihr eine solche Aufgabe zugetraut wurde, nickte heftig und nahm voller Stolz vor den perplex gewordenen Spielkameraden den Kinderwagen mit dem hübschen Baby in Empfang.

Rosa drehte eine große Runde bis zur Kirche, dann zog sie weiter zum Spielplatz und machte auf dem Heimweg noch eine Schleife an den drei Hochhäusern entlang. Die Menschen, die dort wohnten, waren nicht gut angesehen. Man sagte ihnen nach, dass sie Proleten seien und es bei ihnen wie bei Hempels unter dem Sofa zuginge.

Die riesigen Gebäude erinnerten Rosa immer an gewaltige Schornsteine und riefen in ihr ein befremdendes Gefühl hervor. Hinter den unzähligen Fenstern, die wie große tote Augen aus den grauen Fassaden herauslugten, konnten die Wohnungen doch nur so winzig sein, dass einem die Zimmerdecke bestimmt gleich über dem Kopf hing. Die Vorstellung jedoch, mit anderen so dicht Tür an Tür zu hausen, wo man, ohne von den Nachbarn gehört zu werden, kein lautes Wort sagen konnte, war für Rosa noch gespenstiger als die Enge.

Auf dem Heimweg legte Rosa, in Sorge, sich verspätet zu haben, einen Schritt zu, doch die Frau schien sehr zufrieden zu sein, denn sie drückte ihr einen Schokoladenriegel und ein Fünfzigpfennigstück in die Hand.

So viel Geld, dachte Rosa voller Entzücken.

„Wenn du willst, kannst du das öfter tun, die Kleine wird sich freuen," sagte die Frau.

„Ja, gerne!", rief Rosa und spürte dabei, wie die rote Brille plötzlich um ein gutes Stück näher gerückt war. „Ich kann jeden Tag. Jetzt sind ja Ferien."

Als der Sommer vorüber war und Rosa wieder in die Schule musste, verlor sie allen Mut. Unter den Jungen in ihrer Klasse gab es einige, denen man möglichst aus dem Weg ging. Bisher war Rosa noch nicht zu ihrer Zielscheibe geworden, sie ahnte aber, dass ihre Schonzeit mit dem ersten Schultag beendet sein würde.

Kaum dass sie meine Brille gesehen haben, bin ich geliefert, dachte sie und machte vor lauter Angst die ganze Nacht kein Auge zu.

Schon während des Unterrichts nahmen die Rabauken Rosa mit ihren fiesen Blicken aufs Korn.

In der Hofpause wegen der Aufsicht blieben sie ihr noch fern, doch Rosa wusste, was sie nach Schulschluss zu erwarten hatte.

Es kam noch krasser, als sie dachte, denn bei Püffen und Stößen war es nicht geblieben, erst als sie im Dreck lag, hatten sich die Mistkerle unter lautem Gepfeife aus dem Staub gemacht.

Zu Hause erntete sie nicht viel Mitgefühl. Ihre Mutter wollte nichts hören, sie solle gefälligst mit ihren Schulkameraden selbst zurechtkommen. Und obendrein noch gab es eine Standpauke wegen der versauten Kleidung.

Einen großen Bruder, der ihr helfen würde, hatte Rosa nicht, und wenn sie nicht wollte, dass es mit dem Drangsalieren so weiterging, musste sie sich schleunigst etwas einfallen lassen.

Ursula, die sie aus dem Turnverein kannte, hatte einen älteren Bruder, der Günter hieß und schon zwölf war. Gescheit war er nicht besonders, man sagte über ihn, dass er nicht gerade das Pulver erfunden habe. Dafür war er groß und stark - genau so einer eben, den Rosa jetzt brauchte. Für ein paar Groschen würde er nicht lange fackeln und jedem die Fresse polieren. Angst, er könnte sie später als mögliche Geldquelle unter Druck setzen, musste sie nicht haben, dafür war er nicht durchtrieben genug, sein dürftiger Verstand reichte nämlich nur von der Stirn bis zur Nasenspitze.

Als Rosa auf ihn zuging, zeigte sich Günter sehr geschmeichelt und erklärte sich sofort bereit, in ihre Dienste zu treten. Er knöpfte sich jeden Schurken einzeln vor und machte ihm mit einer kräftigen Tracht Prügel und einem mächtigen Tritt in den Hintern unmissverständlich klar, dass es ratsam wäre, sich jetzt auf ein anderes Opfer einzustellen.

Die Aktion hatte Rosa ganze drei Mark gekostet: fünfzig Pfennig pro Abreibung ergab zwei Mark, und für den Tritt in den Hintern hatte Günter pro Kopf noch fünfundzwanzig Pfennig extra berechnet.

Zwar hatte diese Ausgabe ein Loch in Rosas Ersparnisse verursacht, aber die Strolche rührten sie nie mehr an, betrachteten sie fortan sogar mit einem gewissen Respekt.

Nun galt es, den Verlust schnellstens wieder auszugleichen, denn der auf ihrer Nase hockende Klotz hatte von seiner Garstigkeit kein bisschen verloren.

Jeden Mittwoch Nachmittag nach der Turnstunde sah Rosa nach, ob die rote Brille noch in der Vitrine lag. Der Optiker lächelte ihr immer gutmütig zu, wenn sie den Laden betrat und sich zum soundsovielten Male nach ihrem Kleinod vergewisserte.

„Aber ja, kleines Fräulein," fing er Rosas Sorge auf. „Sie ist noch da und wartet auf dich."

„Und wenn sie jemand anderem auch so gefällt wie mir und sie direkt bezahlen kann?"

„Dann werde ich genau so eine sofort nachbestellen," schmunzelte der nette Mann.

Obwohl Rosa jedes Mal den Laden beruhigt verließ, hatte sie doch bald erneut Zweifel und schaute wieder vorbei.

Und dann hatte Rosa unerwartet noch eine Einnahmequelle: die alte Frau Krämer aus der Nachbarschaft, der sie beim Tragen ihrer Einkäufe half und für die sie auch kleinere Besorgungen machte, hatte sie einer anderen Nachbarin, die auch etwas Hilfe gebrauchen konnte, empfohlen.

Und endlich war der Tag gekommen, als Rosa sich mit ihrer herrlichen roten Brille genüsslich im Spiegel anschauen konnte. Sie war so leicht und angenehm zu tragen, und Rosa sah so hübsch aus, dass sogar die ganze Welt irgendwie zarter und lieber geworden war.

DÄMMERUNG

Sie öffnete leise die Wohnungstür. Eine schwere Stille stieß ihr entgegen. Nichts rührte sich. Die Tür zum Schlafzimmer war geschlossen.
Aus Angst ihn zu wecken, trat sie auf Zehenspitzen hinein. Als sie sich vorsichtig aus dem Mantel herausschälte, knisterte der Stoff. Vor Schreck erstarrte ihr Atem. Sie lauschte, doch nichts regte sich. Nur der dunkle, stumme Korridor krümmte sich vor ihr entlang.
Aus dem Wohnzimmer fiel spitz eine helle Staubbahn in den Flur, erinnerte sie an die stillen, sommerlichen Samstagnachmittage ihrer Kindheit, wenn sie nach dem Spielen im Garten in die gerade gewischte Wohnung, die von dem feinen Buttergeruch eines frisch gebackenen Apfelkuchens durchzogen war, zurückkehrte.
Sie ging in die Küche, setzte sich an das offene Fenster und streifte die Schuhe ab. Die vorabendliche, sonnendurchtränkte Ruhe strömte unbeschwert herein. Aus einem der anliegenden Häuser perlte sich durch das sich am Zaun zügellos hochziehende Blätterwerk sanft ein in sich versunkenes Flötenspiel.
Das mild und weich gewordene Licht umhüllte alles, rief den vergangenen Nachmittag zurück, als sie sich in einem Straßencafé bei einem Glas Wein im Betrachten der vorbeiziehenden Passanten verlor.
Von weit her war das freche Heulen eines Lastwagens zu hören, das aber rasch und irgendwie verlegen an dem kleinen, mit zarten Blumen angelegten Park verstummte. Über den kühlen Getränken

vibrierte die erhitzte, mit Zigarettenrauch und Stimmengewirr erfüllte Luft, zu der sich ein zugeflogenes, schweres, doch anmutig duftendes Parfum beimischte.

Zwei junge, schlank taillierte Kellnerinnen eilten von einem Tisch zum anderen, notierten beflissen die Bestellungen. Die Eine, höher Gewachsene, trug ihr schwarzes, glänzendes Haar zu einem kunstvoll geflochtenen Zopf, der wie das Pendel einer Glocke, dick und schwer, über ihrem Nacken baumelte. Die Andere war lockig und kokett frisiert. Beide, als hätten sie etwas ganz anderes im Sinn, als sich ein Leben lang von ungeduldigen Gästen hin und her scheuchen zu lassen, bewegten sich unbekümmert und sorglos.

Am Nebentisch hatten zwei Frauen Platz genommen. Ihre vom übertriebenen Sonnengenuss zerklüfteten, rötlichen Gesichter stachen aufgezwungen ins Auge. Sie plapperten schrill und herablassend über ihre Fitnesstrainerin, die die Abfolge der Gymnastikschritte zu ungeduldig verlangte.

Die Frage eines Mannes, ob der Stuhl an ihrem Tisch noch frei sei, riss sie abrupt aus ihren Beobachtungen heraus. Sie nickte freimütig, ohne es wirklich zu meinen. Der Mann bestellte ein Bier und eine Schachtel Zigaretten, trank und rauchte, scheu um sich blickend. Sein Kopfhaar war spärlich, die Haut kränklich grau. Etwas staubig Abgestandenes atmete aus ihm heraus.

Er sah plötzlich in ihre Richtung, öffnete die Lippen, sagte aber doch nichts. Erleichtert, dass er sie nicht angesprochen hatte, griff sie nach ihrem Glas.

Das zornig biestige Krächzen einer Elster, die dicht am Küchenfenster vorbeiflog, brachte sie jäh zurück.

Wieder lauschte sie zum Schlafzimmer. Noch immer schnappte von dort kein Laut nach ihr, aber etwas Unheilvolles tastete sich plötzlich an sie heran, etwas, das sie nicht wirklich verstehen konnte. Die bunten Bilder des Tages verschatteten sich, das Licht im Raum wurde fahl.

Ein merkwürdiges Gemisch aus Leere und Angst sammelte sich wie Nebel in ihrer Brust, verdichtete sich schnell. Die Stille war gestört, wurde bleiern, drückte sie aus der Küche hinaus. Wieder knarrten die Dielen laut, doch sie bemerkte es nicht. Mühsam, als fließe in ihr fremdes Blut, öffnete ihre Hand die Tür.

Er lag auf dem Rücken, von einem weißen Laken bedeckt. Sie trat näher, setzte sich zu ihm auf die Bettkante. Verwundert über seinen lautlosen Schlaf blieb sie sitzen und sah ihn an. Seine geschlossenen Lippen lagen weich aufeinander, Mundwinkel und Kinn waren entspannt.

Plötzlich, wie aus dem Nichts, erdröhnte in der Wohnung über ihr das Rollbrett der kleinen Nachbarstochter. Die Räder rollten hart und grob über den hölzernen Boden, polterten roh gegen ihre Schläfen. Dann verstummte alles wieder, nur eine Stille blieb, die ihr an die Kehle griff.

Eine schreckliche Ahnung tastete sich in ihre Brust hinein. Ungelenk, mit übertriebenem Eifer glättete sie, ohne es wahrzunehmen, das verbeulte Kopfkissen auf ihrer Bettseite. Das Gefühl, etwas in Ordnung gebracht zu haben, lenkte sie ab, doch dann überrollte sie unerwartet eine brutale Welle des Schmerzes.

Alles verstummte, nichts ergab einen Sinn mehr. Sie wusste nichts mehr, weder, wo sie sich befand, noch was mit ihr wirklich geschah. Alles glitt aus ihr heraus, die Gedanken, die Gefühle, nur die Leere blieb.

Sie griff nach seiner Hand, aus der die letzte Wärme entwich, griff immer fester zu, als wollte sie das Geschehene nicht wahrhaben.

Sie versuchte aufzustehen, etwas zu tun, um ein klein wenig von all dem loszukommen, verharrte aber wie angewurzelt, sich weiter an seine Hand klammernd. Dann plötzlich, von einer Panik überwältigt, riss sie sich frei.

Auf dem Nachttisch neben der Leselampe lag ein aufgeschlagenes Buch. Heute morgen nach dem Frühstück hatte er noch darin gelesen und mit dem Bleistift Bemerkungen am Rand gemacht. Sie hatte seine Hand, wie sie den Stift hielt und über das Papier führte, beobachtet und sich nach einer Berührung von ihr gesehnt.

Mit einem Mal war sie mit ihren Gedanken wieder in dem Straßencafé und dachte an das junge Paar, das sich so nahe gerückt war, bis seine Blicke zusammentrafen. Die junge Frau, bekleidet mit einem luftigen, himbeerfarbenen Sommerkleid, auf dem sich kleine Sonnentupfer übermütig tummelten, hatte die Hand des Mannes genommen und hielt sie zärtlich umfasst.

Ihr kam in den Sinn, sich neben ihn zu legen, ihn ein letztes Mal zu umarmen, konnte sich aber nicht überwinden, denn dieser Mann, der da lag, war ihr fremd. Schon seit langem hatten sie nicht mehr zueinander gefunden. Sie hatte aber trotzdem nach seiner Nähe gesucht, doch kaum war ihr Verlangen danach aufgeflammt, strandete es auch gleich wieder an seiner Gleichgültigkeit.

Durch das Fenster brach die Sonne herein, ihre feurigen Strahlen leuchteten sein Gesicht auf, färbten es liebevoll. Und dann, sie hätte es beschwören können, sah sie, wie seine schlaffen Mundwinkel sich strafften, die eingefallenen Wangen sich hoben, die Lippen sich mit warmem Blut füllten und die Haut wieder jung und fest wurde.

Er sah sie an, und sein Blick war innig und verlangend. Sie roch den herben Geruch seines Körpers, und sein Atem streifte sie wie ein frischer Luftzug. Worte der Liebe strömten aus ihr heraus, hauchten sich zu ihm, und die dunkle, einsame Zeit fiel von ihr ab.

Die Stille war berauschend geworden und verschmolz mit dem friedlich sterbenden Licht des Tages. Alles um sie herum war ihr wieder nah und vertraut, als wäre ein langer, heftiger Schmerz endlich zur Ruhe gekommen.

Die Sonne sank tiefer und zog ihr Licht ganz ein. Mild und still kam die Dämmerung. Aus dem Küchenfenster wehte eine kühle Brise herüber, die nach Gras und Feldblumen roch.

Sie stand auf und ordnete seine Kleidung, die nachlässig hingeworfen auf einem Stuhl lag. Beim Hinausgehen nahm sie seine Schuhe mit, die am Fußende des Bettes standen. Obwohl es sie ärgerte, hatte er sie immer dort abgestellt. Doch diesmal war ihr das egal. Ohne ihn noch einmal anzusehen, als könnte sie ihn in seinem Schlaf stören, zog sie still die Tür hinter sich zu.

ANGST

Es war schon einmal in einem Restaurant vorgekommen, als Alwin plötzlich die Arme nicht mehr bewegen konnte und ihm Messer und Gabel aus den kraftlosen Händen geglitten waren.

Der Kellner, der sofort zur Stelle war, hatte das Besteck aufgehoben und ein neues hingelegt, vor dem Alwin dann, in seinem Elend allein gelassen, hilflos saß.

Wütend, als sei es seine Schuld gewesen, hatte Karin ihn aufgebracht angestarrt und sich nervös einen Happen nach dem anderen in den Mund geschoben.

„Was soll denn dieses Theater! Stell dich doch nicht so an!", hatte sie ihn, heftig kauend, angeherrscht, als müsste er sich nur ein wenig zusammenreißen, und schon wäre alles wieder im Lot.

Auch jetzt, als ihm das Essen unversehens aus dem Mund auf den Pullover gefallen war, verlor sie wieder die Beherrschung und putzte ihn herunter wie ein Kleinkind, das sich trotz aller Ermahnungen schon wieder danebenbenommen hatte.

Hochrot vor Verlegenheit hockte er am Tisch wie ein geprügelter Hund, die Blicke anderer Gäste auf sich gerichtet, und kämpfte mit den Tränen.

Wer die Vorgeschichte der beiden nicht kannte, sah nur eine ärgerliche Frau, die auf eine niederträchtige und gemeine Art das Leiden ihres Mannes leugnete. Die Wahrheit aber war, dass Karin von der ausgebrochenen Erkrankung ihres Mannes seelisch dermaßen überfordert war, dass sie seitdem keinen klaren Gedanken mehr fassen konnte.

Gerade noch hatte sie, die nicht mehr die Jüngste war und sich mit vielem, das ihr früher leichter von der Hand ging, immer schwerer tat, beschlossen, weniger Patienten aufzunehmen. Daran war nun nicht mehr zu denken, denn einer musste ja für den Lebensunterhalt aufkommen.

Als Physiotherapeutin hatte sie tagtäglich mit Fällen, zu denen Alwin auch einer zu werden drohte, zu tun und wusste nur zu gut, was es bedeutete, sich um jemanden, der in allem von einem anderen abhängig war, kümmern zu müssen.

Und jetzt, da sie diejenige war, die diese Bürde tragen musste, stemmte sich alles in ihr gegen die ihr aufgezwungene, zusätzliche Pflicht.

„Ich glaub's ja nicht!", hatte sie störrig aufbegehrt, als sie die Hiobsbotschaft vernommen hatte. „Und was soll jetzt mit mir werden?"

Darauf hatte Alwin nichts zu erwidern gewusst, nur stumm und betreten zur Seite geblickt.

Im Auto auf dem Heimweg platzte die Bitterkeit dann nur noch so aus ihr heraus; am liebsten hätte sie alles, das Leben, die Welt und Gott im Himmel verflucht und zerstampft und sich selbst in Luft aufgelöst.

„Das Ganze macht mich nämlich auch krank!", hatte sie ihm, das Lenkrad so fest umklammernd, dass ihre Knöchel beinahe durch die Haut geplatzt wären, zu guter Letzt noch entgegengezischt.

Zu Hause war sie auf der Stelle ins Schlafzimmer gegangen und hatte die Tür hinter sich versperrt. Er saß wie versteinert die ganze Nacht auf dem Sofa im Wohnzimmer, ihrem dumpfen, ins Kopfkissen gedrückte, immer wieder aufkommenden hysterischen Weinen ausgeliefert.

Am nächsten Morgen, als er hörte, wie sie Kaffee kochte, befiel ihn eine fürchterliche Angst, ihr unter die Augen zu treten, und er blieb, um ihr seinen Anblick zu ersparen und sie nicht noch mehr in Verzweiflung zu stürzen, stocksteif sitzen.

Die Wochen krochen quälend dahin. Alwin versuchte, so gut es ging, mit seinem Unglück zurechtzukommen, er nahm seine Mahlzeiten für sich ein und schlief im Gästezimmer.

So weit aber, wie Karin in ihrer Panik befürchtet hatte, war es dann doch nicht gekommen. Die neuen Medikamente schlugen an, und die Lähmungen wurden nach und nach weniger, blieben schließlich ganz aus, und dann war er auch schon so weit, wieder seiner Arbeit nachgehen zu können. Karin, mit dem Schrecken davongekommen, atmete auf.

Etwa ein Jahr später begann sie über ein Unwohlsein zu klagen, das nicht nachließ. Der Befund aus dem Labor traf ein, es war Leukämie.

Alles, was sie noch über Heilungschancen und Therapien hörte, ging an ihr vorüber. Es war, als wäre sie in eine tiefe Schlucht gefallen und würde trotz ihrer verbissenen Bemühungen, wieder herauszugelangen, immer tiefer hineingeschluckt.

Als Alwin nach ihrer Hand griff, zuckte sie zusammen und starrte, um ihn nicht ansehen zu müssen, in den Raum hinein.

Ihr Kopf, schwer wie ein Klotz, der sich aus seiner Halterung gelöst hatte, kippte nach vorn, und ihr Augenmerk verfing sich auf den weißen Schuhen des Arztes, klebte sich zwanghaft an ihnen fest.

Doch als sie wieder Alwins Hand spürte, die zart und zuversichtlich die ihrige umschloss, verlor ihr Blick den Halt, und die unerträgliche Scham, wie ein tödlicher Pfeil, brach ihren Herzschlag ab.

UNTREU

Ihm war aufgefallen, dass seit einiger Zeit mit ihr etwas los war. Von den unerwünschten Nebenwirkungen des Wohlstands verschont geblieben, trat sie, wie es ihrem Naturell entsprach, immer noch zurückhaltend und bescheiden auf. Auch ihren häuslichen Pflichten kam sie, genau wie er es am liebsten hatte, tadellos nach, und doch war da etwas an ihr, das er nicht einzuordnen vermochte.

Er hatte sie vor ein paar Jahren auf einer Silvesterparty kennengelernt, wo sie mit einem Glas Sekt in der Hand ein wenig verloren auf ihrem Stuhl hockte.

Sich bei ihr bemerkbar zu machen, hatte ihn nicht viel Mühe gekostet, denn ein schüchternes, naives Ding, wie sie es war, das von der ungeschminkten Welt noch nicht allzu viel begriffen hatte, ließ sich von einem Mann, der wusste, worauf es im Leben ankam, schnell beeindrucken, und als er sie wenig später bat, seine Frau zu werden, hatte sie, etwas überrascht zwar, sofort zugesagt.

Bedenken hätte sie auch kaum haben können, denn er war nett und umgänglich, ein ganz passabler Bursche eben, und sein Glück hatte er auch schon gemacht, während sie als einfache Bürokraft in einem Versicherungsunternehmen ihre kleinen Brötchen backen musste.

Seine Ansprüche an sie hielten sich in Grenzen; er erwartete von ihr nichts weiter, als dass sie sich seiner Welt anpasste, wo der Mann ein möglichst üppiges Auskommen sicherte und die Frau für ein behagliches Heim zu sorgen hatte.

Auf sein Anraten hin hatte sie gleich nach der Hochzeit ihre Arbeitsstelle aufgegeben, um fortan mit einer ihr zur Verfügung gestellten Haushälterin und einem Gärtner dem Anwesen vorzustehen. Und wenn sie ihn abends nach getaner Arbeit in einem schlicht eleganten Kleid in den heimischen, vor Gemütlichkeit strotzenden Gefilden empfing und ihn zum feierlich gedeckten Tisch führte, wo sie ihm hingebungsvoll gegenübersaß und über jede alltägliche Kleinigkeit im Detail erzählte, fühlte er sich in seinen Erwartungen noch übertroffen.

Er ließ sie immer wissen, wie viel ihm an diesen beseelten Abenden lag und versäumte es auch nie, das Essen zu loben, selbst wenn es einmal nicht so ganz seinen Vorstellungen entsprach. Er verwöhnte sie mit Blumen, Opernkarten, spontanen Reisen und gab sich jede erdenkliche Mühe, ihr seine Anerkennung, dass sie so uneingeschränkt für ihn da war, zu zeigen.

Das Leben also, das sie nun führte, war recht angenehm, alles, was sie sich wünschte, hatte sie: ein komfortables Ambiente, schöne Dinge, einen netten Freundeskreis und einen Mann, der jeden Tag nach einem feinen Parfüm roch, ihr die Hand küsste und sie mit *meine Liebe* anredete.

Sie hätte rundherum glücklich sein können, doch da war etwas, das sie in ihrem paradiesischen Dasein vermisste … etwas, das nur ihr gehörte, etwas Eigenes, Intimes, das sie mit niemandem teilen musste. Ein Tagebuch vielleicht, auch wenn darin nichts Nennenswertes oder gar Geheimes stand, aber eben etwas, das einzig allein für sie bestimmt war.

Trotz leiser Skrupel, ihn zu hintergehen, besorgte sie sich doch ein dickes Heft und eilte nach Hause.

Die Haushälterin war auf dem Wochenmarkt und würde frühestens in einer Stunde wieder auftauchen, und der Gärtner hatte sich erst für den Nachmittag angesagt.

Mit einer längst vergessenen, schon seit der Kindheit nicht mehr empfundenen Aufgeregtheit schraubte sie die Kappe ihres alten Schulfüllers ab, und nachdem sie in einem schwungvollen Schriftzug auf die erste Seite Ort, Datum und auch die Uhrzeit geschrieben hatte, begann sie den hinter ihr liegenden Morgen mit ihren Überlegungen, ob es zum Abendessen Lammfilet mit Kartoffeln oder lieber Geflügelpastete und Gemüse geben sollte, unbefangen aufzuzeichnen.

Seitdem nahm sie sich für ihre Notizen jeden Tag ein wenig Zeit, ohne ihm davon zu erzählen.

Anfangs war ihr noch etwas unbehaglich zumute, wenn sie mit ihm zu Abend aß und ihm über alles, außer über ihre neue Leidenschaft, berichtete, doch bald schon verflogen sich ihre Bedenken.

Zunächst verlockte das Heimliche an der Sache sie sogar mehr als das Schreiben selbst, doch als sie in ihren Gedanken über das tägliche Einerlei hinausgekommen war und sich von Beschauungen über die Menschen und die Welt, die sie in seiner Gegenwart nie gewagt hätte zu äußern, begeistern ließ, spürte sie mit einem Mal, dass es ihr in ihrem Leben an etwas Unentbehrlichem gefehlt hatte.

Nach einem Bummel durch die Stadt stellte sie sich vor, wie es wäre, irgendwo auf eine Tasse Kaffee einzukehren. So etwas hatte sie ohne ihn noch nie gewagt, denn er hätte das mit Sicherheit nicht gutgeheißen und sie mit seiner Fragerei, was sie in diesem Café allein, ohne seine Gesellschaft, suche, genervt.

Sie hatte kaum einen Tisch ausgesucht, als ihre Hand bereits wie selbstverständlich nach der gerade besorgten neuen Kladde griff, und schon glitt die Feder übers Papier. Sie vergaß die Zeit und musste sich dann mächtig ran halten, um zur Vorbereitung des Abendessens noch rechtzeitig zu Hause zu sein.

Verblüfft bemerkte er, dass die Kartoffeln nicht so ganz durch waren, es dem Gemüse an Salz fehlte, und ihr Lieblingsparfüm hatte sie auch nicht aufgetragen.

Er sagte nichts, sah sie nur verstohlen an, im Versuch zu begreifen, ob mit ihr etwas nicht in Ordnung war, ob hinter den scheuen Blicken, die sie ihm immer wieder zuwarf, vielleicht ein schlechtes Gewissen steckte. Sie verschwieg ihm doch etwas! Das lag doch auf der Hand! Und den Grund dafür würde er schon noch herausfinden.

Sein Verdacht bestätigte sich, nachdem er ihr zweimal dieselbe belanglose Frage gestellt und sie, als wäre sie mit ihren Gedanken woanders gewesen, ihn nur zerstreut angesehen hatte. Da musste also in ihrem Kopf etwas vorgehen, das sie mehr als seine Person und dieses Essen zu beschäftigen schien.

Er nahm sich aber vor, sich so zu verhalten, als wäre nichts geschehen. Das gab ihm mehr Freiraum, sie unbefangen zu beobachten. Doch abgesehen von ihrem etwas verträumten Blick fiel ihm in ihrem Benehmen nichts Rätselhaftes auf. Alles war wie immer, das Essen stimmte wieder, und im erotischen Bereich fehlte ihm weiterhin auch nichts.

Ruhe fand er trotzdem nicht. Etwas ihm nicht Bekanntes, Unerklärliches geschah mit ihr, daran kam er nicht vorbei. Und als er die Ungewissheit, was um ihn herum im Gange war, nicht mehr ertragen konnte, beauftragte er einen Privatdetektiv.

Jeden Montag und Donnerstag kurz nach der Mittagszeit fuhr sie, seinen Beobachtungen zufolge, zum Einkaufen in die Stadt, machte irgendwelche Besorgungen, mit denen sie bald fertig war, und hastete dann, wie vor einem Rendezvous, mit vor Aufregung geröteten Wangen und leuchtenden Augen immer in dasselbe Café.

Hastig Platz genommen, holte sie aus ihrer Handtasche Stift und Papier hervor und begann, noch bevor sie ihre Bestellung aufgegeben hatte, etwas aufzuschreiben. Ungefähr zwei Stunden schrieb sie ohne Unterlass, und jedes Mal, wenn die Zeit um war, unterbrach sie sich mit einem Seufzer, als wäre sie gern noch länger geblieben, und rief nach der Kellnerin.

Was, verdammt noch mal, mag sie nur zu schreiben haben, fragte er sich, und warum zum Teufel ließ sie kein Wort darüber verlauten? Was hatte sie vor ihm zu verbergen?

Die Antwort, da war er sich ganz sicher, würde er nur in diesen Heften finden. Er wartete also ab, bis sie außer Haus war, machte sich sofort auf die Suche und fand ohne jegliche Mühe im untersten Fach ihres Schreibtischs die mysteriösen Dinger.

Die Harmlosigkeiten, die er dann las, schafften die Sache aber keineswegs aus der Welt. Von einem anderen Mann war nirgends die Rede, und auch sonst stand darin nichts Anrüchiges, doch in diesen unschuldigen Betrachtungen über Gott und Himmel war etwas Unheimliches, etwas für seine Lebensordnung und seine Gewohnheiten Fremdes und sogar Bedrohendes.

Es wäre ihm lieber gewesen, einem Liebhaber auf die Spur zu kommen, dann hätte er wenigstens gewusst, was zu tun gewesen wäre. So aber, das ahnte er deutlich, hatte er es mit einem unsichtbaren, unantastbaren, mit der Zeit immer unberechenbar werdenden Störenfried zu tun, dem er nicht gewachsen war. Und wer weiß, ob sie sogar nicht einen Anspruch auf ihn haben durfte, denn von ihm bekam sie womöglich etwas, das er ihr zu geben nicht im Stande war.

DIE KRÄNKUNG

Seit langem wusste er, dass sie für Ärzte eine Schwäche hatte. Allein wie sie in ihren weißen Kitteln auftraten, wie besonnen und sicher sie die Geschicke leiteten, ob bei der Feststellung einer Diagnose, der Bewertung eines Röntgenbildes oder am Operationstisch, sie waren eben diejenigen, die jede Verantwortung für den Patienten trugen, allein und selbstsicher.

Kein Doktortitel machte sich in ihren Augen besser als der eines Arztes, und die Tatsache, dass auch ihr Einkommen nicht gerade zu verachten war, verheimlichte sie nicht.

Im vorletzten Jahr hatte es ihr ein dunkelhaariger Zahnarzt mit glühenden Augen und einem markanten Kinn, der unentwegt durch ihre Fantasien flimmerte, angetan.

Plötzlich hatte sie alle naselang Beschwerden gehabt: einmal war es eine Krone, die drückte, ein anderes Mal ein pochender Backenzahn, dann ein Fleck auf dem Schneidezahn, der ihr allzu sehr ins Auge stach. Bekam sie nicht sofort einen Termin, ließ sie sich auf eine Wartezeit ein, auch wenn es Stunden dauerte.

Im vergangenen Jahr war es ein Physiotherapeut, ein breitschultriger, blonder Hüne mit einem Waschbrettbauch, der sie dazu entflammt hatte, ihn zweimal die Woche aufzusuchen, um sich dehnen, biegen und zurechtzerren zu lassen.

Auch ein Naturheilpraktiker hatte ihre Gefühle einst mächtig aufgewirbelt und es geschafft, dass sich ihre Welt eine kleine Ewigkeit nur noch um

Körper und Geist reinigende Kräutermixturen drehte.

Sobald sie auf ihre Halbgötter in Weiß zu sprechen kam, fühlte er sich immer so überflüssig, so beiseite gestellt, als wäre er ein Nichts und Niemand für sie. Dabei hatte es eine Zeit gegeben, als sie ihm sehr zugetan war, denn außer ihm war da keiner gewesen, der mit ihr etwas Ernsthaftes vorgehabt hätte.

Nun, auch wenn sie nicht gerade als eine Schönheit zu betrachten war, für ihn war sie eben attraktiv genug. Es stimmte zwar, dass ihr Gesicht weder vor Liebreiz noch sonst einem Zauber strotzte, da war jedoch ein wilder, leidenschaftlicher Schimmer in ihren Augen, wie er ihn bei anderen Frauen nie entdecken konnte. Auch ihre Figur, an der es an keiner Stelle zu viel oder zu wenig gab, ihr anmutsvoller Gang, und nicht zuletzt ihr dunkelrotes, dickes Haar, das widerspenstig ihren zierlichen Kopf umspielte, nahmen ihn für sich ein.

Wenn er an die ersten gemeinsamen Jahre dachte, konnte er sich an nichts, das ihm gefehlt hätte, erinnern. Mit allem war er zufrieden gewesen, und auch sie hatte sich nie beschwert.

Ihre Interessen und Ansichten ergänzten sich, den Alltag bewältigten sie zu gleichen Teilen. Sie hatten es gern sauber und aufgeräumt, bevorzugten eine rustikale Einrichtung, ernährten sich vegetarisch und rauchten und tranken nicht. Selbst was den Nachwuchs anging, waren sie sich von Anfang an einig gewesen. Er wollte nicht, sie wollte nicht: ein Dasein mit Brei und Windeln, Geplärre und Trotzphasen - das war nichts für sie.

Abends nach der Arbeit wollten sie ihre Ruhe haben, sich einen Film im Fernsehen ohne innerliche

Nachwehen anschauen und dann zeitig ins Bett gehen, um am nächsten Morgen ausgeschlafen und munter ihre Pflichten zu erfüllen.

Samstags stand ein gründlicher Hausputz an, er übernahm Küche und Bad und sie den Rest. Danach fuhren sie auf den Biomarkt, wo sie sich für eine Woche mit Obst und Gemüse eindeckten, und sonntags ging's ins Grüne, irgendwo wurde zu Mittag gegessen und am frühen Abend bei einem Glas Wein in ihrem Stammlokal das Wochenende besiegelt. Spielte das Wetter nicht mit, besuchten sie eine Ausstellung oder gingen ins Kino.

Alles in allem waren sie ein homogenes Paar.

Irgendwann aber hatte sich in ihren Mundwinkeln ein Zug eingeschlichen, der vorsichtig auf etwas an ihr Nagendes deutete. Seitdem stimmte ihre beider Welt nicht mehr.

Darüber beunruhigt, hatte er sich doppelte Mühe gegeben, ihr zu imponieren, doch ihr misshelliges Gesicht dunkelte sich immer mehr ein.

Verunsichert und unwissend, wie er sich nun verhalten sollte, ließ er sie bald in Ruhe, bald umgarnte er sie, doch egal, was er tat, es war das Falsche.

Sie wurde unwilliger und kälter, ohne dass er wusste, was mit ihr los war, bis sie dann einen lächerlichen Streit wegen eines verschwundenen Haarnetzes vom Zaun brach und mit der Sprache herausrückte.

Was er zu hören bekam, erschütterte ihn: er sei fad, langweilig, ohne Ehrgeiz, und das Leben mit ihm wäre immer gleich. Warum könne er sich nicht einmal andere zum Vorbild nehmen, die Nachbarn von gegenüber zum Beispiel, die es trotz ihres Hausbaus schafften, noch schick in Urlaub zu fahren. Oder ihre Freunde Helga und Dieter, die in einem gehobenen Bekanntenkreis verkehrten, zu dem Bauunternehmer, Geschäftsleute und sogar ein Richterehepaar zählten. Er und sie hingegen trafen sich immer mit denselben langweiligen Kollegen, die bis zum Erbrechen über gestörte Zugverbindungen oder zu wünschen übriggelassene Urlaubshotels und Restaurants plapperten.

Und als er dann, wie vor den Kopf geschlagen, wissen wollte, was sie eigentlich von ihm verlangte, hatte sie ihn mit einem *Ach, mein Gott, bist du ein verstaubter Bürohengst* perplex stehen lassen.

Sie veränderte sich rapide, entflammte sich plötzlich für antike Möbel, gab mehr Geld für Kleidung aus, ging öfters zur Kosmetikerin, und ihrem alten Friseur, dem sie schon eine Ewigkeit eine treue Kundin gewesen war, hatte sie Ade gesagt, denn jetzt musste es ein bekannter Stylist sein.

Auf die Sonntagsspaziergänge und das vertraute Weinlokal hatte sie keine Lust mehr, und um die Wohnung sollte sich gefälligst eine Putzfrau kümmern, weil sie mit einem Mal ihren gepflegten Händen die ätzenden Seifen und Scheuermittel nicht mehr zumuten mochte.

Sie verdiente weniger als er, ließ aber die Kosten für ihre gestiegenen Ansprüche wie selbstverständlich von ihm ausgleichen. Er bat sie, etwas kürzer zu treten, denn er kam mit all den neuen Ausgaben kaum noch hinterher, sie aber warf ihm vor, knickrig zu sein und zuckte geringschätzig die Achseln.

Seine Verzweiflung saß tief. Ihre offensichtliche Abneigung hätte ihn fast schon dazu gebracht, sie zu verlassen, doch eine winzige Hoffnung, die Wogen könnten sich glätten, glomm immer wieder in ihm auf und hielt ihn von diesem Schritt ab.

Als sein Sparbuch mächtig geplündert war, zwang er sie, ihre Einkäufe zu drosseln.

Worte, wie sie darüber dachte, hätten kaum deutlicher aussprechen können, was ihre Miene verriet.

Er litt wie ein Hund, denn er liebte sie wie am ersten Tag, aber die Angst, sie vielleicht doch zu verlieren, konnte er nicht länger ertragen. Und als sie neulich noch ihren neuen Augenarzt zu beschwärmen anfing, stürzte die Welt für ihn endgültig ein.

So ging es nicht weiter. Er versuchte, sie zur Rede zu stellen, doch sie war in Eile, ihr Stylist wartete.

Na, wenigstens der ist keine große Gefahr, dachte er, bitter lächelnd, denn der war *vom anderen Ufer*.

Nachdem sie fort war, ging er auf den Balkon. Eine frische Brise wehte ihm angenehm ins Gesicht, und auf einmal spürte er, wie seine Gedanken zur Ruhe kamen. Sein Entschluss war gefasst.

Am nächsten Morgen beim Frühstück hatte er das Bedürfnis, mit ihr zu reden, egal worüber, nur um ihre Stimme noch einmal zu hören.

„Warst du nicht gestern bei deinem Stylisten? Mir fällt gar keine Veränderung an deiner Frisur auf."

„Was?", fuhr sie irritiert hoch, sich das Pony zurechtzupfend.

„Sie siehst noch genauso aus wie vorher," sagte er.

„Für so etwas wie für einen diskret angepassten Nachschnitt hast du wohl keinen Blick," sagte sie herablassend.

Grußlos, ohne ihn noch eines Blickes zu würdigen, ging sie zur Arbeit. Er räumte den Tisch ab, stellte das gebrauchte Geschirr in die Spülmaschine und kehrte die Küche aus.

Gegen Mittag machte er sich auf den Weg zu einem stillen, abgelegenen Ort am See, wo er mit ihr früher oft gewesen war, und knüpfte sich an einer alten Eiche auf.

Vorher hatte er sich noch ausgemalt, wie sie sich im Spiegel mit ihrem aufgebrezelten Haarschnitt, den unangemessenen jugendlichen Klamotten und der dick aufgetragenen, doch machtlos gewordenen Schminke gegenüberstand und sich eingestehen musste, dass sie den einzigen Mann, der sie wirklich liebte, verloren hatte. Erst dann, mit dem erlösenden Gefühl, sie zurückgewonnen zu haben, legte er sich den Strick um den Hals.

DIE FREMDE FRAU

Wie Tilda, mager, mit hohlen, blassen Wangen und dunkel umringten, melancholischen Augen, wie nach einer schweren, gerade überwundenen Krankheit, da plötzlich vor mir im Einkaufszentrum stand, tat sie mir leid.

„Wieder auf der Höhe bin ich momentan nicht so ganz, aber es wird schon wieder," sagte sie mit einer dünnen, doch sicheren Stimme, die darauf schließen lassen sollte, es ginge tatsächlich mit ihr aufwärts.

Dass Hermann sie verlassen hatte, davon hatte ich gehört, obwohl ich, eine, die mit ihrem Verdienst gerade mal so über die Runden kam, sich nicht direkt zu ihrem Freundeskreis zählen durfte. Ich wurde nämlich von Tilda einer Welt zugeordnet, die sich mit der ihrigen nicht vertrug.

Das hatte ich ihr auch nicht übelgenommen, denn mit diesem kümmerlich langweiligen Klientel, über das sie immer ausladend sprach, Bekanntschaft zu machen, war mir zu keiner Zeit einen Pfifferling wert gewesen.

Bei Tilda und ihresgleichen drehte es sich vornehmlich um Geheimtipp-Restaurants, exklusive Wellnesshotels mit Ganzkörperpflege und Massagen mit erlesenen, ätherischen Ölen, Whirlpool, Basenfasten und Fitness.

Ich hatte sie vor Jahren während eines Theaterbesuchs kennengelernt, als sie mich mit einem Glas Sekt in der Hand in der Pause ansprach und nachfragte, ob ich ihr vielleicht sagen könnte, worum es in diesem Stück eigentlich geht.

Ihre Unkompliziertheit hatte mich umso mehr verblüfft, da es sich nicht um die *Kamikazeinterpretation* eines Möchtegernregisseurs handelte, wie es heutzutage oft der Fall ist, sondern um die solide Umsetzung eines klassischen, leicht verständlichen Dramas von Gerhard Hauptmann. Von ihrer naiven Unwissenheit angetan, erklärte ich ihr die Hintergründe der Handlung.

Davon beeindruckt, bat Tilda mich um meine Telefonnummer und hatte, da sie auch gern las und Wert auf mein literarisches Urteilsvermögen legte, seitdem immer wieder meine Gesellschaft gesucht.

Außerdem pflegte sie unbekümmert mit mir über ihr desastervolles Privatleben zu reden, da sie nicht fürchten musste, mit billigen Ratschlägen überhäuft zu werden wie bei ihren Freundinnen.

Nach ihrem Nervenzusammenbruch, den sie erlitten hatte, als Hermann sich von ihr trennte, war es jedoch eine ganze Weile zwischen uns still geworden.

„Wenn du magst, setzen wir uns irgendwo gemütlich hin, und ich erzähle dir alles," schlug sie mir mit einem so erwartungsvollen Blick vor, dass ich nicht ablehnen konnte.

Kurz darauf saßen wir in einem Wiener Café, und ich wurde ermuntert, bei der Bestellung nur ja nicht auf den Preis zu achten.

„Das Finanzielle wenigstens stimmt bei mir, dafür habe ich aber auch hart kämpfen müssen," sagte sie nicht ohne Stolz, „du weißt ja …" sie rollte vielsagend die Augen, „wie kleinlich Hermann mit seinem Geld war, sobald es um mich ging. Diesmal jedoch habe ich nicht locker gelassen und ihn ausgepresst wie eine Zitrone. Hermann hat natürlich auf der

Wohnung bestanden. Die war ja schon immer sein Augapfel gewesen ... der kostbare Stuck, der Parkettboden, das Berliner Zimmer, der große Balkon mit dem schmiedeeisernen Jugendstilgitter ... Schön und gut, aber dort wohnen bleiben nach allem, was passiert ist? Also nein, das wäre für mich nie im Leben in Frage gekommen."

Eine Frau um die fünfzig in einem eleganten Jäckchen und einem Rock, der ihre wohlgeformten Waden anmutig umspielte, sah beim Betreten des Cafés suchend um sich und nahm an einem Ecktisch Platz. Ihre zierlichen Hände steckten in hellen Spitzenhandschuhen, die sie mit einem zerstreuten Gesichtsausdruck abstreifte, und dann, kaum beiseite gelegt, mit einem in ihre Gedankenwelt versunkenen Blick, wieder anzog, ohne es zu merken. Ihre Lippen flüsterten unaufhörlich vor sich hin, als spräche sie mit einer imaginären Person, mit der sie sich über irgendetwas nicht einigen konnte.

„Die Hälfte des Vermögens habe ich ihm abgeköpft," frohlockte Tilda. „Du hättest ihn sehen sollen! Geschäumt hat er vor lauter Wut, als er den Vertrag unterschrieb. Und eine monatliche Zuwendung - Unterhalt steht mir ja nicht zu, da ich selbst genug verdiene - habe ich auch noch aus ihm herausgequetscht. Ansonsten, das wusste er, hätte ich mich nicht scheiden lassen, und genau das war der Knackpunkt. Um die andere heiraten zu können, hatte er um jeden Preis die Scheidung gebraucht. Der Narr ... als ob diese kleine Sekretärin ihm davongelaufen wäre ..."

Tilda winkte der am Tresen träge stehenden Kellnerin zu.

„Was nimmst du noch? Ein Nein gibt es nicht. Ein Glas Rosé vielleicht? Es ist zwar noch etwas früh, aber was soll's! Man muss die Feste feiern, wie sie fallen."

Die Kellnerin, groß, kräftig, mit einer glatten, zurückgekämmten Turmfrisur und einer von Hochmut gezeichneten Miene, als liege das Herrschen in ihrer Natur, kam ohne Eile in einem sich bedachtsam wiegenden Schritt an unseren Tisch. In ihrem dunkelblauen, über den Hüften straff sitzenden Rock und der Bluse mit den geknöpften Taschenaufschlägen sah sie aus wie eine Straßenbahnschaffnerin, wie es sie in meiner Kindheit gegeben hat.

Zu meinem Erstaunen bestellte Tilda zwei Krabbencocktails und zwei Gläser Sekt. So spendabel hatte ich sie, die nicht weniger stramm als ihr Mann ihr Geld zählte, noch nie erlebt.

„Das musste jetzt einfach mal sein," sagte sie beschwingt. „Ist doch sein Geld, das ich da verprasse. Irgendwann einmal werde ich ihm eine Auflistung all meiner Ausgaben schicken mit einem schönen Gruß dazu. Schon jetzt genieße ich den Gedanken, wie der sich grün und blau ärgern wird."

Mit einem *wohl bekomm's, die Damen* servierte die Kellnerin die Getränke und das in feinen Glaskelchen appetitlich angerichtete Mus.

„Ach, jetzt geht's mir gut," seufzte Tilda zufrieden und nahm eine Kostprobe. „Ich weiß gar nicht, wie lange es her ist, seit ich noch einmal mit einer Freundin ausgegangen bin … Ist halt kaum mehr eine übriggeblieben. Fast unser gesamter Bekanntenkreis hat sich auf Hermanns Seite geschlagen … Als ob nichts dabei wäre, die Ehefrau einfach gegen eine Jüngere einzutauschen."

Tildas Gesicht hatte sich verdüstert.

„Selbst Swantje hat sich von mir zurückgezogen. Gut, ihr Mann und Hermann sind alte Geschäftsfreunde, aber sie war doch auch meine Freundin ... Gerade von ihr hätte ich mehr Solidarität erwartet."

Ich erinnerte mich an Swantje, der ich, als Tilda vierzig wurde, an der Geburtstagstafel direkt gegenübergesessen hatte. Kaum dass ich zur Tür herein war, hatte sie ihren boshaften Blick schon auf mich gerichtet, als hätte sie es aus irgendeinem Grund auf mich abgesehen.

„Du musst wohl das Kindermädchen sein, das sich verspätet hat?" sagte sie herablassend.

„Das ist die Schriftstellerin, von der ich dir erzählt habe!", klärte Tilda sie auf.

„Ach ... und was schreibt sie denn so?", fragte Swantje, die Augenbrauen herablassend hochziehend.

„Geschichten ... Literatur eben," erwiderte Tilda.

„Tatsächlich? Worüber denn?"

„Über das Unsichtbare, das Verborgene eines Menschen, würde ich sagen," meinte Tilda ein wenig ungehalten, als sei es ihr plötzlich peinlich geworden, mich eingeladen zu haben

„Wow!", spottete Swantje und richtete ihr garstiges Augenmerk wieder auf mich. „Und kann man davon leben?"

„Ich komme zurecht," kam ich Tilda diesmal zuvor.

„Die haben mich alle im Stich gelassen," fuhr Tilda mit kläglich gefärbter Stimme fort, „alle außer Rina, die den Weinkeller führt, du weißt schon ... Die ist mir treu geblieben. Aber wahrscheinlich auch nur, weil sie keinen Kerl hat, den ich ihr hätte abluchsen können. Haben die sich vielleicht alle ins Hemd gemacht. Als ob ich nichts anderes im Kopf gehabt hätte, als ihren Männern schönzutun!"

Das Gesicht der unbekannten, so lebhaft mit ihrem Fantasiebild sich unterhaltenden Frau war vor Erregung rot angelaufen. Die Kellner, die am Tresen standen, beschielten sie schäbig, die Mienen hämisch verzogen, als fürchteten sie, die Verwirrung dieser *Verrückten* könnte auf sie übergehen und sie wie eine ansteckende Krankheit infizieren.

„Nun ja ..." schallte Tildas Stimme an mein Ohr. „So sind sie eben, die lieben Freundinnen, wenn sie unverhofft meinen, um ihr Eingemachtes fürchten zu müssen. Sie gehen auf Nummer sicher und fahren schon ihre Geschütze auf, noch bevor die vermeintliche Feindin überhaupt einen bedrohlichen Gedanken gefasst hat."

Die Lippen der unbekannten Frau waren plötzlich verstummt. Den Kopf leicht zur Seite geneigt, starrte sie mit einer von Verzweiflung und Resignation gezeichneten leblosen Miene ins Leere.

„Und nun möchte ich dir etwas erzählen ... etwas, das dich umhauen wird," blühte Tilda unversehens wieder auf und bestellte bei der sich an der Theke langweilenden Kellnerin lautstark noch zwei Gläser Sekt. „Dass ich überhaupt zu so etwas fähig war ..." ging sie, mit vor Schadenfreude glühendem Gesicht, geheimnisvoll aufblickend, weiter. „Ha! Das lasse ich mir patentieren! Also, nie hätte ich gedacht, dass ich einmal jemanden so hassen könnte, wie ich Hermann gehasst habe, als er mich vor die vollendete Tatsache gestellt hat, sein weiteres Leben mit dieser Tussi verbringen zu wollen. Ich kam mir vor wie ein Besen, der treue Dienste geleistet hatte und mir nichts, dir nichts ausgewechselt wurde, weil gerade ein neuer zur Hand war ... Ja, und dann reifte die Idee, es ihm zurückzuzahlen, in mir heran ..." Tilda gluckste vor lauter Vergnügen. „Als wir damals die Wohnung einrichteten, besorgte Hermann schicke Gardinenstangen ... so lange, schmale, aus edlem Metall und innen hohl, mit hübschen, abziehbaren Aufsätzen an den Enden ... Du rätst nicht, was ich mir habe einfallen lassen ..." Um die Spannung zu erhöhen, machte Tilda eine Pause.

„Ich habe Krevetten besorgt und damit die Gardinenstangen vollgestopft. Und einen Tag später bin ich ausgezogen ... Natürlich musste ich unbedingt auf dem Laufenden sein und machte deswegen gelegentlich einen Sprung zu unserer Hauswirtin ... Na, die hatte mir was zu berichten gehabt!"

Tildas weit aufgerissene Augen verdrehten sich verzückt.

„In der Wohnung da oben stimme etwas nicht, sagte sie, da sei ein so komischer Geruch aufgetreten ... wie nach faulem Fisch ... Klar doch, denn die Aufsätze waren mit luftdurchlässigen Ornamenten ausgestattet," japste Tilda vor Freude. „Das sei aber merkwürdig, habe ich ihr gesagt, als ich da noch wohnte, hat es nie nach etwas gerochen. Woher könnte der Geruch denn kommen? Das eben finde niemand heraus, hat mir die Hauswirtin mitgeteilt, die hätten schon alles versucht."

Tilda wieherte vor Lachen, konnte kaum weitersprechen.

„Die Sanitärleitungen wurden überprüft ... das ganze Bad auf den Kopf gestellt ... die Tapeten heruntergerissen ... der Teppichboden entfernt ... aber entdeckt haben sie nichts. Im Gegenteil!

Der Gestank wurde von Tag zu Tag unerträglicher. Und jetzt kommt's! Vor einer Woche erschienen bei Hermann die Möbelpacker ... er hat nämlich das Handtuch geschmissen und sich entschlossen auszuziehen ... und so sparsam veranlagt, wie er eben ist, hat er alles aus der Wohnung mitgenommen ... auch die Gardinenstangen!"

Den Kopf nach hinten werfend, laut in die Hände klatschend und sich auf die Schenkel klopfend, schossen aus Tilda die Lachsalven heraus. Alle im Café sahen zu ihr herüber mit einer vergnüglichen, sich auf ihren Gesichtern breit gemachten Anteilnahme.

Nur die Frau in der Ecke hatte nichts bemerkt, nichts gehört. Sie hockte da, eingefallen, mit einem verschleierten Blick in ihren Augen, ihren tonlos murmelnden Lippen, den unruhig zuckenden Händen. Demütig in sich zusammengekauert, war ihre Gestalt ein einziges Flehen um Gnade.

Mit einem Mal erstickte Tildas Gelächter, sie hatte mitbekommen, dass ich die Frau beobachtete.

„Warum siehst du sie denn so an?", wollte sie ernüchtert wissen.

Wie bei etwas Unredlichem ertappt, wandte ich mich rasch von der Fremden ab und versuchte, mich gleichgültig zu geben.

„Was ist denn mit ihr?", fragte Tilda erneut.

Die selbstsichere Überlegenheit, die sich ihrer gerade noch so bemächtigt hatte, war abrupt verschwunden, und in ihren Augen glomm etwas Ängstliches, Verlorenes auf.

„Was ist denn mit ihr?", sprach Tilda jetzt leiser, schon mehr zu sich selbst. „Ja, was denn ... was?"

Ihr immer schwächer werdendes Murmeln war in ein raues, fassungsloses Flüstern übergegangen, bis es nicht mehr zu hören war. Nur ihre Lippen bewegten sich noch. Genau wie bei der Unbekannten am Tisch in der Ecke.

DIE HALSKETTE

Nachdem er erfahren hatte, dass Alba sich einer riskanten Darmoperation unterziehen musste, bekam er es mit der Angst zu tun.

Er wusste nicht, was schlimmer war: der Gedanke, mit einer Frau, an der ein Plastikbeutel zum Verdauen hing, zu leben und mit ihr und diesem Ding Tisch und Bett zu teilen, oder die Vorstellung, dass sie, diese zierliche, zarte Gestalt, die schon von einer simplen Erkältung außer Gefecht gesetzt werden konnte, den Eingriff nicht überstand. Wenn er da nur an den letzten Winter dachte, als sie sich mit einem Husten herumquälte, der trotz reichlicher Behandlung lange nicht nachgeben wollte. Auch ihre ständigen Schwindelanfälle waren nicht ohne: einmal zu schnell aufgestanden, einmal zu schnell herumgedreht, und schon wurde ihr flau im Kopf. Und nun sollte sie etwas über sich ergehen lassen, das schon zähere Naturen in die Knie gezwungen hatte.

„Alles wird gut," sagte er immer wieder zu ihr, wenn ihr blasses, verschrecktes Gesicht mit den zuckenden Mundwinkeln ihm entgegenstarrte, obwohl auch sein Herz vor Unruhe bebte.

Und was wäre, wenn sie nicht mehr auf die Beine käme, wenn sie tatsächlich die Augen für immer schließen würde und er morgens allein aufwachen müsste ... für den Rest seiner Tage ...

„Dann stehst du schön dumm da," ätzte sich seine Schwägerin Pilar an ihn heran, „denn mit ihr ist nicht nur deine wunderbare Frau weg, sondern auch das Geld, das das Leben kostet."

Noch nie hatte diese unansehnliche, dickliche Kuh ihn leiden können und nichts ausgespart, um ihn bei Alba schlechtzumachen. Sie aber hatte ihn, der, außer seiner Staffelei, seinen Farben und Pinseln und seiner Liebe zu ihr, nichts besaß, geheiratet, denn für sie zählte die Liebe und nur die Liebe, die schon in ihrem Wesen fern jeglicher Berechnung ist.

Ihr so anmutig gehauchtes *Ja*, das in dem kühlen, weihrauchgeschwängerten Kirchengemäuer so schön, ihm so auf ewig ergeben geklungen hatte, war auch Pilar nicht entgangen, und ihr zusammengekniffener Blick, der selbst an der Hochzeitstafel nicht weicher geworden war, zeigte unmissverständlich, dass sie sich einfach nicht damit abfinden konnte, dass Alba sich mit diesem Vagabunden zusammentun musste.

Seine Heimat hatte er gewiss nicht wegen ihr verlassen, eher aus dem Unvermögen heraus, sich als Künstler zu bestätigen. Kein Wort über das für seine Malerei so unentbehrliche helle Licht des Südens, das ihm zu Hause in dem ständig verregneten Landnest fehlte und ihn in seiner Kreativität, mit Farben zu experimentieren, behinderte, hatte sie ihm geglaubt. Seine subtilen, introvertierten Bilder mit Tieren inmitten der skurrilen andalusischen Landschaft oder den wehmütigen, mit morbidem Beigeschmack heruntergekommenen Scheunen waren für sie ohne jeglichen Wert, und es hatte sie dementsprechend auch kaum überrascht zu hören, wie schwer er sich mit dem Verkauf seiner Werke tat.

Albas Mutter jedoch hatte gegen die Verbindung mit dem *alemán*, wie sie ihn alle hier nannten, nichts einzuwenden gehabt, denn immerhin war Alba schon Mitte dreißig - für spanische Verhältnisse schon so etwas wie eine überreife, sich am Ast kaum noch haltende Frucht - und durfte sich glücklich schätzen, noch gepflückt worden zu sein.

Auch von ihren Geschwistern hatte ihn keiner näher unter die Lupe genommen. Hauptsache Alba war glücklich; alles andere war zweitrangig. Einzig Pilar hatte bei jeder Gelegenheit gegen ihn gehetzt und nichts von dem, was er tat, anerkennen wollen, obwohl er den Garten pflegte, Obst und Gemüse anbaute und mit seinem handwerklichen Geschick jede Reparatur im Haus selbst erledigte.

„Ein Mann, der morgens nicht aus dem Haus geht, um für sich und die Familie das tägliche Brot zu verdienen, taugt nichts," beharrte sie mit trocken hämmernder Stimme und hochgezogenen Augenbrauen.

Alba arbeitete als Krankenschwester in einer staatlichen Klinik. Zum Verschnaufen blieb da keine Zeit. Immer rief jemand nach ihr. Selbst zur Toilette konnte sie nicht unbeschwert gehen. Und neben den ewigen Nachtdiensten war sie noch dazu diejenige, die an allen Feiertagen zum Dienst bestellt wurde, denn die anderen hatten Familie und deswegen Vorrang.

Alba war es allmählich satt gewesen, immer für das Wohl und die Bequemlichkeit anderer herhalten zu müssen. Nicht genug, dass sie in ihrem Alter noch keine eigene Familie hatte, Verständnis für die, die damit gesegnet waren, sollte sie auch noch aufbringen, ohne dass jemand von denen überhaupt einmal darüber nachdachte, ob sie den Silvesterabend vielleicht einmal woanders als auf der Intensivstation verbringen wollte.

Seitdem sie dann endlich einen Mann an ihrer Seite hatte, nahm sie es leichter, ihr Leben war nicht mehr leer, obwohl sie noch lange einem Kind hinterherträumte, während für ihn die Welt ohne Nachwuchs nicht unterging.

„Wir bleiben erst einmal ein Weilchen allein," hatte er ihr betörend ins Ohr geflüstert und sie dazu überredet, ihre Wohnung zu verkaufen und den Erlös in ein Häuschen am Stadtrand zu stecken, - mit einer Hypothek für den Rest, versteht sich - denn dort, wo sie wohnte, war es mit den herumlärmenden Nachbarn und ihrer herumkreischenden Brut zu laut und zu unruhig. Wie sollte er sich denn da auf seine Malerei konzentrieren, sich auf der Leinwand entfalten können? Dafür brauchte er Stille und Abgeschiedenheit.

In ihrer Glückseligkeit war sie mit allem einverstanden und hatte auch nichts dagegen gehabt, dass er ihr Einkommen verwaltete und sie mit einem Taschengeld abspeiste.

Bei jeder Anschaffung, ob es sich dabei um ein Kleid handelte, einem Paar Schuhe oder einem Ziergegenstand, in den sie sich vernarrt hatte, fragte sie ihn erst, und er wog dann das Für und Wider dieser Geldausgabe genauestens ab, was in den meisten Fällen darauf hinauslief, dass sie, einsichtig geworden, darauf verzichtete.

Ein schlechtes Gewissen, dass sie sich in allem nach ihm richtete, obwohl sie das gesamte Auskommen aufbrachte, hatte er nie haben müssen, denn für sie, die schon immer etwas schlicht im Kopf gewesen war und die es nie danach verlangt hatte, über ihren Horizont hinauszugehen, gehörte es sich einfach, sich seinen Bedürfnissen anzupassen und erst, nachdem sie befriedigt waren, an sich zu denken.

Gewiss, all die Jahre Tag für Tag war Alba unermüdlich für ihn dagewesen, hatte, was ihn störte, aus dem Weg geräumt, für sein leibliches Glück gesorgt, es ihm in jeder Hinsicht behaglich gemacht und ihn auch im Bett mit ihrer jungfräulich naiven Hingabe entzückt.

Das alles war zu einer Selbstverständlichkeit geworden, und der Gedanke, sie hätte vielleicht auch einmal im Zentrum seiner Aufmerksamkeit stehen wollen, war ihm nie in den Sinn gekommen. Warum auch?! Hatte sie sich jemals beklagt? Es war ihr doch nicht schlecht gegangen! Dafür musste man sie sich doch nur einmal anschauen! Allein ihr Lächeln, das wie das Licht einer ewig leuchtenden Kerze nie ausging, zeugte davon. Er war doch ihre Bestimmung gewesen und das so sehr, dass sie sogar nach und nach ihr Verlangen nach einem Kind aufgegeben hatte.

Jetzt aber, da sie ihn in ihrer misslichen Lage mehr als alles andere brauchte, zog er sich zurück. Er fühlte sich mit seinem in Unordnung geratenen Leben überfordert und suchte mehr denn je Ablenkung in der Malerei.

Alba kam mit dem Leben davon, ihr war lediglich ein Stück Dickdarm entfernt worden, das sie nicht weiter beeinträchtigen würde. Ein bisschen Schonzeit, bis sie wieder die alte war, brauchte sie noch, dann aber würde alles wieder in die gewohnten Bahnen zurückkehren. Er atmete erleichtert auf.

Doch als er sie aus dem Krankenhaus abholte und ihr kleines, erschöpftes Gesicht sah, auf dem sich das gewohnte Lächeln noch nicht wieder richtig halten konnte, packte ihn erneut die Furcht, sie könnte wieder krank werden. Ihm war erschreckend klargeworden, wie sehr er Alba brauchte und dass er sie unter keinen Umständen verlieren durfte. Dafür war er jetzt auch bereit, alles zu tun.

Er hatte sich geschworen, mit ihr sanfter umzugehen und sie zu hüten. Ab sofort würde er sie jeden Tag zur Arbeit fahren und nach Feierabend abholen. Das war ihm ihre Gesundheit wert, obwohl er den Tag lieber langsamer angegangen wäre. Er hätte gern wie sonst länger geschlafen, ausgedehnter gefrühstückt oder sich mit einer Kanne Kaffee gleich ins Atelier begeben. Diese Einschränkung aber war nicht zu umgehen, denn schließlich musste sie weiter das Geld nach Hause bringen, wenn alles beim Alten bleiben sollte.

Alba saß zusammengesunken auf dem Beifahrersitz, die winzigen, wie zum Gebet gefalteten Hände im Schoß haltend, als ihm plötzlich auffiel, dass ihre Fingernägel nicht lackiert waren.

Das wird schon, ermunterte er sich selbst; sie war eben noch nicht wieder so ganz auf dem Damm.

Er hatte das Haus in Ordnung gebracht, den Boden gewischt, sich um die Wäsche gekümmert, Blumen in die Vasen getan und einen Gemüseauflauf gebacken, da der Arzt ihr geraten hatte, mit Fleischgerichten noch vorsichtig zu sein. Und später wollte er mit ihr ausgehen, irgendwohin, wo man gemütlich bei einem Glas Wein und einem Häppchen den Abend genießen könnte.

Er überlegte, wann sie das letzte Mal um die Häuser gezogen waren und musste sich eingestehen, dass es schon eine ganze Weile her war. Er wusste, wie gern sie unter die Leute ging und wie viel es ihr bedeutete, sich zurechtzumachen, eine neue Frisur auszuprobieren, er aber hatte es vorgezogen, sich ins Atelier zu seinen Bildern zu verkriechen, um in seinen vom Wein beflügelten Fantasien endlich wie ein neuer Stern am Kunsthimmel aufzuleuchten.

Er war ihr nur selten entgegengekommen, und Alba hatte sich immer gefügt. Jetzt aber würde er aufmerksamer sein, ihre Wünsche berücksichtigen und vor allem nachsichtiger mit ihr umgehen, wenn sie etwas missverstand oder ihn mit ihrem Geplapper über alltägliche Nichtigkeiten ein Loch in den Kopf bohrte.

Alba freute sich über den festlich gedeckten Tisch und die Kerzen, und als sie dann hörte, dass sie später noch ausgeführt werden sollte, blühte ihr Lächeln wieder wie früher auf.

Sie hatte ein türkisfarbenes Kleid mit weißen Blumenmustern und einem Schalkragen gewählt. Ihr dichtes, schwarzes, mit bunten Klammern geschmücktes hochgestecktes Haar und das dezent aufgetragene Rouge ließ ihn an ihre erste gemeinsame Zeit denken, als sie, noch nicht verheiratet, kaum aus dem Bett herausgekommen waren.

Sie warteten, bis die Hitze nachließ und machten sich dann auf den Weg in die Altstadt, wo die abkühlende Dämmerung die Menschen aus den Häusern gelockt hatte. Aus den Restaurants drang lautes Stimmengewirr ins Freie und vermischte sich mit den werbenden Rufen afrikanischer Straßenhändler, die ihre Waren anpriesen. Aus allen Ecken ertönte Musik, und über das Pflastergestein polterten pittoresk bemalte Pferdedroschken mit vergnügten, sonnenverbrannten Touristen.

Alba, selig wie ein Kind, dem ein Herzenswunsch erfüllt worden war, spazierte an seiner Seite. Er hatte sich ihrem zierlichen Schritt angepasst, damit sie nicht zu schnell ermüdete.

Innig vereint schlenderten sie bald hier, bald dort hin, als sie an einem kleinen Laden vorbeikamen, der im Fenster eine Kette anbot, die auf Albas Kleid wie abgestimmt war.

„Sieh nur!", zupfte sie ihn am Ärmel.

Dass die Kette schön und farblich verblüffend zuspielte, räumte er ein, allerdings musste man sich fragen, ob sie noch immer so außergewöhnlich war, wenn man sich den Preis vor Augen hielt. Doch als ihn Albas sehnsüchtiger Blick traf, gab er sich einen Ruck.

Alba, von seiner Nachgiebigkeit überrascht, eilte ihm in den Laden voraus. Als er ihr nachkam, hatte der Verkäufer die Kette schon aus der Auslage genommen und sie unter ihrem entzückten Blick auf einem Tuch ausgebreitet.

„Nun?", sah sie ihn gespannt an.

Er sagte nichts; der Preis wurmte ihn erneut. Dann aber, sich daran erinnernd, dass sie ihm auf so wundersame Weise gesund erhalten geblieben war und er sich versprochen hatte, alles zu tun, damit sich daran auch nichts änderte, nickte er ihr zu.

Sie bummelten weiter, Alba hing an seinem Arm und hörte nicht auf zu strahlen, fasste immer wieder nach den Perlen, als wollte sie sichergehen, dass sie noch da waren.

Er hatte zwar vorgehabt, noch irgendwo einzukehren, doch die Ausgabe für die Halskette drückte ihn schwerer, als er sich vorgestellt hatte. Und jetzt noch ins Restaurant gehen! Dort bekommt man schließlich auch nichts umsonst. Er spürte, wie er ärgerlich wurde.

Alles hat seine Grenzen, dachte er, und wenn er jetzt nicht Acht gab und ihr zu viele Wünsche durchgehen ließ, könnte es in der Kasse knapp werden, zumal er an den vergangenen Wochenenden auf dem Kunstmarkt wieder kaum ein Bild verkauft hatte. Den Leuten gefiel zwar, was er malte, dafür in die Taschen langen wollten sie dann aber doch nicht. Ungeachtet dessen brauchte er neue Farben, und auch der chinesische Pinsel mit der breiten Quaste, mit dem man trotzdem nadelfeine Linien ziehen konnte, wenn man ihn nur richtig zu führen verstand, hatte es ihm schon seit längerem angetan.

Vorsichtig warf er ihr einen Blick von der Seite her zu. An ihrem Lächeln hatte sich nichts geändert, es leuchtete noch immer sanft vor sich. Bestimmt würde es ihrer guten Laune keinen Abbruch tun, wenn sie noch ein Weilchen umherspazierten und sich dann allmählich auf den Heimweg machten.

SO ETWAS WIE GERECHTIGKEIT

Immer wieder hatte Inga seine Fotografie neben dem Zeitungsartikel angeschaut, als könnte und wollte sie nicht begreifen, dass er so krank war und ihn ein erbärmliches Dasein im Rollstuhl erwartete. Wie alt er nur aussah mit den tiefen Kerben in dem ausgemergelten Gesicht, dem fast kahlen Kopf und dem von Qual und Hoffnungslosigkeit gezeichneten Blick! War er das überhaupt, er, der vom Schicksal immer so Verwöhnte mit seiner charismatischen Aura, an der keine Frau einfach so vorüberkommen konnte?

Es hing etwas Magisches in der Stille, wenn er vor seinen Chor trat, die Augen einen Moment lang weltentrückt geschlossen hielt, bevor er mit einer langsamen, eleganten Armbewegung den Einsatz gab.

Eine der Sängerinnen, eine kleine, biedere, brave Pfarrersfrau, die nach seiner Aufmerksamkeit fieberte, war nach einem Konzert auf Inga zugekommen, hatte sich vor ihr aufgebaut und ihr mit einem trotzig vorgeschobenen Kinn unverblümt verkündigt, dass er nur ihr gehöre und sie von ihm ablassen solle.

Und auch die hübsche, hochgewachsene Gemeindeschwester mit der leidenschaftlichen, klaren Stimme hatte ihn für sich beansprucht und Inga erklärt, dass sie nichts unversucht ließe, um sein Herz nur für sie zum Schlagen zu bringen.

Weder mit der einen noch der anderen hatte er sich aufgehalten, doch nie war Inga ruhig gewesen. Selbst an seinen Lippen, wenn er so tat, als liebte er sie wie keine andere zuvor, hatte ihr Herz nicht aufgehört, dumpf und ängstlich zu schmerzen, denn die ihn ständig belauernden Frauenblicke deuteten ihr unbarmherzig an, dass sie für ihn nur etwas Vorübergehendes war.

Es traf sie dann auch mit voller Wucht, als er ihr mitteilte, dass sie ihn auf seinem Weg nun so nicht länger begleiten könnte, er sich aber inniglich wünschte, eine andere Art der Beziehung mit ihr führen zu dürfen.

Jeder Schmerz wäre für sie weniger marternd gewesen als diese Worte, die ihr wie ein reißender Widerhaken durch die Seele fuhren.

Seine Neue hatte honigblondes, langes, sich sanft wellendes, über den Rücken fließendes Haar und einen Wimpernschlag, der nicht den geringsten Zweifel daran ließ, wie sicher sie sich fühlte, jede, die ihn bisher hatte aufblicken lassen, noch zu übertrumpfen.

Auch mit ihr ging es nur so lange, bis ihm eine Frischere in die Arme gestürzt kam, und ihr folgte eine Andere, die dann auch nicht besser dran war und sich die Augen aus dem Kopf weinte.

Sein Leben verlief in einem ständigen Wechsel von Gesichtern und Körpern, die ihn begehrend anlächelten und lockten; es war immer er, der die Wahl hatte zu nehmen, er, der zurückließ, was ihn nicht mehr reizte.

Selbst noch nach dem schweren Unfall, als ihn auf einer Landstraße ein entgegenrasendes Fahrzeug frontal erfasste, hätte es für ihn so weitergehen können, denn, nicht nur dass er, wie durch ein Wunder, mit dem Leben davonkam, ihm war auch jede ernsthafte Verletzung, jede Behinderung, die ihn aus seiner faden Eroberungssträhne hätte herausschleudern können, erspart geblieben.

Es sah ganz danach aus, als ließen die Götter ihren Liebling nach seinem alten Muster fortfahren, wäre da nicht diese in ihm schlummernde Erbkrankheit gewesen, die schon seinen Vater heimgesucht hatte und durch dieses unglückselige Ereignis in solch drastigen Schüben in Gang gesetzt wurde, dass er, bevor er überhaupt das ganze Ausmaß seines Untergangs begriff, sich von seinem Dirigentensockel schon verabschieden musste.

So also standen die Dinge jetzt um den Herzensbrecher mit dem einst so prachtvollen, gelockten Haar, seinem sinnlichen Mund, dessen bloßer Anblick einen schon die schönsten Wonnen erahnen ließ und seinem erobernden Blick, dem zu entkommen, einmal einfach unmöglich gewesen war.

Auch für Inga hatte es in seiner Nähe keinen Raum für Überlegungen gegeben, keine Zeit, um an ein Danach zu denken. In seinen Armen hatte sie alles vergessen und sich, ohnmächtig wie ein Blatt, das durch einen heftigen Windstoß seinen sicheren Halt am Ast verloren hatte, umhertreiben lassen und sich dann, vollkommen allein, gegen sein Kind entscheiden müssen.

Mehr als eine Ewigkeit hatte es gedauert, bis der dahinpochende Schmerz nachließ und Inga aus ihrem trostlosen Desaster wieder herausfand.

Ein Hauch von Bitterkeit von damals, als sie auf dem Schuldenhaufen ihrer Gefühle für alles hatte aufkommen müssen, war ihr aber für immer geblieben.

Doch bei der Vorstellung, wie er im Rollstuhl, stumm und gebrochen, sich selbst fragen würde, ob sich noch eine fände, die ihn hingebungsvoll durch den Park schob, war Inga mit dem Leid, das er ihr einst beschert hatte, ein wenig versöhnt.

AUSEINANDER

Endlich war die letzte Steckdose angebracht, die letzte Schraube hineingedreht und der Handwerker gegangen, und als am späten Nachmittag sich auch die Putzfrau verabschiedete, spiegelte sich der Lampenschein fröhlich in den blank gewischten, hohen Fenstern und auf dem frisch abgezogenen Parkett.
In diesem schmucken, geräumigen Zimmer, das zu ihrem alleinigen Reich in der Wohnung geworden war, stimmte jetzt einfach alles: das überströmend von draußen eindringende Licht, die freigelegten, fantasieanregenden Deckenbalken, die neue cremefarbene Seidentapete, die luftig hellen Satinvorhänge und die vielen hübschen Accessoires, die sie sich in den letzten Wochen angeschafft hatte.
Irma ließ ihren Blick zufrieden um sich gleiten. Am Fenster stand ihr Schreibtisch mit dem dekorativen Aufsatz; daneben zwei kleine Sessel und der Teewagen, den sie von ihrer Großmutter bekommen hatte. Das Klavier, dem sie sich jetzt mehr zu widmen versprach, sah sie erwartungsvoll an, und die gerade angeschaffte Hifi-Anlage lockte, die Luft mit einschmeichelnder Musik zu füllen. An den Anblick des nagelneuen, erst gestern gelieferten Bettes musste sie sich aber noch gewöhnen.
„So ein schickes Teil! Und nur für dich!", hatte Georg gesagt und noch schmunzelnd hinzugefügt, dass sie sich jetzt wieder wie früher, als sie noch nicht zusammenlebten, fragen konnten: „Wie sieht's aus? Gehen wir zu dir oder zu mir?"

Irma ließ sich in ihrem Schaukelstuhl nieder und versank, vom Hin und Her sanft eingelullt, in Bildern aus vergangenen Zeiten.

Wie lange es schon her war, als sie und Georg sich verliebt hatten und von Träumen beflügelt waren, wie frei, fern jeglicher Bürgerlichkeit, sie ihr Leben, mit der Sicht auf eine gerechtere Welt, gestalten wollten. Doch als ihre Pläne mit Studium, Beruf und Kindern in Erfüllung gegangen waren, hatte Georg mit einem Mal Kurs auf einen knallharten Karrieregang genommen, *um sich endlich auch wie all die anderen etwas mehr leisten zu können*. Und als auch das erreicht war und sie sich Dinge anschaffen konnten, die sie früher kaum interessiert hatten, war es zwischen ihnen immer stiller geworden.

Sie hatte es anfangs nicht wahrnehmen wollen und sich immer wieder etwas vorgemacht, wenn er länger im Büro blieb, doch als sie mit ihm einmal an einem verlängerten Wochenende nach Florenz reisen wollte und er sofort abgewinkt und etwas von neuen Mandanten, die seine Anwesenheit in der Kanzlei auch nach Feierabend erforderlich machten, gemurmelt hatte, musste sie eine seit langem schon in ihrem Herz anklopfende Erkenntnis, dass zwischen ihm und ihr eigentlich gar nichts mehr richtig lief, an sich heranlassen.

„Kann das denn nicht ein paar Tage warten? Die Mandanten laufen dir doch nicht weg, und bis es zum Gerichtstermin kommt, braucht es auch noch seine Zeit, und wir haben schon so lange nichts mehr miteinander unternommen," entgegnete sie gekränkt.

Zuerst wollte er nichts sagen wie immer, wenn er Stellung beziehen sollte, die Unangenehmes nach sich zog, dann aber sah er sie plötzlich mit einem festen Blick an.

„Drei Tage wir beide allein ist doch zu langweilig," gab er in einem Ton von sich, als rechnete er mit ihrem Verständnis.

„Was? Wie?", starrte sie ihn fassungslos, wie nach einem unerwarteten Schlag ins Gesicht, an. „Wie meinst du das?"

„Drei lange Tage, in denen wir von morgens bis abends aufeinanderhocken, meine ich."

„Ja und? Ich bin deine Frau, und wir verbringen schon unser halbes Leben zusammen."

„Eben! Und haben wir uns denn nicht schon alles gesagt? Ich weiß schon längst nicht mehr, worüber eigentlich wir noch reden sollen," bekannte er freimütig und blieb auch noch dabei, als sie die Farbe wechselte und es in ihren Augenwinkeln feucht zu glänzen begann.

Die Schultern zuckend und mit einem halbschiefen Lächeln des Bedauerns hatte er sich dann von ihr abgewendet, den Fernseher eingeschaltet und, als wäre nichts gewesen, sich in die Sportschau vertieft, und sie war ins Bad gegangen, hatte sich dort eingeschlossen und sich ausgeheult.

Um ihre Lage besser verkraften zu können, hatte Irma beschlossen, die Angelegenheit auf sich beruhen zu lassen. Wie klug sie daran getan hatte, erkannte sie ein halbes Jahr später, als Georg auf ihren Vorschlag, in einen anderen, gehobeneren Stadtteil zu ziehen, begeistert einging.

Anscheinend war sie ihm doch noch etwas wert gewesen, vermutlich weil sie ihn damals mit der Reise nicht weiter bedrängt und ihm die Hölle heiß gemacht hatte, denn nur zu gut war ihr sein genervtes Gesicht nach all ihren Szenen in Erinnerung geblieben, als sie vierzig wurde und er sich plötzlich bereit erklärte, jeden Samstag Vormittag seinen Sohn zum Fußballtraining begleiten zu wollen. Allerdings nicht so sehr um ihm beim Spiel zuzusehen, sondern um mit der jungen, gutaussehenden Mutter einer seiner Spielkameraden zu flirten. Ihm auf die Schliche zu kommen, war nicht schwer gewesen, so wenig Mühe hatte er sich gegeben, sein Interesse für diese Frau zu verbergen.

„Wenn du unbedingt meinst, dich nach einer anderen umschauen zu müssen, könntest du gefälligst etwas diskreter vorgehen!", hatte sie ihm verletzt und verachtend zugleich vorgeworfen.

Sein Verhalten war schnöde, das wusste er sehr gut. Er hatte sich auch kaum zurückgenommen, vielmehr sah es ganz danach aus, als hätte er sich endgültig entschieden, aufs Ganze gehen zu wollen.

„Es ist eben so," sagte er ungerührt, als handelte es sich um etwas, das nicht mehr zu ändern war.

„Und du meinst, dass ich da einfach so daneben stehe und mitansehen werde, wie du dich in die Arme einer Anderen wirfst? Nein, mein Lieber, eher lasse ich mich scheiden," ging sie mit plötzlich aufgekommenem Hass in die Offensive.

„Vielleicht sollten wir das auch tun, ehe der Rosenkrieg beginnt," meinte er gelassen.

„Daran hast du schon gedacht, nicht wahr?", sagte sie leise und spürte, wie sich ihre Kehle verengte.

„Ich weiß nicht … irgendwie schon," erwiderte er unbewegt.

Die gleichgültige, grausame Ruhe in seiner Stimme hetzte das Tier in ihr auf, das sich danach sehnte, ihn in Stücke zu reißen.

„Also gut! Wenn du glaubst, dass es mit uns nichts mehr wird, sollten wir getrennte Wege gehen, und das möglichst bald. Und wir machen fifty-fifty," warf sie ihm kalt ins Gesicht, obwohl es in ihr brodelte wie in einer Dampfmaschine.

„Wie?", fuhr er hoch. „Das kommt überhaupt nicht in Frage! Ich verdiene doch viel mehr als du, bedeutend mehr!"

„Dafür kümmere ich mich mehr um die Kinder," hielt sie, ihre Chance witternd, dagegen.

Nach dieser denkwürdigen Aussprache, die zu keinem einvernehmlichen Ende führen konnte, waren sie sich, so gut das eben in den eigenen vier Wänden möglich war, fast zwei Wochen aus dem Weg gegangen, bevor Georg dann mit dem Vorschlag, einen Tagesausflug ins Umland zu unternehmen, einlenkte.

Seitdem war von einer Scheidung keine Rede mehr gewesen, und da er angeblich schon ziemlich bald keine Zeit mehr gehabt hatte, seinen Sohn zum Training zu begleiten und sie das wieder übernehmen musste, glaubte Irma, seine Affäre als Ausrutscher eines von der Midlife-Crisis gebeutelten Mannes abschreiben zu können.

Die Jahre vergingen, die Kinder wuchsen heran, und als auch die Jüngere der beiden die häuslichen Gefilde verlassen hatte, war es in der Wohnung so gespenstisch leer geworden, dass sie zuletzt den hohlen Klang ihrer und Georgs Schritte nicht mehr ertragen konnte.

Dann hatte sie wieder das Gefühl gehabt, dass er sich mit einer Anderen abgab und durchlitt eine Heidenangst, erneut vor dem Aus ihrer Ehe zu stehen, wobei er, wer weiß, diesmal das Finanzielle außen vor lassen könnte.

Misstrauisch geworden war sie durch ein Telefongespräch, in das sie zufällig hineingeplatzt war. Wie auf frischer Tat ertappt, war er zusammengefahren und hatte sie mit einem peinlich berührten Blick angesehen.

Außer sich vor Wut hatte sie dann begonnen, in seiner Abwesenheit seine Taschen zu durchsuchen, jedoch nie etwas Verdächtiges gefunden, weder eine Hotelrechnung, die auf ein heimliches Rendezvous hinwies, noch einen Lippenstiftfleck am Hemd, und auch kein blondes Haar auf dem Jackett, wie sie es aus alten Filmen kannte.

Er musste aber etwas am Laufen gehabt haben, denn er war kaum noch zärtlich zu ihr gewesen. Es war ihr sogar so vorgekommen, als habe er jede Nähe, selbst ein rasches Streifen ihrer Hand, beflissentlich vermeiden wollen.

Sie hätte endlich reinen Tisch machen und ihn verlassen können, aber mit ihrem ergrauenden Haar, dem Falten werfenden Hals, den erschlaffenden Mundwinkeln und den verräterischen Altersflecken auf den Händen fand sich so schnell keiner mehr, der ihr ein gemeinsames Leben vorschlug. Und ein X-beliebiger, der sie nur nahm, weil auch für ihn der Zug abgefahren war, wäre für sie nie in Frage gekommen.

Nachdem sie sich den Weg eines Alters in demütigender Einsamkeit noch einmal in den schrillsten Farben ausgemalt hatte, war es für sie beschlossene Sache, ihm seine Affären zu lassen und darauf zu hoffen, dass sich aus keiner etwas Ernstes ergab.

Über die Jahre hatte sie sich den Tatsachen angepasst, auch wenn es ihr überhaupt nicht gleichgültig war, aber es war eben doch besser, betrogen zu sein als verlassen; und irgendwann wäre auch dieses Kapitel ausgestanden, denn selbst der zäheste Hahn kommt mit der Zeit zur Ruhe.

Aus ihren Gedanken zurückgekehrt, ließ Irma wieder ihren Blick umherschweifen. Noch immer gehörte alles, was sie sah, zu ihr, war ihr vertraut, nur das Gefühl, zu Hause zu sein, war nicht mehr da.

Zuerst war es nur eine Träne, die ihr ins Auge stieg, dann kam noch eine und noch eine, bis sich eine ganze Flut über ihr Gesicht ergoss und sie darin zu ertrinken glaubte.

DAS GESCHENK

Emmi hatte sich schon seit langem vorgenommen, die Kisten auf dem Dachboden zu durchstöbern, wo sie die Briefe ihrer Mutter aus ihrer Verlobungszeit, die sie wie ein Kleinod ein Leben lang gehütet hatte, zu finden hoffte.
Nachdem sie sich noch einmal vergewissert hatte, dass Arnos Sauerstoffmaske, falls er einen Anfall bekam, in Reichweite lag, stieg sie die schmale, steile Holztreppe hoch und stieß die schwerfällig knarrende Dachbodenklappe auf.
Wolken von sonnenbestrahlten Staubflöckchen zwängten sich durch die Ritzen der brüchigen Holzlatten; der Geruch von vor sich hin dämmerndem alten Kram erinnerte an eine Zeit, die von einfachen Freuden bestimmt war, als sie mit den Nachbarskindern Verstecken gespielt oder den geheimnisvollen Geschichten ihrer Großmutter über unruhige, durch die Nächte wandernde Geister gelauscht hatte.
Früher wurden hier die Winterkleider gelagert, leere Koffer untergebracht, Wäsche aufgehängt. Auch die in der Ecke vermodernde Matratze, die früher durch die Gegend ziehenden Vagabunden, die sich für ein Stück Brot und ein Dach über dem Kopf mit ein paar kleinen Arbeiten im Haus nützlich machten, gedient hatte, war noch da.
Aufs Geratewohl öffnete Emmi einen Kasten, der mit von Motten zerfressenen Wolldecken vollgestopft war; in einem anderen lagerten nur vergammelte Farbdosen und verrostetes Werkzeug; doch in einem Koffer zwischen vergilbten Büchern fand sie schließlich die Briefe. Zufrieden über ihren Fund

hatte sie gerade den Koffer schließen wollen, als ihr eine halbverdeckte schwarze Kladde auffiel.

Von Neugier erfasst, schlug sie die erste Seite auf und las sich, leichenblass geworden, was sich da plötzlich schwarz auf weiß vor ihr auftat, bis zum Ende durch.

„Das kann nicht wahr sein! ... Das gibt's doch nicht! ... Bespitzelt hat er mich? Die eigene Frau? Ein schmutziges Buch geführt über den ihm am nächsten stehenden Menschen?", flüsterte sie bestürzt vor sich hin.

Und warum nur? Hatte sie sich denn nicht mit ihren Äußerungen immer zurückgehalten? Schon allein seiner beruflichen Laufbahn zuliebe?

In ihrem Kopf ging es zu wie bei einem überdrehten Motor, der zu zerspringen drohte.

Mit einem Mal drängten sich ihr Bilder von einer lange zurückliegenden Gartenparty auf, als ihre Freundin Mariella sich von ihrer vom Wein locker gewordenen Zunge hinreißen ließ und zu Arnos Entsetzen - er stand kurz davor, im Krankenhaus Chef der Chirurgie zu werden - Witze über die Stasi riss. Er war zwar Mitglied der SED gewesen, doch nur um den Anschein zu wahren wie viele andere auch, die sich ihre Karriere nicht versauen wollten.

Unter den Gästen aber waren einige, die nicht zum engeren Kreis zählten, und die Gefahr, dass Mariellas freimütige Worte an die falsche Adresse gerieten, war nicht eben gering. Arnos Befürchtung, mit ihr in einen ungünstigen Zusammenhang gebracht zu werden, zeigte sich dann aber als unbegründet; der ersehnte Posten ging an ihn.

Weniger glimpflich jedoch war Mariella davongekommen.

Schon bald nach diesem unglückseligen Abend geschahen merkwürdige Dinge. Gerüchte wurden gestreut, sie trinke und vernachlässige ihre Arbeit, Nachbarn sahen sie schief an, und Kollegen verstummten, wenn sie den Raum betrat.

Dann war sie eines Tages verschwunden. Als sie nach einigen Monaten wieder auftauchte, war sie gebrochen und kaum mehr wiederzuerkennen.

Darüber, was mit ihr geschehen war, hatte sie kein Wort verlauten lassen. Sie war wie verstummt, und dann, eines Nachts, erhängte sie sich im Garten. Ihre Mutter, die sie gefunden hatte, starb ihr gleich hinterher; ihr armes, schwaches Herz konnte nicht weiterschlagen.

Es war in Arnos Berichten also gar nicht um sie, sondern um Mariella gegangen! Sie, als Mariellas Freundin, hatte für Arno nur als Sprachrohr gedient. Er, der im Freundeskreis immer selber gern über die Parteifunktionäre herzogen hatte, war also so abgrundtief niederträchtig und zynisch gewesen, um die Menschen in seiner Umgebung bewusst in Sicherheit zu wiegen und verborgene Gedanken aus ihnen herauszulocken.

Tränen wollten aus Emmis Augen herausbrechen, doch sie taten es nicht; auch ihr wie vom Donner gerührtes Herz schlug auf einmal unheimlich ruhig weiter.

„Da bist du ja endlich! Ich hatte wieder einen Anfall," sagte Arno mit erschöpfter Stimme, als sie zurückkam.

Sie starrte ihn schweigend an: ein Bündel von Haut und Knochen, trocken, brüchig, ausgefranst, als hätte der Krebs alle Säfte aus ihm ausgewrungen. Viel Zeit blieb ihm nicht mehr, höchstens ein halbes Jahr noch, bis seine vom Rauchen zerfressene Lunge endgültig verbraucht war.

„Ich bringe dir gleich dein Mittagessen," hörte Emmi es aus sich heraussagen, während sie in der Küche mit zitternden Händen eine Scheibe Brot in kleine, mundgerechte Stücke schnitt.

Er hatte sich ein wenig aufgerichtet und sah ihr, als sie mit dem Tablett kam, mit seinem gewohnt ergebenen Lächeln entgegen.

„Es tut mir leid, dass ich dir das Leben so schwer mache und dir nichts mehr als danken kann," flüsterte er mit stumpfer Stimme, als sie ihm geduldig Stück für Stück das Brot in den Mund schob. Kaum dass er fertig war, döste er schon mit seinem spitzen, grauen, vom Verfall gezeichneten Gesicht teilnahmslos vor sich hin.

Als er eingeschlafen war, legte sie die Sauerstoffmaske weit weg von ihm auf den Boden, setzte sich in die Küche und schaltete das Radio ein, um nicht zu hören, wenn er nach ihr rief. Eine tiefe, melancholische Stimme sang sehnsüchtig eine Arie aus *Carmen*.

Gegen sechs würde sie nach nebenan zu ihrer Freundin Cora gehen, die sich einen gemütlichen Abend mit einem köstlichen Essen und einem eigens für sie einstudierten *Impromptu* von Schubert als ein verspätetes Geburtstagsgeschenk ausgedacht hatte.

Noch drei Stunden, dachte Emmi mit einem Blick auf die Wanduhr.

Von der brausenden Musik zugedröhnt, schlummerte sie ein und wachte erst kurz vor sechs mit einem hämmernden Pochen an den Schläfen wieder auf.

Sie atmete mehrmals tief durch und ging ins Schlafzimmer.

Arnos Mund stand weit offen, der Blick seiner nach oben verdrehten Augen war erstarrt, ein Arm hing kraftlos am Bett herunter.

Emmi legte die Sauerstoffmaske wieder zurück, zog sich eine Jacke über und verließ das Haus.

Cora erwartete sie schon und drückte ihr gleich ein Glas mit goldgelbem Champagner in die Hand.

„Das ist dein Abend, meine Liebe, also prosit, und möge dein neues Lebensjahr leichter als das vergangene sein."

Zögernd, mit einem sich in ihren Mundwinkeln noch kaum eingespielten Lächeln, erhob Emmi ihr Glas. Sie dachte an Mariella und spürte einen prickelnden Rausch der Erleichterung in ihrer Brust.

DIE SCHULFREUNDIN

Einst hatte mich ein heftiger Regenguss in eine kleine Buchhandlung verschlagen, an der ich gerade vorbeikam.

Gleich am Eingang auf einem Tisch wurden Neuerscheinungen angeboten, die ich flüchtig streifte, als mir ein Buch mit dem Titel *Die Schulfreundin* von einer Autorin namens *Flora Herbst* auffiel. Der Name war mir bekannt, und die Erinnerungen an die Person, die ihn trug, kamen mir plötzlich und heftig entgegen.

Aus dem Dunkel des hinteren Ladenraums erschien die Buchhändlerin, eine silberhaarige, ältere Dame, und trat auf mich zu.

„Bemerkenswerte Erzählungen," sagte sie. „Ich kann nur hoffen, dass von dieser Autorin noch etwas erscheint."

Ich bezweifelte ihre Worte keinen Moment lang, nur zu gut wusste ich, dass es stimmen musste, was sie sagte.

Von einem Bildergewirbel aus der Vergangenheit überwältigt, kramte ich in meiner Handtasche nach einem Geldschein und bezahlte. Dabei war mir, als hätte ich etwas getan, wenn auch gegen meinen Willen, das sein musste.

Draußen schüttete und goss es so heftig, dass die Buchhändlerin mich einlud, im Laden abzuwarten, bis das Unwetter nachließ. Sie bot mir einen bequemen Sessel an und eine Tasse Kaffee. Ich könne getrost bleiben, sagte sie freundlich, sie schließe zwar gleich, habe aber noch einiges zu tun.

Ich machte es mir bequem, nippte an meinem Kaffee. Das Buch lag noch zugeschlagen auf meinem Schoß. Etwas hinderte mich, es zu öffnen, als hätte ich nicht so ganz das Recht dazu, doch dann setzte sich meine Neugier skrupellos durch. Aus dem Klappentext erfuhr ich, dass Flora für ihre Erzählungen bereits einen Literaturpreis bekommen hatte.

Sie hatte es also doch geschafft ... trotz allem ... Sie war einfach zu gut, um zu scheitern ...

**

Schon mehr als vierzig Jahre war es her, als wir die Sexta eines katholischen Mädchengymnasiums besuchten. Doch ihre zögernde und linkische Art, ihr immer etwas ängstliches Gesicht und der leicht verzogene Mund, als müsste sie sich gegen eine ungerechte Anschuldigung verteidigen, all das stand mir sofort wieder deutlich vor Augen. Mit ihrem strähnigen, unordentlichen Haar und ihren altmodischen Klamotten aus einer Tauschzentrale, wie man damals die Secondhandläden nannte, sah ich sie so klar vor mir, als ob es gestern gewesen wäre.

Vom ersten Schultag an hing sie an meinem Rockzipfel, klebte an jedem Wort, das ich von mir gab. Egal was ich sagte, sie bewunderte mich grenzenlos. Mir war das eher lästig, als dass es mir schmeichelte, doch etwas an ihr hatte mich berührt. Ich hatte irgendwie geahnt, dass sich hinter ihrem unsicheren, scheuen Gemüt etwas Besonderes, Seltenes verbarg, etwas in die Tiefe Gehendes, das sich noch nicht zum Ausdruck gebracht hatte. Dennoch, als Erste wäre ich nie auf sie zugegangen. Sie war nicht wirklich mein Fall, und auf der Suche nach einer Freundschaft für immer und ewig war ich auch nicht. Alles, was mir zu nah rückte, engte mich ein. Es ging keinen etwas an, was ich dachte und fühlte, welche Sehnsüchte und Träume ich hatte. Daran hat sich bis heute auch nicht viel geändert. Flora ließ ich jedoch näher an mich herankommen, als ich es jemals bei einem anderen Menschen zugelassen habe.

Ich bewies mich schon immer gern. Ich brauchte das Risiko, das Abenteuer; ich fürchtete keine dunklen Kellerräume, keine finsteren Nächte, kein Gewitter, keine Obrigkeiten, nicht einmal einem Schäferhund, der mir auf der Straße entgegenlief, wich ich aus. Flora aber starb allein schon tausend Tode, wenn ich ihr nur von meinen Wagnissen erzählte. Es amüsierte mich, sie in Angst und Schrecken zu versetzen. Dabei fühlte ich mich noch stärker, noch mutiger. Bald aber reichte mir das nicht mehr. Ich brauchte mehr Reiz in diesem Spiel und zwang ihr Mutproben auf, die ihr angeblich dazu verhelfen sollten, ihre Angst zu bändigen.

Ich verlangte von ihr, im Treppenhaus eines Parkhauses gegenüber der Schule zehn Minuten zu verbringen. Flora verlor alle Farbe im Gesicht, und ich hätte darauf schwören können, dass ihr Herzschlag vor Schreck einen Moment lang ausgesetzt hatte. Sich dort aufzuhalten, war Unbefugten nicht erlaubt, und sie, die zum Gehorsam erzogen wurde, wusste, was ihr blühte, wenn sie sich diesem Verbot widersetzte und erwischt wurde. Dass sie sich trotzdem auf die Sache einließ, sprach weniger für ihren Mut als für ihre Furcht, von mir abgelehnt zu werden, falls sie sich weigerte.

Wer in das Parkhaus hinein wollte, musste an einem Mann vorbei, der in einem kleinen Häuschen saß und die Tickets verkaufte.

Flora flitzte ungesehen in die Einfahrt und versteckte sich hinter einem Pfeiler, bevor sie in das widerlich nach Exkrementen riechende Treppenhaus hineinschlüpfte. Dann aber bekam sie eine Heidenangst, dass jemand auftauchen und sie schnappen könnte, und sie schoss kurz vor Ablauf der Zeit, als wäre der Teufel hinter ihr her, aus dem Gebäude wieder heraus. Trotz der vielen Versuche schaffte sie es nie. Ich sparte nicht mit verächtlichen Bemerkungen, drohte ihr sogar, sie links liegen zu lassen, bevor ich mich dann bereit erklärte, ihr noch einmal eine Chance zu geben.

Ich befahl ihr, über eine Mauer auf ein Garagendach zu klettern, doch auch das gelang ihr nicht. Zwar kam sie irgendwie noch hoch, aber weiter traute sie sich dann nicht mehr. Sie war davon überzeugt, dass das Dach sie nicht tragen könne und sie einstürzen würde. Ich hätte es dabei belassen sollen, doch meinem Drang, ihr überlegen sein zu wollen, konnte ich nicht widerstehen. Ich machte mich auf ziemlich schändliche Weise über sie lustig, schalt sie einen elenden Feigling und wer weiß noch was. Erst als ich sie weinen sah, war meine Eitelkeit befriedigt, und ich ließ sie in Ruhe.

**

Schon damals zeigte ich mich der Welt gern ungeniert und keck. Meine Fähigkeit, selbstbewusst und unerschrocken aufzutreten, imponierte vielen und brachte mich auf meinem Weg zu einem besseren Platz unter der Sonne weiter.

Flora war ganz anders. Ich kann mich nicht erinnern, dass sie einmal spontan aus der eigenen Schale herausgekommen wäre. Ihr Selbstvertrauen war dermaßen dürftig, dass, wenn ein Fremder sie freundlich ansprach, sie zunächst nicht wagte zu glauben, gemeint sein zu können und sich erst nach wiederholter Anfrage traute zu antworten.

Während ich das Rampenlicht und die Anerkennung suchte, blieb sie lieber im Schatten, immer ein paar Schritte vom Geschehen entfernt. Sie war eine von denen, die lieber schweigend beobachten und sich Gedanken machen, und das mit einer Aufmerksamkeit und analytischen Gabe, wie ich sie selten bei anderen entdeckt habe.

Sie war schon ein eigenartiger Mensch. Sie konnte viel einstecken, war dabei nicht nachtragend, immer bereit zu verzeihen. Dass sie einmal für jemanden ein wirklich böses Wort gehabt hätte, habe ich nie erlebt. Auch ihre Hilfsbereitschaft, die nie berechnend war, ist mir im Gedächtnis geblieben. Ohne dass ich sie je darum gebeten hätte, spitzte sie meine Buntstifte an, tauschte unbesehen ihr Pausenbrot mit mir und ließ mich in Geschichte und Erdkunde, den Fächern, die mich nicht besonders interessierten, immer abschreiben. Überhaupt hatte sie eine besondere Art, auf andere einzugehen und ihnen zuzuhören. Und wenn sie jemanden nach seinem Befinden fragte, sah sie ihn dabei warm und echt an, und man wusste, dass sie es wirklich wissen wollte.

Schon damals, als wir noch Sextaner waren, fantasierte sie ständig über alles Mögliche und verfasste Geschichten, die sie in ihren Schulheften oder auf kleinen Blöcken festhielt und mir zum Lesen gab. Sie schrieb über Ereignisse, die sie beunruhigten, wobei sie die Abläufe oft veränderte, um sie besser verkraften zu können. Meistens ging es dabei um

Fernsehsendungen und Bücher, in denen Kindern Unrecht geschah. Nie mehr bin ich einem Menschen begegnet, der das Leid eines anderen so nachempfinden konnte, wie sie es tat.

Da war diese dickbebrillte Ramona Klein gewesen, die immer in großkarierten Kleidern und plumpen Schuhen mit schiefen Absätzen herumlief, was ihre ohnehin nicht sehr anziehende Gestalt nicht unbedingt veredelte.

Mit keinem in der Klasse war sie zusammen zu sehen, den meisten war sie den Gruß nicht wert, sie gingen einfach an ihr vorbei. Einigen jedoch diente sie als willkommener Anlass für eigene Aufwertungen. Sie grinsten hämisch, wenn sie ihre Sechsen in Mathematik und Englisch bekam oder nach vorn gerufen wurde und wie blind vor der Landkarte stand, ohne eine einzige europäische Hauptstadt zeigen zu können. Am schlimmsten war es im Sportunterricht, wenn sie, unförmig und voller Scham in ihrem aus allen Nähten platzenden Turnzeug, von allen verachtend beglotzt, wie auf dem Präsentierteller stand und hoffte, diesmal nicht von der hageren, brustlosen Sportlehrerin aufgefordert zu werden, sich in die Ringe hängen oder über den Bock springen zu müssen. Alle wussten, dass sie es nicht schaffen würde, auch die Sportlehrerin wusste es, und dennoch wurde Ramona immer wieder von ihr an die Geräte befohlen, worauf die anderen nur gespannt warteten und laut lachten, wenn sie, in den Ringen hängend, tiefrot anlief oder sie wieder vor den Bock geknallt war.

Flora konnte diese Zurschaustellung, die regelmäßig den Sportunterricht kürte, kaum ertragen und schlug die Augen nieder, als ob sie sich beim

Hinsehen mitschuldig machen würde. In diesem abgewandten Blick war aber noch mehr verborgen: die Ahnung von dem Elend der wahren menschlichen Natur.

Es glomm in ihrem hellen Verstand eine Vorstellung, warum viele sich gut fühlen, wenn ein anderer gedemütigt wird. Nora schien begriffen zu haben, dass solche wie Ramona vom Leben nicht viel zu erwarten hatten und sie den *Erniedrigten und Beleidigten* nur dann Genugtuung verschaffen konnte, wenn sie in ihren Erzählungen mit der Wirklichkeit anders verfuhr. In Ramonas Fall drehte Flora den Spieß um und versah sie mit all den wunderbaren Eigenschaften, die ihr im wahren Leben fehlten.

Von ihrer neuen, kühnen Heldenrolle, mit der Flora sie in ihrer Erzählung so großzügig ausrüstete, hatte Ramona Klein keine Ahnung. Sie wusste nichts von ihrer hoch gewachsenen Gestalt, den schlank gewordenen Gliedern, dem wunderschönen, brillenlosen Gesicht und ihrem mit Witz und poetischem Esprit aufgefüllten Intellekt. Sie hätte sich bestimmt sehr gefreut, dass jemand sich für sie so ins Zeug legte, und vielleicht wäre ihr Schulalltag weniger schwer gewesen, doch ihr die Geschichte zu zeigen, hätte Flora sich geschämt. Schon bei dem Gedanken, Ramona hätte etwas davon gewusst, fühlte sie sich unwohl. Sie versuchte aber, ihr auf andere Weise Solidarität zu zeigen, indem sie immer freundlich zu ihr war und auf sie zuging, wenn sie in der Pause allein herumstand.

**

Flora war gerade elf geworden, als sie ihre Geschichten über ein Mädchen namens Paula zu schreiben begann, das aus einem strengen, düsteren, kleinbürgerlichen religiösen Elternhaus kam. Außer ihrem Vater fürchtete Paula am meisten den gnadenlosen Schulrektor, Herrn Kunert, der einem ohne Grund Strafarbeiten aufbrummen konnte. Nicht ohne war auch Pfarrer Schuh, der vor Beginn der Messe an die Kindersitzbank heranzutreten pflegte, Fragen aus dem Katechismus stellte und jeden ohrfeigte, der eine Antwort schuldig blieb. Auch unter den Nachbarn gab es einige, denen Paula lieber nicht begegnen wollte, weil sie ihr mit ihren gutgemeinten Bemerkungen und Ratschlägen aus der Mottenkiste immer gehörig auf den Wecker gingen.

Zu diesem zopfigen Klientel gehörte auch eine Frau Bruschla, die ihr Dasein mit Haus- und Gartenarbeiten totschlug und die restliche Zeit am Fenster, hinter der Gardine versteckt, nach draußen spionierte. Sie hatte zwar einen Mann, aber keine Kinder und auch kein Verständnis für sie: stets waren sie ihr zu laut, zu naseweis und zu sehr auf Unsinn hinaus.

Wie auch alle anderen Anwohner in Paulas Straße legte Frau Bruschla großen Wert darauf, von den Kindern gegrüßt zu werden. Dabei allerdings verlangte sie noch ein paar Extras. Der Gruß durfte auf keinen Fall muffig oder genuschelt klingen, sondern musste klar und deutlich sein und gefälligst ihren Namen enthalten. Ein einfacher Gruß wie *Guten Morgen* oder *Guten Tag* reichte ihr nicht, verärgerte sie nur. Sich ihrer Erwartung zu beugen, war Paula zuwider, und einmal hatte sie sich dazu nicht aufraffen können. Noch am selben Tag war Frau Bruschla bei Paulas Eltern erschienen, um ihre Empörung über dieses ungebührliche Benehmen kundzutun. Paula wurde hart bestraft, denn sie hatte ihre Eltern dazu gebracht, sich schämen zu müssen. Fortan grüßte Paula Frau Bruschla immer, doch ihren Namen sprach sie nicht mehr aus. Auch nicht auf Frau Bruschlas ausdrückliche Aufforderung und der Warnung, ihren Eltern wieder einen Besuch abzustatten, was aber nie geschah. Sie hatte wohl eingesehen, dass sie sich mit ihrem Gejammer auch lächerlich machen könnte.

Frau Bruschla tauchte in allen Geschichten um Paula auf. Flora schien es zu genießen, diese miese Gestalt in allen einzelnen Kleinigkeiten aufs Papier zu bringen; und das gelang ihr wunderbar.

Auch eine andere Person aus Floras Erzählungen ist mir lebhaft im Kopf geblieben, eine Frau Mennigen, deren Garten an den von Paulas Eltern angrenzte. Frau Mennigen war von großer, starker Statur und immer dunkel gekleidet. Auf ihrem rabenschwarzen, hochgesteckten Haar thronten kleine, altmodische Hüte mit Gardinen, durch die sich ein stechender Blick herausbohrte, der in jedem, der ihr begegnete, ein schauriges Gefühl hervorrief.

Frau Mennigen hatte einen blinden Mann, der immer eine große, finstere Sonnenbrille trug. Mehrmals am Tag ging sie mit ihm aus, führte ihn langsamen Schrittes durch das Viertel.

Frau Mennigen grüßte niemanden, und niemand grüßte sie. Wenn Paula sie nur schon von weitem sah, wechselte sie sofort die Straßenseite. Es war ihr unheimlich, an ihr vorbeizugehen und von ihr angesehen zu werden. Doch einmal auf dem Nachhauseweg hatte Paula vor sich hingeträumt und sah sie plötzlich auf sich zukommen. Erschrocken wollte

Paula rasch an ihr vorbei, als die furchtbare Frau sie am Ärmel packte und mit der Hand auf ein Stück Papier wies, das auf dem Trottoir lag. Sie herrschte Paula an, es aufzuheben, doch Paula weigerte sich. Frau Mennigen aber beharrte darauf, denn angeblich habe sie gesehen, wie Paula es fallen gelassen hatte. Das war natürlich eine Lüge, doch Frau Mennigen drohte ihr, sie anzuzeigen.

Von ihren Eltern wusste Flora, dass Frau Mennigen jeden anzeigte, der in ihren Augen etwas tat, was nicht rechtens war. Einmal hatte einer aus der Nachbarschaft an einem Sonntagmorgen den Rasen gemäht. Gleich gab es eine Meldung wegen Störung der sonntäglichen Ruhe. Ein anderes Mal war es jemand, der zu laut gefeiert hatte, dann einer, der nicht vorschriftsmäßig sein Auto geparkt hatte.

Sogar Paulas Eltern hatten Ärger wegen ihrer Katze gehabt, die sich einen Vogel geschnappt und erledigt hatte. Die Polizei kam ins Haus, und der Katze musste ein Halsband mit einem Glöckchen angelegt werden.

Niemand ging gegen diese streitlustige Frau offen vor, denn es hieß, ihr Mann habe vor seiner Erblindung einen hohen Amtsposten bekleidet und könnte einem gegebenenfalls wer weiß was für Unannehmlichkeiten bescheren.

Eines Tages stand Frau Mennigen vor der Haustür und wurde zu Paulas großem Erstaunen von ihrer Mutter hereingelassen und ins Wohnzimmer geführt, wo die beiden mehrere Stunden lang im Fernsehen die Krönung der englischen Königin Elisabeth verfolgt hatten. Später, als Paula im Bett lag, hörte sie, wie ihr Vater ihrer Mutter Vorwürfe machte, dass sie diesen Drachen in Haus gelassen hatte. Aus dem, was ihre Mutter darauf erwiderte, verstand Paula, dass sie keine andere Wahl gehabt hatte, wollte sie die Alte nicht verstimmen.

Paula durfte niemanden mit nach Hause bringen, denn alles, was von draußen kam, brachte nach Ansicht ihrer Mutter Schmutz und Unruhe hinein.

Paula schämte sich für die Ungastlichkeit ihrer Eltern. Darüber reden konnte sie mit keinem außer mit ihrer Lieblingspuppe Olga, mit der sie all ihre Sorgen und Nöte teilte.

Die Puppe gehörte zu einer von Paula erfundenen Welt, in der es glücklich und aufregend zuging, und in der die Gerechtigkeit immer siegte. Sobald das wahre Leben zu hässlich, zu grob, zu herzlos wurde, zog sich Paula in dieses Refugium zurück, wo sich alles nach ihren Vorstellungen und Regeln fügte.

Floras Geschichten um Paula blühten vor Fantasie und Empfindsamkeit, erzählten in prägnanten, vielfarbigen Bildern die Wirklichkeit auf eine großzügige, liebevolle Art. Floras Weltbild verlangte nicht viel, nur dass die Menschen ein wenig anders wären, ein wenig mitfühlender, nachdenklicher und rechtdenkender.

Mir war natürlich bald klar, dass es in Floras Erzählungen um sie selbst ging, sie sich in ihnen mir offenbaren wollte, ohne sich direkt preisgeben zu müssen.

**

Flora wuchs in einem spießigen katholischen Milieu auf in einem dieser in den Fünfziger Jahren aus dem Boden gestampften Großstadtsiedlungen. Dort, wo vor dem Krieg noch Ackerbau und Viehzucht betrieben wurde, entstanden Ein- und Zweifamilienhäuser mit eingezäunten Gärten, ruhig, akkurat, sauber und trostlos. Die langweilig vor sich hin ziehenden Straßen endeten schnell, und das Leben plätscherte dort so dahin, monoton, stumpfsinnig. Einer beobachtete den anderen, seine Kleidung, sein Auto, das Benehmen seiner Kinder.

Floras Mutter, mittelgroß, sehr schlank, dunkelhaarig, hatte ein auffällig weißes Gesicht mit starren, ausgeprägten, wie in Marmor gehauenen Zügen. Ihr schönes Profil kam besonders zur Geltung, wenn sie ihr dichtes, leicht gewelltes Haar zu einem Dutt aufsteckte.

Sie gehörte zu den wenigen Frauen, die selbst ein grober Sack noch kleidet, doch mehr daraus zu machen, war ihr nicht von Belang. Ihre weiblichen Konturen blieben unter ihrer ewigen Kittelschürze versteckt, die billigen, karierten Röcke waren immer zu weit, die dunkelgrauen Hosen ohne Sitz. Selten geschah es, dass sie sich einmal in Schale warf, als gehörte es sich irgendwie nicht, ihr weibliches Element offen zu zeigen.

Auch ein Lächeln verlor sich kaum auf ihrem Gesicht, und ihre Augen sahen einen mit einer so unheimlichen Kühle an, als ob sie vereist wären.

Sie sprach wenig, und ihre Stimme erhob sie nie. Erst recht nicht, wenn sie sich durchsetzen wollte. Wer sie nicht kannte, glaubte, sie sei eine zurückhaltende und scheue Natur, die es gewohnt ist zu warten, bis das Wort an sie gerichtet wird. Wer aber genauer hinsah, witterte die angeborene Herrschsucht an ihr.

Niemals zeigte sie ihre Missbilligung offen, und doch erfuhr jeder, der gemeint war, sie sofort. Es war dieser unergründliche Blick, der sich mit einem unmerklichen Zucken im Mundwinkel vereinte und viel nachhaltiger verletzte als jede noch so unbarmherzige Äußerung.

Floras Mutter war kein Mensch, den man bedenkenlos ansprechen konnte. Etwas strahlte sie aus, das einen davon abhielt, direkt auf sie zuzugehen. Sie vermittelte einem, dass sie schon genug mit ihrem eigenen Kram beschäftigt war, und bereits eine Frage nach der Uhrzeit konnte sie so ungehalten machen, dass sie sich um keine Antwort bemühte. Sie war überhaupt wortkarg, als hielte sie das Sprechen eigentlich für vollkommen überflüssig. Sie war gern mit sich allein, beschäftigte sich im Garten, im Haus. Manchmal saß sie ganz unbeweglich im Sessel und schien über etwas nachzudenken, oder sie lauschte hingebungsvoll einem Hörspiel im Radio. Sie las auch, doch nichts allzu Anspruchsvolles.

Flora lud selten jemanden zu sich ein. Ihre Mutter ließ es nur widerwillig zu, und wer es wagte, ins Wohnzimmer zu gehen, machte sich eines Vergehens schuldig. Dieser Raum gehörte den Sonn- und Feiertagen und durfte nur in sauberer Sonntagskleidung zu den Mahlzeiten und zum Kaffeetrinken am Nachmittag betreten werden.

Einst nach der Schule aß ich bei Flora zu Mittag. Ihre Mutter saß auch am Tisch. Es wunderte mich, dass sie Flora kaum etwas fragte, nicht einmal, wie es um ihre Noten stand. Auch mir, der einzigen Freundin ihrer Tochter, stellte sie keine Fragen. Flora erzählte ihr etwas über Ramona Klein. Es war etwas sehr Schmachvolles, und sie erzählte es voller Entrüstung. Doch ihre Mutter hörte nur halbherzig zu. Nie habe ich sie ein warmes Wort zu Flora sagen hören, auch keine liebevolle Geste oder gar eine Neckerei bemerkt. Eine seltsame Vertrautheit herrschte zwischen ihnen. Sie waren wie zwei Fremde, die einen absurden, abartigen Vertrag des Zusammenseins unterschrieben haben und ihn treu erfüllten.

Mich mochte Floras Mutter nicht besonders. Zwar habe ich meinen aufmüpfigen Ton in ihrer Anwesenheit immer unterlassen, aber etwas an mir hat sie anscheinend doch irritiert. Meine unreligiöse Herkunft hatte ich wohlweislich verschwiegen - ich wäre sonst für Flora kein wünschenswerter Umgang mehr gewesen -, doch die spöttischen Bemerkungen meiner Mutter über die von *oben* verordnete Nächstenliebe für die stumpfe Herde, die regelmäßig ihre Sünden bei den Pfaffen abbeichten, hatten wohl an meiner Aura ihre Spuren gelassen.

Als wir zehn oder elf waren, habe ich, ohne es zu wollen, Flora in die Nesseln gesetzt. Wir saßen wieder einmal mit ihrer Mutter am Mittagstisch, und ich gab einen Witz zum Besten, den ich in der Straßenbahn von einem Jugendlichen gehört hatte, der ihn seinem Kumpel erzählte: *Die englische Königin saß auf ihrem Thron und knackte mit ihren Knien eine Nuss. Daraufhin sagte ein Diener leise zu einem anderen: God save the King.* Floras Mutter verzog empört ihr Gesicht und murmelte voller Abscheu vor sich hin. Flora erzählte mir später, ihre Mutter habe gesagt, ich sei ein unanständiges Luder und in ihrem Haus nicht länger gern gesehen.

Ich hatte keine Ahnung, was ich mit diesem Witz denn so Schlimmes angerichtet hatte. Allein die wahnwitzige Vorstellung, dass eine Königin mit ihren Knien eine Nuss knacken würde, fand ich komisch. Was diesen Witz tatsächlich ausmachte, war mir damals nicht im Mindesten klar gewesen.

Bei Flora zu Hause ging es ziemlich fromm zu. An allen Wänden hingen Marienbilder und Kreuze mit dem aufgenagelten Jesus. Als sie noch ein Kind war, musste sie jeden Abend vor dem Schlafengehen vor ihrem Bett knien und beten. Auch vor den Mahlzeiten saßen Flora und ihre Eltern mit gesenkten Köpfen und gefalteten Händen am Tisch und sprachen ein Dankesgebet. Sonntags musste sie zur Messe und alle vier Wochen samstags zur Beichte, um die Seele für den Empfang der heiligen Kommunion reinzuwaschen.

Ich fand das merkwürdig, dass einem der Leib Christi in Form einer Oblate auf die Zunge gelegt wurde. Und für die Beichterei hatte ich auch nichts übrig. Nie hätte ich mich von einem Fremden, dessen Gesicht ich nicht sehen konnte, aber dessen Atem ich riechen musste, nach meinen Sünden befragen und dafür noch bestrafen lassen. Und warum ich für die Absolution einen Mittelsmann brauchte, leuchtete mir auch nicht ein. Warum die Sache nicht gleich mit Gott persönlich regeln?

Es gab aber, was den Katholizismus betraf, auch Komisches. Als ich von Flora hörte, dass man als schlechter Mensch in die Hölle kommt und mit anderen schlechten Menschen dazu auf ewig verdammt ist, in der Pfanne zu brutzeln und zu braten, lachte ich Tränen. Ihr aber war gar nicht zum Lachen zumute. Auch wenn sie eigentlich nicht so recht daran glaubte, war ihr trotzdem eine unbestimmte Angst geblieben, als ob am Ende vielleicht an all dem doch noch ein Fünkchen Wahrheit sein könnte.

**

Oft kam Flora nach der Schule zu mir. Wir waren allein, und es ging ungezwungen und frei zu, denn meine Mutter war berufstätig. Sie verkaufte Lederwaren, Schlüsselanhänger und kleine Regenschirme, die in eine Handtasche passten und damals ein Verkaufsknüller waren.

Der Laden befand sich im Erdgeschoss eines mehrstöckigen alten Mietshauses, wo wir auch wohnten. Das gesamte Anwesen gehörte meiner Tante Josefa, die ebenfalls dort lebte. Sie war klein und dürr, hatte einen scharfen, unguten Blick, eine krumme Adlernase und einen nadeldünnen Mund - alles in allem eine vertrocknete, alte Jungfer ohne Herz und Gefühl.

In den Augen meiner Mutter war das Haus eine Goldgrube, und sie hoffte, die Tante eines Tages zu beerben. Dann würde sie den Laden sofort verpachten und sich mit all den monatlichen Einkünften zur Ruhe setzen. Ihre Gedanken kreisten ständig um diese Erbschaft und um die Vorstellung, wie anders dann alles wäre. Nur so schaffte sie es, die Launen und Boshaftigkeiten der Alten, ihre ständigen Sticheleien und kleinlichen Demütigungen tagaus, tagein zu ertragen.

Von dreizehn bis vierzehn Uhr hatte meine Mutter Mittagspause, und das Geschäft war geschlossen. Das Essen kochte sie immer vor, sodass sie, um mehr Zeit für mich und meine Schulpflichten zu haben, es nur noch aufwärmen musste. Ich fühlte mich nie einsam, wenn sie wieder zur Arbeit ging. Schon als Kind kam ich gut allein klar. Langeweile kannte ich kaum. Ich las viel, hörte Musik oder war draußen auf der Straße, denn wir wohnten in einer Gegend, wo das Leben poppig und laut pulsierte. Es gefiel mir, die Umgebung auszukundschaften und den Umkreis meiner Wanderungen immer mehr zu erweitern, ohne dass meine Mutter die geringste Ahnung davon gehabt hätte, wie weit in die Stadt hinein ich mich schon gewagt hatte.

Flora kam gern zu uns. Sie mochte das lärmende Treiben, die vielen Imbissbuden, das Hupen der Autos und die bunte Menschenmenge, die sich durch die Straßen drängte. Hier konnte sie die Enge ihrer Wohngegend, *diese penibel hergerichtete Attrappe*, wie sie es nannte, ein wenig vergessen. Bei mir zu Hause gab sie sich weniger scheu, war unbefangener, da ihr hier niemand über den Mund fahren würde, weil sie etwas Unpassendes gesagt haben könnte. Bei uns stand auch niemand plötzlich in der Tür, um sich zu vergewissern, dass alles rechtens war. Floras Mutter befürchtete nämlich, Flora könnte *unanständige* Bücher lesen oder eine dieser Zeitschriften für Jugendliche, die über das *Unanständige* in allen Einzelheiten schrieben und an jedem Kiosk erhältlich waren.

Einmal hatte Flora mir von einem Mädchen namens Irene erzählt, die mit ihren Eltern in die Siedlung zugezogen war und sich schwertat, Anschluss zu finden.

Irene war nett und verträglich. Flora hätte sie gern zu sich eingeladen, zögerte aber, weil sie die abweisende Haltung ihrer Mutter fürchtete. Sie traute sich dann aber in der Hoffnung, ihrer Mutter würde Irenes sympathisches Wesen doch nicht entgehen. Sie sagte dann zwar auch nichts, aber ihrer Miene war abzulesen, was sie über Irene dachte, nämlich so etwas wie, dass ihr Rock zu kurz, ihre Bluse zu eng und sie überhaupt zu herausfordernd sei.

Der ablehnende Blick meiner Mutter war Irene nicht entgangen, und sie verabschiedete sich bald. Sie zum Bleiben zu bitten, wagte Flora nicht, um sie nicht noch mehr zu kränken. Sie sagten noch *hallo* zueinander, wenn sie sich begegneten, aber kaum ein Wort mehr, so unangenehm war beiden die Erinnerung an diesen Besuch.

In Floras Augen besaß ich alle Freiheit der Welt. Ich durfte mir den ganzen Nachmittag nach eigenem Gutdünken einteilen, wurde nicht ständig kontrolliert, brachte nach Hause, wen ich wollte, und mir war es erlaubt, allein zum Einkaufen zu gehen, wenn ich etwas Neues zum Anziehen brauchte; vor allem aber musste ich sonntags nicht zur Messe, um einer öden Predigt des Pfarrers lauschen, über die ich später zu Hause noch abgefragt wurde.

Ich verstand nur zu gut, welch begeisternden Eindruck meine Art zu leben auf Flora gemacht haben musste, wenn sogar unsere Wohnung, die, verglichen mit ihrem Elternhaus, ziemlich ärmlich und schäbig war, ihr viel besser gefiel.

**

Anfang der siebziger Jahre wurden auch Flora und ich vom Geist der Zeit gepackt. Wir liefen in indischen Baumwollblusen und langen Wickelröcken herum, trugen die Haare bis über die Schultern und in der Mitte gescheitelt wie bei Mary Hopkins; sangen zur Gitarre leidenschaftlich *Blowin' in the wind*; lasen begeistert *Der Fänger im Roggen* und *Die Nick Adams Stories*.

Wir waren keine Kinder mehr, doch über das männliche Geschlecht äußerte sich Flora selten. Bei diesem Thema durfte eine gute Katholikin über neutrale Gedanken hinaus nicht gehen.

Eine Frau, die, ohne verheiratet zu sein, sich auf einen Kerl eingelassen hat, habe sich selbst zur zweiten Wahl gemacht, denn kein Mann könne sie, nachdem sie sich schon einem anderen hingegeben habe, noch achten, und damit sei ihr ein ehrbarer Weg als Ehefrau und Mutter für immer versperrt, klärte ihre Mutter sie einst auf.

Einmal jedoch hatte Flora für jemanden geschwärmt. Er hieß Frank und besuchte ein städtisches Jungengymnasium, an dem unser täglicher Schulweg mit der Straßenbahn vorbeiführte.

Frank hatte sehr blonde, stumpfe Haare, die an eine Scheuerbürste erinnerten, helle, milchige Haut und sah mit seinen wie vom Trödelmarkt erstandenen Klamotten ziemlich bedürftig aus: die Hosenbeine waren zu breit und zu kurz, die Pullover weit und schlabberig, und auch sonst war da nichts an ihm, das einen aufblicken ließ; kurz gesagt, eine farblose Nummer. Warum Floras Herz gerade für ihn höher schlug, war mir ein Rätsel. Anscheinend hatte sie über seine schmuddelige Erscheinung hinweg noch etwas Anderes, Interessanteres entdeckt, denn sie geriet sofort in helle Aufregung, wenn sie ihn an der Haltestelle stehen sah. Dabei kannte sie ihn kein bisschen. Nie hatten sie ein Wort miteinander gewechselt oder einen Blick getauscht. Einmal fragte ich sie, ob ich ihn nicht für sie ansprechen sollte. Für mich wäre das keine große Sache gewesen, Flora aber sah mich nur entsetzt an, als hätte ich ihr etwas ganz Unmögliches vorgeschlagen.

Doch eines Tages, als sie Frank an der Haltestelle sah, stieg sie, mich hinterherziehend, plötzlich aus. Sie sah ihn an, wie Fremde sich ansehen, die zufällig am selben Ort stehen, flüchtig, gleichgültig.

Die Sache mit Frank endete abrupt. Von einem Tag auf den nächsten war plötzlich keine Rede mehr von ihm. Er stand nach wie vor mittags an derselben Station, nur dass er keinen Platz mehr in Floras Empfindungen hatte.

**

Floras Vater war aus einem anderen Holz geschnitzt als ihre Mutter. Allein schon sein Äußeres wirkte auf die Menschen anziehend, so groß und gut gebaut wie er war. Er hatte glänzendes, tiefschwarzes Haar, ein lebhaftes, südländisches Temperament, und er verstand es, sich zu kleiden. Jedes Jackett, jeder Anzug, der auch nur ein bisschen Schmiss hatte, sah an ihm elegant und stilvoll aus. Er roch immer nach einem feinen Eau de Cologne und legte besonderen Wert auf gute Schuhe, an denen, wie er einmal sagte, man die Vermögensverhältnisse des Besitzers erkenne, obwohl das in seinem Fall so ganz nicht stimmen konnte, denn ich wusste von Flora, dass bei ihr zu Hause an allem penibel gespart wurde, selbst am Wasser und Strom. Ein richtiges Bad durfte Flora nur einmal in der Woche nehmen, und so etwas wie ein Kino- oder Theaterbesuch war in ihrer Familie eine Seltenheit. Floras Vater aber setzte trotzdem seinen Schuhfetischismus gegen dieses Sparprogramm verbissen durch.

Er war ein bemerkenswerter Mensch, hatte Humor, kannte viele Witze und Anekdoten, die er gern zum

Besten gab. Er besaß eine schöne Bassstimme, und oft sang er aus heiterem Himmel Lieder aus Operetten und Musicals. Und er konnte charmant sein! Ich erinnere mich noch, wie er mir einmal zur Begrüßung vornehm die Hand geküsst und mich *belle Mademoiselle* genannt hat.

Flora hatte mir von einer seiner Arbeitskolleginnen erzählt, einer Frau um die vierzig, gut situiert und von sehr angenehmem Wesen. Sie hatte eine grazile Figur und hätte längst verheiratet sein müssen, wäre da nicht der hässlich klotzige Gesundheitsschuh gewesen, den zu tragen sie verurteilt war, um das kürzere Bein auszugleichen. Floras Vater gab ihr aber das Gefühl, eine ganz normale Frau zu sein, sprach mit ihr ungezwungen und zuvorkommend wie mit einer perfekten Schönheit.

Floras Vater war überall sehr beliebt. Seine lebensfrohe Art, sein offenes Gemüt und seinen Freimut nahmen alle für ihn ein. Er hätte eine andere Ehefrau verdient, eine, die liebenswürdiger und lebensfreudiger gewesen wäre als Floras Mutter.

Allerdings hatte er noch ein zweites Gesicht, ein launisches, gereiztes und aggressives, das er nur zu Hause zeigte. Seine Stimme wurde dann sehr schnell laut und bedrohend, und die Hand rutschte ihm leicht aus. Schon ein herumliegender Socken konnte ihn auf die Palme bringen oder auch nur ein Blick, der ihm frech vorkam. Seine Unberechenbarkeit ging so weit, dass er, unversehens in Zorn ausgebrochen, Flora oder ihre Mutter anbrüllte, ohne dass sie gewusst hätten, warum. Später wurde darüber nie ein Wort verloren. Floras Mutter und er taten so, als hätte es nicht stattgefunden, und auch Flora wagte nie, mit ihm darüber zu reden.

Obwohl sie ihrem Vater mehr zugetan war als ihrer Mutter, fürchtete Flora ihn und tat alles, um sein Ausflippen nicht herauszufordern. Sie gehorchte ihm aufs Wort, widersetzte sich nie. Erst als sie älter wurde, erlaubte sie sich, gewisse Dinge zu tun, an die sie früher noch nicht einmal im Traum gedacht hatte.

Floras Vater legte großen Wert auf Pünktlichkeit. Wenn Flora zu einer bestimmten Zeit zu Hause sein musste, war das punktgenau gemeint. Verspätete sie sich dennoch, erklärte sie ihm, wir hätten noch zusätzlich zu den Schulaufgaben lernen müssen, oder ich hätte bei irgendeiner Hausarbeit ihre Hilfe gebraucht, oder die Straßenbahn sei unpünktlich gewesen.

Diesen Kleinkram, der für jeden anderen nicht der Rede wert war, erzählte sie mir geradezu mit Hingabe, denn damit bei ihrem Vater durchzukommen, bedeutete für sie etwas absolut Gewagtes.

Als Flora sechzehn geworden war, traute sie sich sogar, mit mir heimlich zu rauchen. Bei jedem Zug gehörte ihr die Welt, und sie kam sich enorm über den Dingen stehend vor. Und einige Male hatte sie sich sogar erkühnt, ihrem Vater, der ein starker Raucher war, eine Zigarette aus der Schachtel zu stibitzen. Anschließend litt sie aber Höllenqualen, er könnte dem Diebstahl irgendwie auf die Schliche kommen.

In Floras Kindheit hatte ihr Vater einen Zigarettenbehälter aus Kunststoff in Form eines Esels gehabt. Wenn man die Ohren des Esels nach vorn zog, ging hinten der Schwanz hoch, und aus dem Gesäß kam eine Zigarette heraus. Flora war es strikt untersagt, dieses Ding auch nur anzurühren, und aus Angst vor

Strafe hatte sie sich immer daran gehalten. Doch eines Tages ritt sie der Teufel, und sie unterlag der magischen Anziehungskraft des Zigarettenesels, zog so lange an den Ohren, bis keine Zigarette mehr herauskam. Sie wollte den Bauch öffnen, um die Zigaretten wieder hineinzulegen, wusste aber nicht wie. Die Folgen des Vergehens waren so schlimm, dass sie sich danach nie wieder auch nur in die Nähe des blöden Dings begeben hätte.

Dabei konnte Floras Vater aber auch sehr aufmerksam und zärtlich zu ihr sein. Dann machte er ihr Komplimente und lobte sie für gute Schulleistungen. An ihrem dreizehnten Geburtstag ging er mit ihr in eine Drogerie und suchte für sie ihren ersten Nagellack aus. Er scherzte charmant mit der Verkäuferin, die sich sehr geschmeichelt fühlte und ihn immer wieder strahlend anlächelte. Das machte Flora überglücklich, und um nichts in der Welt hätte sie in solchen Momenten ihren Vater gegen einen anderen eingetauscht. Das leere Nagellackfläschchen, eingewickelt in ein weißes Taschentuch mit Stickereien, hob sie später in ihrem Schreibtisch auf.

Ihrem Vater gefiel es sehr, wenn sie ihn von seiner Arbeit abholte und er sie seinen Kollegen vorstellen konnte. Einige Male sogar, schelmisch wie er war, hatte er sie dem einen oder anderen als seine Freundin präsentiert und die Bewunderung wie irre genossen, bevor er mit der Wahrheit herausrückte.

Zu ihrem siebzehnten Geburtstag kam er mit einem großen Strauß Baccararosen an, die ihr mehr bedeuteten als jedes teuerste Geschenk.

„So herrliche Rosen von meinem Vater," sagte sie mit einer Stimme, die ich vorher bei ihr nie gehört hatte.

Eines Tages erschien sie mit einer schwarzen Knautschlackederjacke in der Schule. Das war damals etwas ganz Besonderes gewesen. Die ganze Klasse hatte sie um diese Jacke beneidet. Sie war natürlich von ihrem Vater. Er hatte sie im Schaufenster einer kleinen Nobelboutique auf dem Weg zu seinem Büro gesehen und sie, ohne zu überlegen, gekauft.

Flora konnte es nicht fassen, trug sie voller Stolz und hütete sie wie eine Kostbarkeit. Noch nie hatten ihre Eltern für ihre Bekleidung mehr Geld ausgegeben als nötig. Je günstiger, desto besser war immer die Devise.

Ich selbst war davon überrascht und vor allem neugierig, wie ihre Mutter sich zu dieser Luxusklamotte geäußert hatte. Neunundvierzig Mark waren Anfang der siebziger Jahre kein Pappenstiel. Gesagt habe sie nichts, erfuhr ich von Flora, aber die Art und Weise, wie sie die Jacke gemustert habe, war unmissverständlich. Floras Vater jedoch hatte sich gefreut und ihr immer wieder gesagt, dass dieses Stück wie für sie gemacht sei.

Ich glaube, Flora wurde von ihm, auf seine kapriziöse Art eben, sehr geliebt. Warum sonst hätte er sie seinen Arbeitskollegen als Freundin vorstellen sollen! Er lud sie auch ins Café ein und sagte beim Bestellen *für mich ein Kännchen Kaffee und für meine Freundin ein gemischtes Eis mit Sahne.* Ihre Mutter wusste weder von den Cafébesuchen noch von dem spontan spendierten Extrataschengeld. Sie hätte wegen der unnötigen Geldausgabe wieder nur gemeckert.

**

Mein Vater hat mich nicht geschlagen, auch nicht ungerecht behandelt oder mit Komplimenten und überraschenden Geschenken bedacht. Und kleine Geheimnisse verbanden uns ebenfalls nicht. Und das aus einem einzigen Grund: ich wusste überhaupt nicht, wer er war, und ich weiß es bis heute nicht. Ich kenne noch nicht einmal seinen Namen. In meiner Geburtsurkunde wurde er mit *Vater unbekannt* angegeben. Ich habe das Krankenhaus, wo ich geboren wurde, aufgesucht und anhand der Unterlagen herausgefunden, welcher Arzt und welche Schwestern in meiner Geburtsnacht Dienst hatten. Ich habe sie nach meinem Vater gefragt, doch sie konnten sich beim besten Willen nicht an einen Mann erinnern, der sich nach dem Befinden meiner Mutter oder nach mir erkundigt hätte.

Als Kind habe ich ihn kaum erwähnt. Ich wollte die Wahrheit nicht wissen. Ich hätte es nicht ertragen können, dass er außer meiner Mutter und mir vielleicht noch eine andere Familie gehabt und mit einem kleinen Mädchen gespielt hätte, das er liebte und Tochter nannte. Meine Mutter sprach nie über ihn, als hätte es ihn nicht gegeben. So wuchs ich auf. Interessierten sich andere Kinder für ihn, gab ich zur Antwort, er sei gestorben, als ich noch ganz klein war. Ich sagte das immer in einem lapidaren, fast gleichgültigen Ton, als machte mir das schon längst nichts mehr aus. Dabei hob ich den Kopf, sah dem, der mich nach ihm gefragt hatte, direkt ins Gesicht und erstickte damit jeden Versuch einer tröstlichen Anteilnahme.

Es kam aber auch vor, dass ich mit einem hämischen Grinsen bedacht wurde, als wäre ich ein Bankert, dessen Vater abgehauen war.

„Du hast keinen Vater, weil du zu blöd bist, einen Vater zu haben," sagte mir einmal ein Klassenkamerad in der Volksschule. Ich bemühte mich, nicht nachzuhaken, was er damit gemeint haben könnte, sondern schlug ihn gleich windelweich. Bestraft wurde ich nicht. Die Herkunft seiner blutigen Nase und seiner Kratzer im Gesicht blieben sein Geheimnis. Er rührte mich nie wieder an und machte sofort einen hohen Bogen um mich, sobald er mich nur schon von weitem sah.

Die Sache mit meinem toten Vater verlieh mir aber bei den meisten Kindern eine Sonderstellung. Es gefiel mir, als Halbwaise aufzutreten, und nicht selten prahlte ich, wie anders und wie schwer es war, ohne Vater auskommen zu müssen. Was ich ohne seine schützende Hand alles allein bewältigen musste! Und war ich erst einmal richtig in Fahrt, fügte ich noch meine berufstätige Mutter zu, die erst abends für mich da sein konnte, falls sie nicht zu abgearbeitet war.

Das machte mich in den Augen der anderen stark. Meine Spielkameraden bewunderten mich, sahen zu mir auf. Ich war für sie so eine, der man gern die Zügel überließ. Ob auf dem Spielplatz oder in der Schule, immer war ich es, die den Ton angab. Nur selten stellte sich jemand gegen mich und versuchte, mir meine Position streitig zu machen. Ich konnte mein Leben nach meinem Belieben beeinflussen und steuern.

**

Mit etwa fünfzehn jedoch geschah mit mir etwas Unerklärbares: mein Vater, der es bisher nie geschafft hatte, meiner Welt auch nur einen Zentimeter zu nahe zu kommen, hatte plötzlich in meinen Gedanken Platz genommen, sie beschwert und durchwühlt und mein inneres Gleichgewicht ins Schwanken gebracht. Nach außen war ich noch immer dieselbe, die Risse in meiner Selbstsicherheit fielen keinem auf, doch meine Person weiterhin so darzustellen wie vorher, kostete mich viel Mühe.

Zum ersten Mal ließ mein Vater mich seine Abwesenheit schmerzhaft spüren, und ich konnte der Frage, warum er meine Mutter und mich verlassen hatte, nicht länger ausweichen, dachte es wie eine Besessene jeden Tag durch. Mir kam auch die Idee, sein Verschwinden könnte mit mir zu tun haben. Eine Zeit lang war ich davon überzeugt, dass es meine Schuld gewesen sein musste, denn wäre es wegen meiner Mutter geschehen, hätte er nur sie verlassen, mich aber nicht. Er hätte trotzdem mein Vater bleiben, mich manchmal sehen oder wenigstens anrufen können. Das aber hatte er ganz offensichtlich nicht gewollt. Und warum nicht? Nur aus Gleichgültigkeit? Oder hatte er mich vielleicht gehasst, weil ich gegen seinen Willen in sein Leben eingebrochen war, in dem er keinen Platz für mich hatte oder haben wollte?

Auf einmal fühlte ich mich klein und wertlos und schämte mich, wie ein Mensch sich seiner ärmlichen Blöße schämt, die er nicht verstecken kann.

Eine quälende Sehnsucht nach ihm hatte mich gepackt, ich wollte ihn sehen, ihn anfassen, von ihm beschützt und geliebt werden. In meinen Gedanken begab ich mich in meine Kindheit zurück und erschuf mir einen Vater, wie ich ihn gern gehabt hätte. Er las mir Gutenachtgeschichten vor; saß an meinem

Bett, bis ich eingeschlafen war; er hörte mir zu, wenn ich das brauchte; ging mit mir in den Zoo, auf den Jahrmarkt. Er war imposant und sehr männlich, gewitzt und klug; an ihm kam keiner vorbei, ohne zu ihm aufsehen zu müssen. Ich stellte ihm viele Fragen über das Leben und vertraute ihm Dinge über mich an, die ich sonst keinem anvertraute. Ich stellte mir vor, er wäre Schriftsteller, er schriebe Romane wie Georges Simenon und würde mir aus seinem Manuskript vorlesen und mich fragen, was ich davon halte.

Ich gab mich diesen Träumereien eine ganze Weile hin, sie taten mir gut, und ich fühlte mich eine Zeit lang in ihnen aufgehoben. Doch keine Fantasie ist stark genug, um ein Eigenleben, das die Realität dauerhaft ersetzen sollte, zu entwickeln. Ich musste einsehen, akzeptieren, dass ich keinen Vater hatte und davon wurde mir noch unheimlicher, noch elender zumute.

Das Loch, dass seine Abwesenheit in meinem Dasein hinterlassen hatte, haftete jetzt beinahe wie ein körperliches Leiden an mir, als wäre mir ein hässlicher, schwerer Buckel gewachsen, und meine Mutter, der einzige Mensch, der mir hätte helfen können, schwieg einfach.

Ich hatte ein paar Versuche gewagt, das geheimnisvolle Verschwinden meines Vaters zur Sprache zu bringen, doch sie hatte mich nur mit einem stummen und abwehrenden Blick angestarrt, der mir deutlich zu verstehen gab, dass ich auf kein erlösendes Mitgefühl hoffen durfte. Über meinen Schmerz habe ich ihr nie etwas gesagt, denn mir war klar, dass sie nicht imstande war, ihn zu begreifen.

Es war nicht so, dass sie an mir gar keinen Anteil genommen hätte. Sie fragte mich nach meinen Schulleistungen, unterschrieb meine Klassenarbeiten, ging zum Elternsprechtag, und auch mein Umgang mit anderen interessierte sie. Es war ihr nicht egal, mit wem ich verkehrte, wann ich nach Hause kam und was ich so trieb.

Meine Mutter war hauptsächlich mit ihrer Arbeit und dem Alltag beschäftigt. Es fiel ihr oft schwer, allein zurechtkommen zu müssen. Kein Mann spielte in ihrem Leben eine Rolle, und wahre Freunde hatte sie auch nicht. Als alleinerziehende Mutter war sie gebrandmarkt, denn in diesen Zeiten sollte eine anständige Frau ein Heim und für die Kinder einen Vater haben, der für die Familie aufkam. In einer Gesellschaft, die diese Ordnung als eines der obersten Gebote vorsah, hatten solche wie meine Mutter keine Chance, Fuß zu fassen. Um nicht so ganz allein zu sein und irgendwo wenigstens ein bisschen angenommen zu werden, hatte sie sich irgendwann einer Baptistengemeinschaft angeschlossen.

**

Kurz vor ihrem achtzigsten Geburtstag zog sich Tante Josefa eine Lungenentzündung zu, die sie, obwohl eine zähe Natur, innerhalb einer Woche dahinraffte. Meine Mutter erbte nichts. Noch nicht einmal ein kleines, schäbiges Schmuckstück. Ganz umsonst hatte sie sich all die Jahre den Launen und Willküren dieser alten Schlange ausgeliefert.

Meine Mutter stand weiterhin im Laden und verkaufte Knirpse. Jetzt alterte und verbitterte sie noch rascher und warf mir immer wieder vor, ich sei an dieser Enterbung schuld, ich hätte der Tante zu wenig Achtung und Respekt gezollt, ich mit meinem vorlauten Mundwerk und meiner so unverschämt frechen Art.

Ich habe die Tante nie gemocht und es auch nie versucht. Selbst nicht um der Schokolade und Zuckerstangen willen, die sie mir, als ich noch klein war, manchmal zugesteckt hatte. Ich wollte ihren Süßkram nicht, obwohl ich wie jedes andere Kind auf ihn genauso aus war, denn auf Anhalten meiner Mutter musste ich mich bei ihr immer übertrieben bedanken, und das hat mir den Genuss gründlich vergällt. Und doch hatte meine Mutter Unrecht, mir die Schuld an der Enterbung zuzuschieben, da ich trotz meiner Abneigung gegen die Tante weder vorlaut, frech noch unverschämt gewesen war. Einzig, dass ich nicht devot und mit verlogener Freundlichkeit um sie herumscharwenzelt bin, konnte sie mir vorwerfen. Ja, das ist wahr. Nie schlug ich die Augen nieder oder senkte den Kopf, wenn sie an mich herantrat. Ich sah sie an, gab ihr knapp, aber höflich Antwort und ging ihr ansonsten möglichst aus dem Weg. Ich besuchte sie auch nicht, obwohl sie im selben Haus wohnte, und es wäre mir nie eingefallen, auf sie zuzugehen und sie auf irgendetwas anzusprechen.

Meine Mutter allerdings tat ihr schön, rannte am Wochenende alle naselang zu ihr hin und erledigte allerlei für sie, inklusive der Einkäufe, weil Tante Josefa angeblich ein rheumatisches Knie hatte, woran ich nicht so recht glauben konnte. Ich hatte eher den Eindruck, dass sie, um sich bedienen zu lassen, mit ihrem Alter und ihrer vermeintlichen Gebrechlichkeit herummachte.

Das ganze Erbe war an einen entfernten Verwandten gegangen, der eines Tages mit einem Blumenstrauß in der Hand vor ihrer Tür stand. Er besuchte sie immer wieder, rief sie an und schrieb ihr Postkarten. Tante Josefa hatte ihn kaum gekannt, vielleicht nur seinem Namen nach, und die Beweggründe seines plötzlichen Erscheinens vermutlich gut verstanden. Trotzdem hatte sie ihn, bestimmt aus Bosheit und Schadenfreude, als Alleinerben eingesetzt, um meiner Mutter zu zeigen, dass sie ihre lächerliche lieb Kind Macherei durchschaut hatte.

**

Einst hat mich der Gedanke, meine Tante hätte etwas über meinen Vater wissen können, sehr beschäftigt. Auf sie zuzugehen und sie zu fragen, widerstrebte mir zutiefst, ich beschloss, es aber doch zu tun, wenn ich wenigstens einen kleinen Hinweis bekäme, ob sie über ihn tatsächlich etwas wusste.

An einem Sonntagmorgen nach einer mit quälenden Selbstzweifeln verbrachten Nacht brach ich mit meiner Mutter einen verbissenen Streit vom Zaun, um über meinen Vater gefälligst endlich etwas zu erfahren. Ich war über alle Maßen gereizt, während meine Mutter mir in heiterer Wochenendstimmung gegenübersaß und in aller Seelenruhe frühstückte. Ungeachtet meiner spitzen, provozierenden Bemerkungen über das mysteriöse Nichtvorhandensein meines Erzeugers nahm sie sich eine Scheibe Rosinenbrot nach der anderen, beschmierte sie dick mit Butter und flüssigem Honig und riss bei jedem Bissen den Mund weit auf, als könnte sie nicht genug kriegen.

In diesem Moment, wie sie da in ihrem altmodischen, verblichenen Morgenrock vor mir saß und das süße Zeug in sich hineinstopfte, hasste ich sie. Ich beschuldigte sie, sich mit irgendeinem Kerl eingelassen und mich gemacht zu haben, ohne im Geringsten darüber nachzudenken, ob ich in meinem Leben damit klarkommen würde. Am liebsten hätte ich sie, um ihr stumpfes Schweigen um meinen Vater zu brechen, geohrfeigt.

Ich sah sie kalt an. Sie war auf dem besten Weg, eine alte Schachtel zu werden. Ihre Haut war schon faltig, die Mundwinkel schlaff, das Haar ergraute im Ansatz und an den Schläfen, und sie war zu dick. Für einen Mann war es jetzt endgültig zu spät, und mit den Jahren würde ihre Einsamkeit sich noch verschlimmern. Sie hätte mein Mitleid erregen müssen, rief aber nur Verachtung in mir hervor.

„Wenn du mir nichts über meinen Vater sagen willst, frage ich die Tante," sagte ich mit eisiger, herausfordernder Stimme.

„Wen?", erwiderte meine Mutter belustigt und sah mich voller Spott an. „Die Tante?"

Ich hatte meinen Wink bekommen. Die Tante wusste nichts, und die Peinlichkeit, gegen den eigenen Willen einen auf vertraulich zu machen und nichts zu erfahren, war mir erspart geblieben.

Ich blieb in meiner Not weiterhin allein. Von meinen inneren Wirren ahnte Flora nichts. Nie hätte ich sie in dieser Angelegenheit ins Vertrauen gezogen. Vor ihr wollte ich mir nun wirklich keine Blöße geben. Das wäre unerträglich gewesen. Es war schon bitter genug, mir eingestehen zu müssen, dass ich nicht mehr der Mensch war, der immer alles unter Kontrolle gehabt hatte.

**

Mit zunehmendem Alter veränderte Flora sich sichtbar. Das Ängstliche und Weinerliche verschwand aus ihrem Gesicht, sie wurde selbstbewusster, innerlich stärker. Das wunderte mich, denn an ihren Lebensumständen hatte sich so gut wie nichts geändert.

Mittlerweile waren wir siebzehn, und Flora war vom Lyrikfieber befallen worden. Heine, Eliot und Emily Brontë eroberten sie dermaßen, dass ich aus reiner Neugier ihrem Beispiel folgte und sie alle gelesen habe. Flora hatte auch selbst Gedichte geschrieben, sprach aber nicht darüber.

Eines Tages nach der Schule gingen wir in ein Studentencafé, das als Treffpunkt der linken Szene bekannt war. Wir tranken bitteren, schwarzen Tee zu neunzig Pfennig die Tasse und rauchten selbstgedrehte Zigaretten, während Flora mir von einem Buch erzählte, an dem sie schrieb. Sie hatte es *Aufzeichnungen einer Liebenden* genannt. Es gab einen Mann in ihrem Leben, ein Philosophiestudent.

Im ersten Moment war ich überrascht. Flora und eine Romanze? Nun, warum eigentlich nicht! Sollte sie sich nicht wie alle anderen in diesem Alter verlieben dürfen? Dennoch, das gebe ich zu, war ich ein wenig enttäuscht, weil sie aus ihren Gefühlen ein Geheimnis gemacht hatte. Vertraute sie mir etwa nicht mehr so ganz?

Ich lernte ihren Auserwählten, einen großen, schlanken, gut aussehenden jungen Mann mit dunkeln Haaren und einem ruhigen, intelligenten Gesicht auf einem Schulfest kennen.

Tony war sehr um sie bemüht, verfolgte aufmerksam jedes Wort, das sie sagte, als habe er Angst, etwas Wichtiges zu überhören und sie mit einer ungeschickten Bemerkung zu stören. Sein warmer und zärtlicher Blick war ständig bei ihr. Zwar lächelte Flora ihn an, doch seine Blicke erwiderte sie nicht wirklich. Ich hatte den Eindruck, dass es nicht aus Verlegenheit geschah, sondern ihre Gefühle auf Sparflamme brannten und ihr Lächeln bewusst gedrosselt war.

Sie sahen sich nicht oft. Höchstens ein- oder zweimal die Woche, weil sie angeblich zu wenig Zeit hatte. Das stimmte natürlich nicht, denn sich mit mir zu treffen, hatte sie immer genug Zeit. Ich wusste nicht, was ich darüber denken sollte. Hatte sie vielleicht Schwierigkeiten, ihre Gefühle zu zeigen oder Angst, sich endgültig hinreißen zu lassen?

Nach dem Sommer war es mit dem Spuk vorbei. Tony hatte anscheinend nicht lange gebraucht, um zu begreifen, dass Flora für ihn ein unlösbares Rätsel war und es auch bleiben würde. Sie hatte ihn wohl anders gewollt, eben nicht so, wie die meisten Menschen, die sich zugetan sind, einander wollen. Ihr genügten offenbar schon ein paar begehrende Blicke, ein paar zärtliche Worte, ein paar knappe Berührungen, gerade so viel, wie sie als Reiz für ihre Inspiration brauchte, um weiter an ihrem Buch schreiben zu können. Ihre erste große Sehnsucht und Leidenschaft erlebte sie nur in ihren zu Papier gebrachten Träumen. Das lag an ihrer katholischen Erziehung, die es ihr verbot, solche Stimmungen auszuleben; und sich über diese Benimmregeln hinwegzusetzen und sich als Frau zu entdecken, wagte sie nicht.

Es war erstaunlich, wie leicht und zugleich vollkommen ihre Empfindungen sich in ihrer Fantasie entfalteten. Sie genoss ihre ausgedachte Welt so sehr, dass sie ihr nicht weniger echt und lebendig vorgekommen sein musste als die reale. Sie schrieb über die verlorene Hingabe einer Frau zu ihrem Geliebten mit solch einer Intensität, als habe sie selbst diesen Himmel und diese Hölle durchlebt.

Fast ein Jahr arbeitete Flora an ihrem Buch, als es plötzlich vorbei war. Die Quelle der Liebe und des Leidens in ihr war versiegt. Ich fragte sie, ob sie etwas Neues vorhatte, aber sie zuckte nur mit den Achseln.

Einige Wochen später legte sie mir mehrere Essays mit gesellschaftlich kritischen Themen vor. Dabei war sie so aufgeregt, als hinge es von meinem Urteil ab, ob die Texte gelungen waren oder nicht.

Was ich las, verblüffte mich. Darunter hätte ich gern meinen Namen gesetzt, so differenziert und einfühlsam hatte sie das menschliche Verhalten in Worte gefasst. Glänzend beobachtet, einfach und transparent und dabei auch eigenwillig und sehr amüsant. War das dieselbe Flora, die vor noch nicht allzu langer Zeit sich geschämt hatte, einem in die Augen zu schauen?

Ich las ihre Essays noch einmal, suchte nach etwas, das sie als ein Plagiat oder als eine geschickte Nutzung von Schriften anderer Publizisten entlarven könnte, doch ich fand nichts. Es waren ihre Gedanken, die sich natürlich und fließend ihren Weg bahnten.

Es wäre mir lieber gewesen, das Ganze nie gelesen zu haben, doch es war schon in meinem Gedächtnis unauslöschlich gespeichert.

Was sollte ich tun, fragte ich mich. Ihr die ganze Wahrheit sagen? Wie großartig ihre Texte sind und wie überwältigt ich war? Doch wo wäre ich dann geblieben? Hätte meine aufpolierte Souveränität und Überlegenheit nicht womöglich einen sichtbaren, hässlichen Kratzer abbekommen? Ich zögerte also mit meiner Äußerung unter dem Vorwand, noch etwas Bedenkzeit zu benötigen.

Zwei Wochen vergingen, ohne dass ich eine einzige Bemerkung über das Geschriebene verloren hätte. Ich wusste, wie sehr sie darauf wartete, ich sah ihr förmlich an, wie es in ihr brannte zu erfahren, was ich über ihre Lektüre dachte, doch sie fragte nicht nach; anscheinend wagte sie es nicht, vielleicht aus Unsicherheit oder auch aus Furcht, Negatives zu hören.

Nach drei Wochen hatte ich ihr noch immer kein einziges Wort gesagt. Ich hatte sie hinter mir herlaufen lassen und sie mit nichtssagendem Krempel eingewickelt, als existierten diese Essays gar nicht. Irgendwann musste ich aber mein Schweigen brechen.

Wir trafen uns in einem Café. Ich saß ihr gegenüber und zwang mich, ihr mit einer aufrichtigen Miene ins Gesicht zu sehen, als ich ihr den Umschlag zurückgab. Zunächst lobte ich ihr Werk ganz allgemein und gönnerhaft, bevor ich es dann mit einem großen Aber zersetzte.

Ich holte weit aus, um mich mit meinen Einwänden auf sicherem Terrain zu bewegen, merkte aber bald, wie wenig schwer es mir fiel, sie mit meinem ausschweifenden Geschwätz zu hintergehen. Die Lügen kamen plötzlich und fließend über meine Lippen, und je mehr ich sagte, desto mehr gefiel mir dieses grausame Spiel. Ich genoss die Macht, die ich über sie hatte, und ich genoss es, wie leicht und einfach mir das gelang.

Flora hörte mir zu ohne einen einzigen Einwand. Ich kannte zwar ihr bescheidenes Wesen, ihre Haltung überraschte mich aber trotzdem. Jemand, der so schreiben konnte, dürfte doch wenigstens einmal ein Wort zu seiner Verteidigung eingewendet haben. Und es gab vieles, was sie gegen mein dummes Geplapper hätte sagen können. Stattdessen nahm sie mein Urteil scheinbar gleichmütig an, als habe sie sich zwar eine lobende Reaktion erhofft, aber eigentlich nicht recht erwartet. Wie war das möglich? Sie musste doch eine Ahnung gehabt haben, wie gut ihre Essays waren! Das arme Ding aber wusste es anscheinend tatsächlich nicht, und ich war bereit, alles dafür zu tun, damit sie es nie erfuhr.

Der Neid fraß an mir wie ein aggressives Krebsgeschwür, das seine Fühler in alle Richtungen ausstreckt, und zwang mich sogar, mir eine Zeit lang einzureden, dass tief in mir eine Ader zum Schreiben verborgen war, die ich nur freizulegen brauchte. Hatte ich etwa keine Einfälle? Ideen und Gedanken sprühten doch nur so aus mir heraus! Doch auf dem Papier stockten sie, wollten sich nicht in die richtigen Worte fassen lassen, wurden bald gewöhnlich, belanglos. Ich hatte zwar Themen zum Schreiben und einen scharfen Verstand dazu, ich war eine Rednerin mit Witz und Geschmack, mit Spott und Ironie, und eine rasche Auffassungsgabe besaß ich auch, aber nur im journalistischen Sinne sozusagen, für echte Literatur reichte all das nicht aus. Und es war auch kein wahres Bedürfnis in mir, das mich dazu antrieb. Ich konnte durchaus ohne das Schreiben leben. Hätte man Flora jedoch befohlen, nicht zu schreiben, wäre sie diesem Verbot niemals gefolgt, denn anders existieren konnte sie nicht.

**

Keiner außer mir wusste von Floras Talent. Wie auch?! Ihr Vater hätte vielleicht eine Vorstellung davon bekommen, wenn sie ihm ihre Texte gezeigt hätte, doch sie wäre sich mit ihrem Gekritzel töricht vorgekommen, sagte sie mir einmal. Ihre Mutter, die mitbekam, dass Flora schrieb, wollte davon nichts hören, *so etwas* zählte für sie nicht, das wäre kein richtiger Beruf, bringe nichts ein. Menschen, die *so etwas* machen, seien nur zu faul, sich den wahren Anforderungen des Lebens zu stellen, abgesehen von ein paar berühmten Ausnahmen wie Goethe, der im übrigen zur Sicherheit auch noch beachtliche Einnahmen als Geheimrat einkassierte.

Einmal hatte Flora den Garten ihres Elternhauses so meisterhaft dargestellt, dass man beim Lesen nahezu die Lust der Blumen zu erblühen gespürt und die Tollkühnheit der Himmelsbläue wahrgenommen hatte. Ihrer Mutter war das keine Würdigung wert gewesen, und auch ich, missgünstig wie ich war, äußerte mich dazu kaum.

Flora blieb mit ihrem Schreiben ganz allein. Die Einzige, die sie hätte unterstützen und ermutigen können, war ich, doch ich tat es nicht, und ein schlechtes Gewissen hatte ich deswegen auch nicht.

Und es kam, wie ich es gehofft hatte: Flora schrieb keine weiteren Essays mehr. Das sei für sie doch eine Nummer zu groß, und deswegen habe sie auch alle vernichtet, sagte sie mir, als ich einmal nachfragte. Dass ich Kopien besaß und was ich damit vorhatte, ahnte sie nicht.

Ich war Mitglied in einem Gospelchor, wo ich einen seltsamen Typ namens Herbert kennengelernt hatte, ein verschrobener, altmodisch gekleideter, etwas überkandidelter Bursche, aber belesen und intelligent und als Gesprächspartner gar nicht übel. Manchmal nach der Chorstunde gingen wir noch irgendwohin und redeten über dies und jenes.

Seine Mutter war Lektorin in einem bekannten Verlag. Ich hatte ihm beiläufig von einem vermeintlich von mir geschriebenen Essay erzählt und suchte nach einer fachkundigen Meinung. Herbert, erfreut, für mich etwas tun zu können, versprach mir, seine überbeschäftigte Mutter dazu zu bringen, den Text zu lesen.

Ich übergab ihm das Manuskript, und schon ein paar Tage später rief seine Mutter mich an, und wir verabredeten uns. Ihre rasche Reaktion und auch das, was sie mir mitzuteilen hatte, überraschte mich eigentlich kaum, nur dass ich zu gern etwas anderes, Negatives zu hören erhofft hatte. Dafür war ich sogar bereit gewesen, meine eigene Einschätzung als fehlerhaft und unprofessionell zugeben zu müssen.

Abgesehen von ein paar kleineren, unbedeutenden Korrekturen, die sich auf Orthographisches beliefen, sei mein literarischer Erstling erstaunlich gut gelungen, sagte sie.

Auf das aber, was Herberts Mutter mir dann vorschlug, war ich überhaupt nicht vorbereitet: sie hatte Verbindungen zu einer renommierten Literaturzeitschrift, bei der sie das Werk einreichen wollte, und es stand für sie außer Frage, dass es angenommen würde.

Ich geriet in Bedrängnis. So weit wollte ich dann doch nicht gehen. Ich murmelte vor mich hin, dass ich es mir überlegen würde, griff nach meiner Mappe und ging.

Wenn ich mich in diesem Moment nur besonnen hätte! Der kümmerliche Rest meines übriggebliebenen Gewissens hatte mir noch eine Chance eingeräumt, doch mein verdorbenes Ego setzte sich durch.

Diese Publikation hätte der Anfang von Floras literarischer Laufbahn sein können, hätte ihr Selbstbewusstsein gestärkt, hätte ihr ganzes Leben geändert. Doch was hatte mich das gekümmert. Der Neid hatte mir jeglichen Anstand genommen.

**

Wir waren knapp achtzehn, als Hermann Hesse wie eine Bombe in unser Leben einschlug. Wir wurden beherrscht vom *Steppenwolf*. In seiner anarchistischen Weltanschauung glaubte ich, mich heimisch zu fühlen, doch meine innere Zerrissenheit war eher aufgesetzt, denn von der Sehnsucht des *Steppenwolfs* und des wahren Wesens seiner inneren Not begriff ich kaum etwas. Die Ähnlichkeit mit ihm bildete ich mir nur ein. Aus Eitelkeit eiferte ich ihm nach, um vor meinem Umfeld interessanter zu erscheinen. Ich hob seinen Namen empor wie eine Flagge und ermüdete mit meinem hochgeschraubten Geschwafel alle um mich herum.

Flora hingegen versuchte, Hermann Hesses Geist dezent auf eine andere, transparente Weise zu begegnen. Dafür brauchte sie keine aufgeblähten Gedanken und Worte, sie näherte sich der Natur des *Steppenwolfs* ohne Obsession in ihrer stillen, unaufdringlichen, tiefsinnigen Art, suchte ihren eigenen Platz in seinem Weltschmerz. In ihr wühlte eine poetische Unruhe, und bestimmt ahnte sie schon um ihr Schicksal, einsam zu sein, in die ein Mensch wie sie sich unweigerlich einzuloggen neigt.

Ich hingegen trug nichts schöpferisch Wertvolles mit mir herum, musste nicht wie Flora gegen eine erstickende Schwere katholisch kleinbürgerlicher Sitten kämpfen, und sogar die Bürde mit meinem verschwundenen Vater hatte ich mehr oder weniger abgestreift. Flora brauchte aber die erhabene Freiheitlichkeit des *Steppenwolfs*, um „aufgefangen und gerettet zu werden", während er für mich nur eine modische Erscheinung war. Ich suchte nicht nach einem tieferen Sinn in seinen Gedanken; ich, eingebildet und gelangweilt, war nur auf Abwechslung und nicht, wie Flora, auf eine sinnliche Unruhe aus, die einen zu sich selbst zu führen anstrebt.

Immer wieder habe ich mich gefragt, was wohl sie bewogen haben musste, sich so geduldig und vertrauensvoll auf mein aufgeblasenes, demagogisches Zeug eingelassen zu haben, als ich sogar die Betrachtungen des *Steppenwolfs* zum Sein oder Nichtsein mit einer dämlichen Überheblichkeit in Frage stellte. Oder hatte sie mein Geschwätz vielleicht gar nicht so ernst genommen und sich nur aus Höflichkeit zurückgehalten, und ich in meiner Selbstüberschätzung habe das gar nicht bemerkt?

Ich hatte nicht mehr damit gerechnet, dass Flora mir noch einmal etwas von ihren Aufzeichnungen anvertrauen würde. Umso erstaunter war ich, als sie mir einen dicken Umschlag in die Hand drückte. Sie sagte nichts, als habe sie Angst, ein einziges Wort könnte mich davon abhalten, den Umschlag anzunehmen, sah mich nur scheu an, bevor sie hastig davonlief.

Ich gebe zu, dass ich mich einer gewissen Anerkennung für sie in diesem Moment nicht erwehren konnte. Sie wusste doch, womit sie mit mir als Kritikerin rechnen musste. Und ich fragte mich auch, warum es ihr nie in den Sinn gekommen war, einmal jemand anderem ihre Texte zu zeigen.

Unser Deutschlehrer schätzte sie sehr und bestärkte sie in ihrer eigenwilligen Gedankenwelt. Er hätte ihre Kreativität bestimmt sofort erkannt und sie zum Schreiben ermutigt. Sie aber hätte ihm, so bescheiden wie sie war, nie etwas vorgelegt.

Der Umschlag brannte in meiner Hand. Ich ging nach Hause, legte ihn auf mein Bett und starrte ihn, mich für die klamme Furcht, die es mir so schwermachte, ihn zu öffnen, hassend an.

Es war eine Studie über *den Steppenwolf*. Was denn sonst! Ich begann zu lesen, suchte nach Unstimmigkeiten, fand aber keine, noch nicht einmal einen orthographischen Fehler. Es war vollkommen. Als hätte sie die Psyche des Protagonisten zu ihrer eigenen gemacht. Ich war vor Eifersucht wie benebelt. Wie nur war sie auf solche feinnervigen Gedanken gekommen?!

Dann wusste ich plötzlich, was ich zu tun hatte. Ich machte von Floras Text eine Kopie, und schon am nächsten Tag gab ich ihr das Original mit ein paar gut gemeinten Worten und einem bedauernden Achselzucken zurück.

Ich setzte mich mit Herbert in Verbindung, den ich nach meinem blamablen Auftritt bei seiner Mutter nicht wiedergesehen hatte, denn ich war, da er mir bestimmt unliebsame Fragen gestellt hätte, dem Chor seitdem ferngeblieben.

Jetzt aber brauchte ich ihn wieder. Er war nicht gerade begeistert, und es kostete mich einiges an Überredungskunst, bis er wieder willens war, mir zu helfen. Als ich ihm dann ohne Umschweife erklärte, dass es sich noch einmal um die Prüfung einer literarischen Angelegenheit handelte, sah er mich verdutzt an, erklärte sich dann aber bereit, sich bei seiner Mutter noch einmal für mich zu verwenden.

Floras Beitrag wurde in einer Literaturzeitschrift als mein Werk publiziert.

Bedenken, sie könnte Flora in die Hände fallen, kamen mir nicht, denn für solche Magazine hatte sie sich nie interessiert. Das Honorar, das ich für den Abdruck bekommen hatte, war für mich nicht von Bedeutung. Ich hätte es verschenken können an einen Bettler oder an einen Straßenmusikanten, entschied mich aber, es für Flora auszugeben. Es waren - das leugne ich nicht - keine Skrupel, die mich dazu antrieben, sondern ein perverser Kick.

Ich kaufte ihr ein paar Bücher, lud sie ins Café oder ins Kino ein. Flora schöpfte keinen Verdacht, was sich hinter all den netten Zuwendungen verbarg. Ich hatte ihr früher schon so manches spendiert, ohne dass ich daraus eine große Sache gemacht hätte, denn ich hatte schon immer mehr Taschengeld gehabt als sie. Meine Mutter war zwar sparsam, aber nicht knauserig. Und Flora wusste auch, dass ich mir mit verschiedenen Jobs eigenes Geld verdiente. Sie deutete diese Geschenke bestimmt als Versuch einer treuen Freundin, sie über ihre mangelhaften Schreibversuche ein wenig hinwegzutrösten.

Die Abhandlung über den *Steppenwolf* wurde von alles Seiten gelobt. Die Redaktion schrieb mich auf weitere Beiträge an.

Von all dem hatte ich schon längst einen üblen Geschmack im Mund und bereute, was ich getan hatte. Nach diesem Artikel wurde mehr von mir erwartet. Wer so schreiben kann, bleibt kaum bei einer Sache. Das wäre verdächtig. Da fielen mir mit einem Mal Floras Essays ein. Ich hatte doch eine Kopie von ihnen. Um nicht gleich das ganze Pulver zu verschießen, wartete ich ein paar Wochen, bevor ich den ersten einreichte. Nach ein paar Monaten waren sie alle unter meinem Namen veröffentlicht worden. Jetzt konnte ich mich unverfänglicher zurückziehen und sagen, dass ich nichts Neues mehr hätte und mir überhaupt die Zeit zum Schreiben fehlte, da ich mich auf mein Abitur vorbereiten musste. Und damit war der Fall erledigt.

**

Die Reflektion über den *Steppenwolf* war das letzte, was ich von Flora gelesen habe. Ob sie danach noch an etwas schrieb, war mir egal. Von all dem wollte ich nichts mehr wissen und hoffte, sie würde mir von ihren Arbeiten nichts mehr zeigen.

Wir hatten uns nicht mehr viel zu sagen, unsere Treffen wurden seltener, und das ging nicht nur von mir aus, obwohl ich es gern so gesehen hätte. Flora hing nicht mehr an mir, sie schien sich von mir gelöst zu haben. Sie hatte bestimmt gespürt, dass es um ihr Schreiben besser bestellt war, als ich sie wissen ließ. Vielleicht sogar hatte sie etwas von meiner Niedertracht geahnt, ich weiß es nicht. Ich wusste aber ganz sicher, dass unsere gemeinsame Zeit abgelaufen und durch nichts mehr wiederzubeleben war. Wir sahen uns zwar noch jeden Tag in der Schule, da wir dieselbe Klasse besuchten, gingen aber immer mehr aneinander vorbei.

Flora war sehr beschäftigt mit ihrem Abitur, während mir dieses Stück Papier und alles damit Verbundene plötzlich so gleichgültig wie der Börsenbericht geworden war. Schon längst schwebte mir ein anderes Leben vor, ein Leben ohne vorgeschriebene Ordnungen und feste Ziele. Ich wollte mich ins Ungewisse stürzen, etwas vollkommen Neues, Aufregendes erleben und stieg kurz entschlossen aus dem Abitur aus.

Ich, eine gute Schülerin mit einer erfolgversprechenden Zukunft, war die erste Oberprimanerin an meiner Schule, die ohne ersichtlichen Grund alles hinschmiss.

Viele bewunderten meinen Schritt oder zumindest den Mut, ihn getan zu haben. Immerhin hatte ich einer uralten, allgemein anerkannten Normalität den Rücken gekehrt und das ganz allein, ohne einen einzigen Menschen an meiner Seite. Die Motive für meinen Ausstieg mochten Einige beeindruckt haben, doch ich wusste zu gut, was mich dazu angetrieben hatte. Ich wollte nämlich meine Umwelt provozieren und schockieren. Und vor allem meine Mutter.

Nachdem ich die Schule verlassen hatte, löste ich mein Sparbuch auf, packte mein Bündel und durchquerte den Süden Europas. Ich lernte andere Menschen kennen, knüpfte neue Verbindungen, und als der Sommer zu Ende ging, kam ich wieder nach Hause zurück.

Von einer früheren Klassenkameradin erfuhr ich, dass Flora nach ihrem Abitur als Au-pair-Mädchen nach Frankreich gegangen war.

Ich jobbte den Herbst und Winter über und machte mich im Frühjahr mit einem Freund nach Andalusien auf, wo wir in einem kleinen Ort am Meer ein Café mit einer Kunstgalerie eröffnen wollten.

Ich hatte alles hinter mir gelassen, und eigentlich hätte ich Flora auch vergessen müssen, stattdessen beschwor ich sie in meine Gedanken zurück. Es reizte mich, sie über mein abenteuerliches Leben in Kenntnis zu setzen, ihr zu zeigen, wie brav und banal das ihrige im Vergleich zu meinem doch sei und schickte ihr ein paar Postkarten mit ein paar knappen Worten über die unkonventionelle Art meiner Welt. Meine Adresse hinterließ ich ihr nicht. Ich redete mir ein, dass ich von ihr nichts hören wollte. Sie sollte nur wissen, wie toll es mir ging. In Wirklichkeit habe ich keinen Absender hinterlassen, weil ich befürchtete, sie hätte mir nicht geantwortet. Dass ich ihr gleichgültig sein könnte, hätte mein Ego gekränkt.

**

Nach zwei Jahren hatte ich meine eintönige Freiheit und die damit verbundene Kargheit und Schlichtheit des Alltags gründlich satt. Jetzt zog es mich in die Großstadt zurück. Ich wollte mir schöne Dinge leisten, es angenehm haben, meine Kräfte messen und in der Gesellschaft, die ich einst verachtet hatte, zu den Erfolgreichen gehören.

Ich suchte mir einen Job, nahm mir ein Zimmer in einer Wohngemeinschaft, holte auf dem schnellsten

Weg mein Abitur nach und absolvierte anschließend ein Jurastudium.

Danach eröffnete ich eine Kanzlei, machte mir beruflich einen Namen und verdiente gutes Geld. Ich spielte Tennis und Golf; verkehrte in gehobenen Kreisen. Die Zeit mit Flora war für mich weit weg, beinahe unwirklich geworden. Alles, was einmal zwischen uns war, kam mir jetzt so überspannt und künstlich vor, als wäre ich damals nicht so ganz bei Sinnen gewesen.

Ich besuchte gelegentlich meine Mutter in der Hoffnung, sie täte endlich doch noch ihren Mund über meinen Vater auf. Als ich verstand, dass ich es nicht schaffen würde, etwas über ihn aus ihr herauszuholen, kam ich nicht mehr.

Irgendwann, als sie ernsthaft krank war, schrieb ich ihr einen Brief und bat sie angesichts der Wahrscheinlichkeit ihres nahen Todes noch einmal um den Namen meines Vaters. Sie erwiderte kein Wort. Ich suchte sie ein letztes Mal auf, um nachzuhaken, doch sie sah mich nur erstaunt an und behauptete, von einem Brief nichts zu wissen. Ich glaubte ihr nicht. Sie hatte ihn bekommen, ihn gelesen und ihn vernichtet. Das sagte ich ihr ins Gesicht. Aber auch das ging in aller Gleichgültigkeit an ihr vorbei. Und als sie so ungerührt da saß in Erwartung ihres Todes, der mir die letzte Möglichkeit nahm, noch etwas über meinen Vater zu erfahren, verlor ich das erste und einzige Mal in meinem Leben die Beherrschung. Ich weinte und schrie und trampelte mit den Füßen und war nahe dran, diesem alten, aufgeschwemmten Wrack an die Kehle zu gehen und den Namen meines Vaters herauszuquetschen.

Nicht ein einziges Mal hatte meine Mutter mit der Wimper gezuckt, nur in ihrem stumpfen Blick glomm ein Funke des Triumphs auf, einmal aus einem Kampf als Sieger herauszukommen. Ihr ganzes Leben gehörte sie zu den Verlierern, und mir kam der Gedanke, dass ihre eigentliche Niederlage sich nicht in Tante Josefas Enterbung offenbart hatte, sondern im Verlust meines Vaters.

Bald darauf starb sie, und ich kümmerte mich um den Nachlass. Obwohl ich nicht mehr auf ein Zeichen hoffte, das zu meinem Vater führen könnte, blätterte ich trotzdem ihre Bücher nach Zetteln und Briefen durch, die vielleicht als Lesezeichen benutzt worden und zwischen den Seiten geblieben waren. Doch ich fand nichts. Meine Mutter hatte das Geheimnis um meinen Vater mit ins Grab genommen.

Ich löste ihre Wohnung auf, nahm nichts an mich. Ich wollte keine Erinnerungen an sie mit mir herumschleppen.

Mein privates Leben verlief im Alleingang. Ein Mann, bei dem ich hätte bleiben wollen, war mir nie begegnet. Gelegentlich hatte ich Affären, meistens von kurzer Dauer, doch einsam fühlte ich mich nicht, und unglücklich war ich auch nicht. Es machte mir nichts aus, allein zu sein, und so musste ich nie befürchten, dass mir einmal ein Mensch zu nahe treten würde und meine Unantastbarkeit in Frage gestellt wäre.

Doch jetzt starrte mich dieses Buch an. Was hinter dem Titel *Die Schulfreundin* steckte, ahnte ich.

AUS DEM AKTUELLEN VERLAGSPROGRAMM
anthea-verlag.de

Margarete Hoffend & Mark Denemark
Der betörende Schmerz der Sehnsucht
Roman
Broschur, 14,8 x 21,0 cm
140 Seiten, 14,90 €
ISBN 978-3-89998-297-8

In ihrer großen Liebe Anthony scheint die junge Autorin Stella ihr perfektes Glück gefunden zu haben. Doch Anthony, von einer rätselhaften, destruktiven Unruhe beherrscht, zwingt Stella schließlich zu der schmerzlichen Entscheidung, sich von ihm zu trennen.

Dann, auf wundersame Weise, erlebt sie ein Wiedersehen mit einem Gefährten aus ihrer Kindheit, der sich ihrer Verzweiflung annimmt und ihr etwas erzählt, das ihre Welt neu bewertet und ihr die Kraft gibt, sich ihrem Verlust zu stellen.

Der Roman erzählt über eine Frau, die mittels ihrer dichterischen Gabe ihre Einsamkeit bekämpft.

Margarete Hoffend
Aschenruf
Gedichte
Gebunden, 12,0 x 21,0 cm
112 Seiten, 14,90 €
ISBN 978-3-943583-82-3

Das Buch "Aschenruf" richtet sich gegen das Vergessen der Shoa in Europa und beschreibt lyrisch den gegenwärtigen Antisemitismus, der sich ungehindert im sogenannten „Antizionismus" fortsetzt - und sich am Staat Israel abarbeitet. Aktivisten, die für Boykott, Desinvestitionen und Sanktionen stehen, machen sich stark für das Entfernen von israelischen Produkten aus den Regalen von Supermärkten in Westeuropa, für den Ausschluss israelischer Künstler und Sportler von internationalen Veranstaltungen. Sie setzen Wissenschaftler und Unternehmer, die beabsichtigen, mit Israel zu kooperieren, unter Druck und scheuen sich nicht, Künstler, die in Israel auftreten wollen, in ein schlechtes Licht zu setzen. Diese sogenannten "antizionistischen" Personen aus dem linken und rechten politischen Spektrum in Deutschland und Europa betreiben mit ihren lautstarken Parolen wie u. a. „Kindermörder Israel" die Dämonisierung und Destabilisierung des einzigen demokratischen Staates im Nahen Osten mit dem Ziel seiner Auflösung an.

Karola Beck
Verwischte Spuren
Eine Berliner Novelle
Broschur, 14,8, x 21,0 cm
102 Seiten, 9,90 €
ISBN 978-3-89998-266-4

Es ist eine Reise in die Vergangenheit, als Isa nach dem Fall der Mauer 1989 in der Absicht Aufklärung über den Tod ihres Bruders zu erlangen, nach Berlin fährt.
Die vertrauten Straßen der Kindheit wecken Erinnerungen. Und statt die Stasi-Unterlagen-Behörde in Berlin aufzusuchen, folgt sie einem inneren Wegweiser, der sie schließlich mit ihrem totgeglaubten Sohn zusammenführt.
Von der 25 Jahre zurückliegenden Zwangsadoption ihres Kindes in der DDR weiß sie nichts, da man ihr nach der Entbindung sagte, dass sie eine Fehlgeburt gehabt hätte. Schließlich steht Isa vor einem Rätsel, als sich nach langer Zeit unverhofft ihre Wege kreuzen ...

Florian Wolf-Roskosch
Orpheus in Prag
Reiseerzählungen und Gedichte
Broschur, 12,0 x 19,0 cm
184 Seiten, mit Abbildungen, 9,90 €
ISBN 978-3-943583-57-1

Kommen Sie mit auf eine Reise durch Europa, an seine Küsten, seine Grenzen und darüber hinaus! Begleiten Sie Orpheus durch die alten Städte Mitteleuropas, durch Prag, Krakau und Breslau, durch ihre Geschichte und Kultur! Tauchen Sie ein in das südliche Lebensgefühl Marseilles, in die antiken Landschaften und poetischen Echokammern des Mittelmeers, bis hinauf an die Küsten der Ostsee. Diese Reisen beginnen am Tag und enden oft in der Nacht, im Traum, in der Halluzination. Seien Sie dabei, wenn sich die Schatten der Kiefern und Platanen mit dem Rauschen des Meeres zu einer dunklen Sinfonie verbinden. Der nächste Morgen wartet mit Licht und neuer Hoffnung.

Anant Kumar
Ostdeutschland ist Vielfalt
Essays – Reportagen – Gedichte
Broschur, 14,8 x 21,0 cm
mit Abbildungen, 172 Seiten, 14,90 €
ISBN 978-3-943583-19-9

Anant Kumar, der indische Autor deutscher Zunge, bezeichnet Kassel als seine Wahlheimat. Die vorliegenden Texte aus den letzten zwei Jahrzehnten befassen sich vordergründig mit kulturellen, historischen, interkulturellen und vor allem ästhetischen Ereignissen in den Regionen Thüringen, Sachsen, Sachsen-Anhalt, Brandenburg und Mecklenburg-Vorpommern in unterschiedlichsten schöpferischen Ausgestaltungen. Sie sind reflektierende Beobachtungen, Betrachtungen und Einmischungen.

Heidrun Fritzsche
Winterblues
Lyrik
Broschur, 12,0 x 21,0 cm
74 Seiten, 7,90 €
ISBN 978-3-89998-280-0

"In den nachfolgenden Gedichten nehme ich Bezug auf Ereignisse in meinem Leben, die mich unmittelbar betroffen und berührt haben. Zu diesen Ereignissen zählt unter anderem die Teilnahme von hunderttausenden Menschen an der Demonstration am 4. November 1989 in Ost-Berlin, sowie die anschließenden gesellschaftlichen Entwicklungen in Ost- und Westdeutschland.
Die Folgen des Mauerfalls betrafen auch meine Familie direkt. Der Verlust der bisherigen Arbeit, persönliche Einstellungen zum neuen politischen Gesellschaftssystem und der Zwang sich neu zu orientieren, stellten mich vor sehr persönliche Fragen, aber auch Hoffnungen für die Zukunft."

Heidrun Fritzsche

Unsere BÜCHERSTUBE
im LESSINGHAUS in Berlin

Nikolaikirchplatz. 7, 10178 Berlin
(Nikolaiviertel, Nähe S-Bf. Alexanderplatz)

Öffnungszeiten

Mo – Sa   13.00 – 18.00 Uhr

Wir bieten Ihnen Bücher, DVDs und CDs zu den folgenden Themen an:
Osteuropa, Berlin und Deutsche Aufklärung des 18. Jahrhunderts sowie geisteswissenschaftliche Fachliteratur.

www.anthea-verlagsgruppe.de